S.F.
V.

Judith Kuckart

DIE SCHÖNE FRAU

*

Roman

S. Fischer

Umschlaggestaltung: Raphie Etgar
Satz: Photosatz Reinhard Amann, Aichstetten
Druck & Bindung: Franz Spiegel Buch, Ulm
Printed in Germany 1994
ISBN 3-10-041216-8

Gedruckt auf chlor- und säurefreiem Papier

I.

Das Haus liegt auf der anderen Seite des Wassers. Das lange blonde Haar hat sie im Nacken gedreht und lokker gebunden. Wie Schmuck glänzt es auf dem stumpfen Schwarz der Kostümjacke. Tief steht die Sonne, doch im Haus wird noch die Wärme des Mittags sein. Sie holt entschlossen Luft. Und als sie am Ufer die Vierteldrehung zur Brücke gemacht hat, zieht jemand im zweiten Stock mit abweisendem Ruck den weißen Vorhang vor. Ihre Absätze schlagen hart auf das Holz, was sie nicht will. Unter ihr schwimmt das Entenpaar, kinderlos. Sanft wölbt sich die Brücke, als habe sie Zeit, ans andere Ufer zu kommen. Kein Weg führt vorbei. Der Weg führt zum Haus. Das Tor, scharf und türkis aus der Rasenfläche dahinter geschnitten, reicht ihr bis zur Hüfte. Sie faßt es zärtlich an, liest das ins Eisen geschmiedete Wort Idylle, das mit dem Rost an den Rändern. Und vergißt es gleich wieder. Den leichten Abhang geht sie bergan, das Haar reglos auf dem Schwarz der Jacke. Ein Schwarm Wespen steigt am Ginsterbusch auf. Der Eingang hat die braune Tür gegen den Winter, die sich nach außen aufstoßen läßt, dahinter die weiße, seitlich verschiebbar und gegen die Hitze des Sommers verschließbar. Sie klopft an die Facettenscheibe in Kopfhöhe. Das Glas zeigt das Gesicht, das sie Jahre später einmal haben wird. Wenn all dies vorbei …

Und während sie sich spiegelt, fährt hinter dem Glas das zweite Gesicht hoch, vom Mittagsschlaf noch gedunsen. Der Schlüsselbund klingelt am erhobenen Arm. Die Haus-

wartin läßt sie ein, und alles geht rascher jetzt. In Jahresfrist, sagt die Männerstimme hinter angelehnter Tür und hält im Sprechen inne, als ihre Absätze auf den Steinfußboden schlagen. Sie fragt, ob sie die Schuhe ausziehen soll.
Sie sieht seine kurzen Nägel, die tief in die Fingerkuppen sich graben. Man hat ihn in sie hineingestoßen, den Mann. Als er sich die Zentimeter von ihr weg und auf sie zu bewegt, den Atem ändert und den zeitlichen Abstand zwischen den Zentimetern, rötet die Haut unter seinen Nägeln sich und wird zu den Rändern hin bleicher. Seine Hände zittern, als trügen sie das Gewicht eines zu schweren Mannes. Er hat kein Gesicht. Sie genießt mit geöffneten Augen, hört, wie feucht sie ist.
Er ist über ihr zusammengesackt. Sie fällt nach hinten auf den Tisch. Sie liegt unter ihm eingeklemmt, gefangen, stumm. Das Gesicht kehrt ihr zurück. Unter ihr liegen die Haare, zwischen dem schwarzen Jackenstoff und der graubeschichteten Tischplatte. Das denkt sie jetzt.
Sein Schweiß läuft über ihr Gesicht. An der Beuge zum Hals hat ein Seufzer die kalte Spur hinterlassen. Ihre Brust schmerzt. Unten am Wasser sammeln sich kinderlose Entenpaare um einen Laib trockenen Brots. Das sieht sie jetzt.
Das ist noch nie geschehen, sagt die Männerstimme. Sie tragen ihn zu zweit fort. Sie richtet sich auf, tut es gegen die Schwere, die man von ihr nahm. Sie ziehen ihm die Uniform aus. Das war zuviel, sagt die Männerstimme. Das blonde Haar klebt an den Schläfen des Toten dunkler. Sie rollt die Strümpfe an beiden Beinen hoch und streicht sie glatt. Sie rutscht von der Tischkante, da berührt das Abflußgitter ihre Füße. Dann läuft sie über grauen Stein, weiß nicht, wo sie ist, schaut sich nicht um. Die linke Ferse tritt, als sei der Schuh zu klein geworden, die Kappe nieder. Sie

geht zur Tür. Sperma fließt an den Innenseiten ihrer Schenkel hinunter. Die Hauswartin wischt auf Knien hinter ihr her, fächerförmig. Der Schlüsselbund am Schürzenband schrabbt über den Steinboden.

*

Nichts ist mehr wie es war, seit gestern. Gestern war das Wort. Rosa Ferkelfleisch an den Füßen aufgehängt. Die Hinterbacken zittern, und eine Wolke von Mehl und Puder geht auf die Ritze im Ferkelfleisch nieder. Sie hat die Augen geschlossen und genau hingesehen.
Die Gaslampen jenseits der Gartenmauer zucken dreimal nervös über der leeren Straße auf, bevor sie sich entzünden. Sie liegt in eine Wolldecke gewickelt auf der Sonnenliege. Kühl ist es. Sie hat nicht schlafen wollen. Die Fußnägel sind geschnitten, sie muß nur noch aufstehen und gehen. Schon sieht sie sich im Licht der Gaslampen die Straße hinunterlaufen, schräg vor Mißtrauen. Sie richtet den Oberkörper auf, streicht das Haar aus dem Gesicht, als würde sie dabei gefilmt. Schön. Wieder streicht sie das Haar zurück und erwischt sich in der Geste einer anderen. Ihr Oberkörper sinkt in die Liege zurück. Der Kopf rollt zur Seite, die Augen offen.
Sie könne den Garten nutzen, hatte die alte Putzfrau namens Ludwig gesagt, als sie ihr die Schlüssel zu den unteren, den Kellerzimmern der ehemaligen Pension Basilius aushändigte. Sie bleibe nicht für länger, Bertha hatte die Nase gerümpft. Die Wohnung roch nach Heizöl und eingekellerten Winteräpfeln. Herr Emil Basilius sei ein Berufener gewesen. Die Ludwig hatte ehrfürchtig mit der Hand über einen Mädchenkopf aus Bronze gestrichen. Er sei ein Bildhauer und ein Wunderheiler gewesen. Hier, in den

Räumen, in denen Bertha wohnen dürfe, habe er seine Massagen angewandt. Niemand habe ihm dabei zuschauen dürfen. Bertha hatte unschlüssig auf der Schwelle zwischen zwei winzigen Zimmern gestanden. Ist er auch wirklich gestorben?
Die Ludwig hatte sie über die Schwelle geschoben. Im hinteren Raum, Bett und Schrank und kaum ein Weg, um zwischen beiden hindurchzukommen, im Raum davor, durch einen halben Vorhang getrennt, ein Schreibtisch, ein Drehstuhl und noch ein Bett. Bertha hatte den maisgelben Überwurf angehoben. Die Matratze darunter war nackt und fleckig.
Die Fensterbänke lagen hüfthoch über einem vernachlässigten Steingarten, der aussah, als müsse er abgestaubt werden. Jeder könnte über den Garten einsteigen, doch keiner hatte es getan. Später, vor allem an Wochenenden, wenn Bertha Schritte auf dem Kies zu hören glaubte, setzte sie sich zu den Ameisen in den Schrank. Hatte sie sich beruhigt, legte sie sich auf das Bett und lief lange noch mit den Zehenspitzen an der Wand herauf und herunter.

Jenseits der Gartenmauer spricht jemand laut Italienisch, ohne Antwort zu bekommen. Sie schiebt beide Hände unter die Wolldecke. Die Sonnenliege knarrt, die Bäume werden kahl, rosa grün, und im nächsten Jahr wird die Sonnenliege lauter knarren.
Hätte jemand sie gefragt, was tust du hier, Bertha? Was hätte sie antworten können?
Ich lasse mir die Haare wachsen.
Aber es hatte niemand sie gefragt. Nichts war in den zwei Jahren hier geschehen. Bis gestern.
Die drei Gartenstühle lehnen gegen die Kante eines runden

Tischs. Sie kann sie mit den Fingerspitzen erreichen. Die Hinterbeine in der Schwebe, neigen sie ihre Rückenlehnen aus weißlackierten Holzlamellen einander zu, als gäbe es etwas zu beraten. Von Winter zu Winter waren sie schäbiger geworden. Unter ihren feinen Platzwunden kommt morsches Holz zum Vorschein.

Frau Ludwig hatte auf die Zimmerdecke gewiesen, als sei sie aus Glas. Die Pension würde jetzt parzellenweise vermietet, seitdem das Fräulein im Altenstift sei. Das Fräulein habe der Herr Basilius mit 18 Jahren zu sich genommen und adoptiert. Sie hätten zu dritt gelebt, seine Frau, das Fräulein und Basilius. Und in jedem Zimmer des Hauses gäbe es ein Waschbecken, hatte die Ludwig gesagt und beide Hände gehoben. Bevor sie gegangen war, hatte sie mit ihrem gebügelten Taschentuch das Messingschild neben der Klingel am Vordereingang poliert: Basilius-Institut für Atem- und Nervenheilkunde.

Mit dem Taschentuch hatte sie Bertha zugewunken, als würden sie sich längst kennen. Ihr Rad hatte bergab eine dunkle Spur gezogen von Pfütze zu Pfütze.

Nach drei Sommern und zwei Wintern ist Bertha darauf gekommen, warum sie bleibt. Was sie sieht, erinnert sie an eine Erinnerung.

Sie hatte einen Vertrag am Theater bekommen.

*

Sie rollt sich auf ihrer Sonnenliege fester in den Bademantel. An dem Tag, an dem sie verschwunden bleibt, wird ihre Nachbarin Kata Gradhand den Stapel Post vom oberen Treppenabsatz nehmen und ans Fundbüro schicken. Und an diesem Tag Ende Mai werden sie im Theater am Goetheplatz ohne sie über die neue Saison beraten.

Sie wisse auch nicht, obwohl sie sich so etwas schon gedacht habe. Die Morgensonne quält Kata Gradhands ungeschminktes Gesicht.
Mehr wisse sie auch nicht, sagt sie dann, tritt in das Halbdunkel ihrer Diele zurück und stößt die Tür mit der Fußspitze ins Schloß.

*

Das hatte man ihr zum ersten Mal im Leben gesagt. Bertha sei sehr schön, ein sehr schöner Name. Den schönen Namen hatte der Intendant ohne weiteres in die erste Zeile des Vertrags eingesetzt.
»Willkommen in unserem Theater«, hatte der Intendant gesagt. »Ist Ihnen unsere Ähnlichkeit mit der Pariser Oper aufgefallen?«
Bertha war noch immer mit ihrem Vertrag beschäftigt gewesen. »Aber, aber«, hatte sie gesagt. Der Vertrag war für einen Dramaturgen ausgestellt. »Ich bin doch Schauspielerin«, hatte sie gesagt und den Satz plötzlich peinlich gefunden. »Wir haben einen Vorsprechtermin, 16.30 Uhr, Donnerstag. Das ist heute. Ich war in Heidelberg engagiert. Sie hätten mich dort anschauen können, in *Nachtasyl*.«
Der Intendant hatte eine Mappe über den Tisch geschoben. Sie hatte gelesen. Er hatte in der Zwischenzeit telephoniert in einer fremden Sprache, Polnisch oder Russisch.
Das hatte sie selbst geschrieben. Bertha Baumgart. Geboren in Wuppertal. Waisenhaus St. Maria in Neviges. 1972 Aufnahme in die Familie. Ausbildung Arzthelferin, nebenbei beim Film, in Indien, nach Bochum. Schauspielschule. Hörerpost beantworten, Kabelhilfe, Serviererin, Gesellschafterin bei einer behinderten Gräfin in Kettwig. Keine Erbschaft.

1986 Abgang Schauspielschule. Aufenthalt in Rom.
1987 Kauf eines Walkmans.
Gastspielverträge in Dortmund, Gießen, Bruchsal, Heidelberg.
Das hatte sie geschrieben? Bertha schob den Lebenslauf auf die Tischhälfte des Intendanten zurück.
»Und?«
»Ich war neugierig, wer dahintersteckt«, sagte er. »Wollen Sie bleiben? Wir haben keine Vakanz für Schauspieler, suchen aber eine Dramaturgin. Den Job kann eigentlich jeder machen.«
Bertha hatte unterschrieben. Dann gab sie vor, eilig zu sein. Die Eile machte sie sicherer.
»Eine Frage noch.« Den Hörer wieder in der Hand, hielt er sie an der Tür zurück. »Was sagt eigentlich Ihre Mutter dazu?«
»Meine Mutter? Tut mir leid. Ich habe nur Männer im Kopf«, hatte Bertha mit dem Gesicht zur Tür gesagt, ohne sich umzudrehen. Ihre Schuhe hatten eine Schmutzspur auf dem hellen Velours hinterlassen, von der Tür zum Schreibtisch und wieder zurück. Die Mutter hatte sie am gleichen Tag noch angerufen, die neue Bleibe genannt und monatelang nichts von ihr gehört.
Dann waren die Briefe gekommen.

*

Ich bin nach gegenüber von früher gezogen, liebe Bertha. Vielleicht gebe ich einer anderen jetzt Gelegenheit, glücklich zu sein, wenn ich das Feld räume, dort, wo ich vor dreißig Jahren kurz glücklich war. Die Frau von gegenüber, die Neue, sie soll ihre Haare lösen, den Mantel öffnen, den dünnen

weißen, regenfesten, den man in dieser Stadt fast täglich braucht. Darunter soll sie nackt sein, nackt. Jawohl. Drüben, in meiner alten Wohnung. Ich schaue sie mir an. Seit gestern weiß ich, es gibt sie. Ich winke ihr. An den Oberarmen hängt mir schlaff das Fell herab und wackelt, wenn ich winke. Wieviel Kraft ich früher einmal hatte.
Jetzt, wo ich gegenüber von früher wohne, schreibe ich alles auf. Ich habe Deinen kleinen Tisch, den für die Hausaufgaben, vor dem Fenster aufgeklappt und einen Teppichrest unter die Schreibmaschine gelegt. Trotzdem klopft die alte Scurla pünktlich um zehn Uhr mit ihrer Krücke gegen die Zimmerdecke. Niemand hat Verständnis für das, was ich tue. Die im Treppenhaus und auf der Straße sagen, ich schriebe alte Rechnungen oder Briefe oder Tagebücher. Das letztere, nehme ich es wörtlich, stimmt. Ich schreibe jeden Tag an einem Buch. Denn ich schreibe die Briefe an Dich mit Durchschlag. Ich habe mein Leben auswendig gelernt. Auch wenn ich nie davon sprach. Auswendig wie ein langes Gedicht. Ich bin nicht mehr die, die Staub wischt, Bertha, ich bin das Archiv. Ich, deine arme alte Mutter Irene.
Ich schalte alle Lampen aus, schaue durch die Scheiben auf die schwarzen Fenster von gegenüber. Schließe ich die Augen, leuchtet hinter den Lidern das Zimmer drüben in gelbem warmem Licht auf. Unsere drei Gesichter tauchen über dem Fensterbrett auf. Eins, winzig, verquollen mit rosiger Glatze, meins mit geplatzten Adern auf den Wangen noch von den Anstrengungen der Geburt.

Und seins.

Nie hatten wir Blumen auf der Fensterbank. Du hättest sie aufgegessen.

*

Mücken tanzen ihr auf der Nase herum. Wie komme ich da raus, wie und wann? Überhaupt? Geschlafen, aber nicht geruht. Gequält. Es wird dunkel jetzt, ein Abend im März. Montag, sagt sie, um sich daran zu erinnern, sie hat heute frei. Schön könnte das sein. Doch das Herz ist schwer wie Pudding. Fortgehen ist richtig und nicht so schwer. Aber fortbleiben? Sie schlägt die Hälften des Morgenmantels über den nackten Knien zusammen. Die Sonnenliege knarrt. Sie mag es, ein erstes Mal im Leben in einem Nest zu hocken, und sei es auch noch so fremd. Sie mag dieses Haus hier, in dem die Steine übereinandergeschichtet sind wie Brot. In diesen kleinen Zimmern hat sie doch manches Mal getanzt, bis die Stühle fielen. Bis sie wieder siebzehn war. Dann war sie ruhiger geworden, still. Schön hier, bis in der Nacht von Samstag auf Sonntag ein nackter Frauenarm sich durch die Haustür des Basilius-Institutes schiebt, mit einem Brief wedelt, mit Kata Gradhands Stimme murrt und ihn dann vor ihre Füße fallen läßt, als sie nicht sofort zugreift. Hätte ihn doch der Erdboden verschluckt. Still, sagt sie und klatscht in die Hände mitten im Mückenschwarm. Und das Leben geht weiter. Das Leben geht weiter und ist schon an ihr vorbei, während sie noch mit hängendem Unterkiefer und einem geöffneten Brief zwischen kalten Händen dasteht, immer noch auf dem Abstellgleis und neben ihr der Unfall, und mit den Füßen im Kies malt, schrankenlos? Alle Wärter in ihren Häuschen schlafen. Nur sie.

*

Sie hatte sich die Stadt angeschaut. Mit dem Vertrag in der Tasche war sie am Casino vorbeigeschlendert, an der Trinkhalle, am Badischen Hof, am Europäischen Hof, an der Hofapotheke und dem Hofbräuhaus. Vor Hofstätters Feinkostladen hatte sie die erste beleidigte Prinzessin gesehen. Bertha hatte den Blick eines Gastes gehabt, der sich auf vier Wochen einrichtet. Den Vertrag, der sie für zwei Jahre ans hiesige neubarocke Theater band, hatte sie schon vergessen. Alte Frauen schauten auf ihre nackten Beine. Als es dämmerte und die Menschen vom Abendlicht mild gestimmt, trügerisch schön aussahen, schlenderte sie in der Menge umher. Unter Arkaden betrachtete sie lange badende Jungfrauen und laszive Hirschkühe auf den Bildlegenden. Unter einem der Bilder stand ein halbnacktes, sehr junges Mädchen mit feuchten, nach hinten gekämmten Haaren. Im letzten Tageslicht, zurückgeworfen von den bemalten Wänden, in Dunkelrot gleich welken Rosen, in Terra, Ziegel, Gold und Braun, posierte das Mädchen für Werbephotos. Der Fetzen Stoff auf ihrer schimmernden Haut war limonadenrot und paßte ebensowenig hierher wie der große schwarze Vogel beim Müllkorb.
Die und der und ich, wiederholte Bertha im Dreiertakt auf der Brücke, die die Oos überquert. Die und der und ich sind solche, solche, die eine Anzahl von Jahren haben und kein Alter, die Lebensläufe haben und keine Geschichte. Wir sickern so weg, und sonntags sickern wir schneller. Nur das tut uns weh.
Zwei Tage später hatte Bertha in ihrer Souterrainwohnung die Plastikhüllen vom Koffer gezogen, war im Rückwärtsgehen über den Teewagen gestolpert und hatte ihn in die Küche geschoben. Im Schrank hingen 27 Kleiderbügel aus

Holz. Auf einem las sie die Aufschrift R. A. D. wJ13/122. Von den Ameisen im Schrank hatte die Ludwig nichts gesagt.

*

Das Haus liegt wieder auf der anderen Seite des Wassers. Er steht mit dem Rücken zum Fenster. Sein Gesicht ist grau, doch von hellerem Grau als die Wiese in seinem Rücken. Der Fensterrahmen schneidet ihn sauber heraus aus der Welt dort draußen. Die schmalen Zwischenstreben kreuzen sich genau hinter seinem Kopf. Das liegt an ihrem Blickwinkel.

Er sagt, sie solle sich ausziehen.

Sie schaut nachdenklich an ihm vorbei aus dem Fenster. Die Wintersonne dringt bleich für einen Augenblick hinter der Wolkendecke hervor. Ihre Haut ist wie Kreide, trocken und glatt und von einem unmenschlichen Weiß. Sie entkleidet sich und wirft alles über die Stuhllehne aus dunklem Holz. Die Sitzflächen wären rot, saffianrot gepolstert, und gäbe es diese Farbe ...

Die dunkle Krawatte, der schwarze enge Rock, das Unterhemd ohne Spitze, jetzt ist ihre Brust nackt. Sie rollt die Strümpfe herunter und behält die Schuhe an. Er sagt, sie solle auch die Hose ausziehen. Sie löst den Miedergürtel, dann geht sie in die Hocke, als wolle sie pinkeln.

Sie kommt wieder hoch.

Wer hat das getan? Er zeigt auf die Scham. Sie ist rasiert. Sie kreuzt die Hände unter dem Bauchnabel, als wolle sie eine Rede halten. Er kreuzt seine Hände ebenfalls vor dem Geschlecht.

Ob sie Jungfrau ist?

Nein, Zwilling, sagt sie. Da schlägt er in ihr Gesicht. Sie er-

rötet auf beiden Wangen. Das Unterhemd rutscht von der Stuhllehne, reißt Rock und Krawatte gleich mit zu Boden. Sie steigt aus der Hose, geht einen letzten Schritt auf ihn zu. Jetzt verdeckt die Schreibtischkante ihre Scham. Sie greift über den Tisch, langt zwischen seine Beine. Er ist erregt. Lieben Sie es so oder so, fragt sie.
Er steht am Fenster, wieder mit dem Rücken zur Wiese, zum Wasser. Kein Himmel ist zu sehen. Nichts ist draußen zu sehen, als ginge das Fenster hinaus auf einen Luftschacht, hinaus auf einen ewig dämmerigen Tag, ohne Zeit, ohne Nacht, ohne Tag.
Er hebt die Rechte, streckt den Ellenbogen durch. Fast berührt er ihre Stirn beim Gruß. Sie ist einen Kopf kleiner als er.
Zieh dich an. Jetzt bist du keine Jungfrau mehr. Sagt er.
Die ausgestreckte Rechte noch immer starr in der Luft, setzt sich die Fliege endlich auf die Spitze des feuchten Mittelfingers. Sein linker Arm rührt sich nicht. Von der Schulter herab hängt der leere Schlauch sauber gefaltet in der Beuge und mit Sicherheitsnadeln zusammengeheftet.
Um diese Jahreszeit schwimmen die Enten trotz heftiger Strömung im Kreis, sagt er.
Warte, sagt er noch.

*

Sie steht auf und macht ihre vier täglichen Klimmzüge an der Teppichstange. Es geht ihr besser danach.
Auf dem Schrankboden hatte Bertha letzte Woche nach einer Hose gesucht. Die Hose erinnerte sie an bessere Zeiten. Sie hatte sie 86 einmal getragen, in Rom. Statt der Hose fiel ihr ein Männerhemd in die Hände. Es war hinter die Bettwäsche gedrückt. Sie warf es über den Stuhl. Im

Flug breitete es die Arme aus, ließ sich über die Lehne fallen, als sei es völlig erschöpft. Es schlenkerte mit den Manschetten. Die waren gelb, wie ungepflegte Zähne. Wem das Hemd einmal gehört hatte, daran erinnerte sich Bertha nicht mehr. Sicher war es an einem Samstag gewesen, denn der Samstag verbündet sich gern mit der Langeweile und stachelt zu Dummheiten an.
Auf Socken ging Bertha in der Küche. Es war Samstag. Sie trank einen Minzlikör und setzte sich auf den Kühlschrank. Sie aß ein Käsebrot, und weil es zu regnen anfing, aß sie ein zweites. In diesem Augenblick drückte sich eine Katze gegen das Fenster. Bertha drückte zurück, schob die Flügel ineinander und kam sich schäbig vor. Im Nachbarzimmer entdeckte die Katze das angelehnte Oberlicht und war schneller als Bertha. Sie saß auf dem Schreibtisch und kratzte sich am Kopf.
»Raus«, sagte Bertha und lächelte. Sie streichelte das nasse Fell, kurz, dann packte sie die Katze und setzte sie auf die Matte, vor die Tür. Bertha wartete, wartete, bis sie durch das Lukenfenster nachschauen konnte, ohne sich eine Blöße zu geben. Die Katze hockte zwischen Brombeerbüschen und schaute ihr in die Augen. Bertha zog die Luft durch die Zähne. Dann ließ sie die Katze ins Haus, in die Küche, auf den Schoß, nannte die Katze Katz. Sie wollte nicht gleich von Hingabe sprechen.
Ach, Katz.

War sie denn der einzige Mensch, der Eile hatte. Allen schien die Langsamkeit eine Freude.
Die Stadt war ein Kurort. Ein Kurort ist, wenn die Leute im November noch und Februar schon mit Mantel und Schal vor dem Café sitzen und sich die kalten Gesichter von

der Sonne straffen lassen. Da mußte Bertha durch. In den zwei Jahren hatte sie nur wenige Menschen hier kennengelernt, war nicht so beliebt wie ihre Nachbarin Kata. Ging Kata am Bistro vorbei, riefen alle Menschen Kata. Sagte Kata.

Bertha ließ die Hand für einen Augenblick auf der mittleren Glastür liegen. Sie blieb den ganzen Tag für den Kartenverkauf geöffnet. Ein Radfahrer, der auf dem Kopf wie ein Hahn aussah, zog elegante Schleifen um das Blumenrondell vor dem Theater. Hinter der Glastür fuhr eine Putzfrau den Staubsauger über rosa Teppichboden. Bertha stieg über den Staubsauger. Die Kassenfrau schlug mit dem Knöchel gegen die Scheibe. Wegen ihr machte Bertha den Umweg über das Foyer in die Kellerkantine.

»Den ganzen Tag mußten wir Licht brennen lassen«, sagte sie. Sie schüttete Tee aus einer Thermoskanne in einen Kinderbecher. Er war von ihrer Tochter, und die Tochter war so alt wie Bertha. Deshalb hat sie Bertha ins Herz geschlossen und muß immer Tee trinken, wenn sie Bertha sieht. Sie sei die Olga, Olga Masanetz. Bertha könne gern Olga zu ihr sagen. Immer noch vermied Bertha es, sie mit Namen anzusprechen, so, wie man ein fahrlässiges Du am Tag danach umgeht.

»Da sind ja Katzenhaare auf dem schönen Pullover.« Olga nutzte die Situation, verließ ihr Kassenhaus und zupfte an Bertha herum.

Durch die geschlossenen Türen drang der Lärm vom Bühnenumbau. Bertha setzte sich an den Rand der dritten Reihe, unbeobachtet von den Bühnenarbeitern. Der Zuschauerraum war dunkel. Er schluckte Bertha, und sie ließ sich schlucken. Die nachtblauen Aushänge zu *Kabale und*

Liebe flossen von den Zügen herab in schmale Container. Die Container sahen aus wie Särge und die Hänger wie nachtdunkle Wasserfälle.
Warum sie zum Theater wollte? Sie legte die Waden auf den Sitz vor sich und ließ die Schuhspitzen miteinander sprechen. Die erinnerten sich noch. Damals war es darum gegangen, die Strecke gut hinter sich zu bringen, bevor man auf das Ende trifft. Alles war Spiel, und im Spiel mit den Todesängsten all dieser künstlichen Figuren konnte sie nach Luft schnappen. Und zu fünft konnten sie in Olgas Kassenhaus hocken und reden. Papperlapapp. Ja, Schauspielerin sein und nicht mehr Bertha sein. Und dann, eines Nachts kurz vor dem Absturz ins Weinglas, war die Idee da.
»Schauspieler sind Karaffen«, hatte sie gerufen. »Ich will eine Karaffe werden, bauchig und aus durchsichtigem Glas.« Bertha hatte sich auf den Kantinentisch gehockt. Wasser sah sie in die Karaffe fließen, blau wie ein Morgenhimmel im April. Jetzt wollte sie das Wasser sein, in einem bestimmten Moment, dem der Bestimmung eben. Die Karaffe mußte sich demütig zerschlagen lassen. Das Wasser blieb den Bruchteil einer Sekunde in Form einer bauchigen Karaffe und blau.
Einmal hatte sie gewagt, sich zu erklären, hatte auf einen Schauspieler aus Berlin eingeredet. Der hatte dabei sein schönes Gesicht im Türglas ihres Büros betrachtet.
»Sie wissen einiges«, hatte er dann gesagt. »Warum sind Sie nicht Schauspielerin geworden? Sie Schreibtischdrossel.«
Jetzt war ihr der linke Fuß eingeschlafen. Sie zog ihn am Knie von der Rückenlehne.
»Hallo, Fräulein, auch schon wach.« Zwei Scheinwerfer wurden auf die Diagonale eingerichtet und streiften im Zuschauerraum Berthas Gesicht.

»Alles klar.« Der Bühnenmeister Walther hob die Hand zum Gruß und zeigte die Innenfläche.
»Hallo meine Schöne«, krächzte er.
In der Kantine lehnte Walther schon am Tresen, als Bertha herunterkam. Zwischen seinen Händen wärmte er das Bierglas. Bertha drückte sich an ihm vorbei.
»Hallo.« Seine Stimme hat einen künstlichen Ausgang in Höhe des Adamsapfels. Schauen Fremde ihn verlegen an, macht er seine eindeutige Handbewegung: Kehlkopfkrebs. Mit den Fingerspitzen schneidet er sich dann scharf unter dem Kinn entlang, als wolle er sich köpfen. Aber dafür könne er einen Schal tragen, Schal tragen heiße, Starregisseur zu sein. Die Techniker am Kantinentisch lachen über Walthers Sätze, auch wenn sie sie schon kennen. Walther bearbeitet dann seinen Brustkorb wie einen Blasebalg, damit ihm die Luft zum Reden nicht ausgeht. Immer mehr Sätze will er sagen. Solange er redet, ist er noch nicht tot.
»Ist dir aufgefallen, wie blaß die Brötchen heute aussehen?« sagte er zu Bertha. Bertha nickte und suchte einen freien Tisch am anderen Ende des Raums. Ein neuer Beleuchter rieb sich die Tätowierung am Oberarm und musterte sie. Walther drehte die Sprechanlage zur Bühne lauter. Bertha las in einem schmalen, gelben Heft. Das Heft hatte den blauen Stempel einer Schulbibliothek. Dann löste sie Kreuzworträtsel. Die Kantine füllte sich.
»Guten Abend, meine Damen und Herren. Es ist 18 Uhr. Es gibt noch Korrekturen am Licht. Die Herren Nowak und Jägershof, bitte, auf die Bühne«, kündigte die Inspizientin an. Ohne sie zu sehen, wußte Bertha, sie zog nach jeder Ansage ins Mikrophon die graue Strickjacke ein wenig fester um den Leib. Der Neue mit der Tätowierung kippte sein Bier und schaute Bertha immer noch an. In ein

paar Tagen würde auch er sie nicht mehr als Frau wahrnehmen. Der Italiener hinter dem Tresen schaltete die Abzugshaube ein. Zwei Schauspielerinnen spannten ihre Schirme neben dem Garderobenständer auf. Jemand fragte, ob es draußen wieder regne, nur, um seine Stimme zu hören.
Die Schauspielerinnen setzten sich zu Bertha.
Ob sie einen schönen Samstag gehabt habe?
Bertha hatte keine Meinung dazu. Die Jüngere zog blind ihre Lippen nach, schaute in Berthas Gesicht wie in einen Spiegel.
Gegen 23 Uhr war die Vorstellung beendet. Taxen fuhren vor, zingelten das Blumenrondell ein. Die Lichter im Foyer erloschen, bevor die letzten Zuschauer auf der Treppe ihre Mäntel übergezogen hatten. Ihr Lachen galt schon längst nicht mehr der Aufführung.
Allein stand Bertha da und merkte, sie wartete. Da schämte sie sich. Olga mit einem Nylonbeutel, in dem sicher Kanne und Becher gegeneinander schlugen, lief dem Bus entgegen. Sie hatte einen Umweg über die Kantine gemacht und einen Schnaps getrunken. Sie war der einzige Gast im Bus, und der Fahrer klebte hinter der Scheibe, als sei er aus Pappe.

*

Bertha nahm die dunkle Allee Richtung Osten. Der Weg nach Hause verlief gegen die Strömung, der Fluß linker Hand. Der magere Fischreiher wachte auf seiner schmalen Insel, weitab von den schlafenden Enten. Gleich einer Antenne bewegte er den Kopf auf dem Hals. Es war noch nicht Mitternacht. Sie und der Reiher waren auf der Welt allein an diesem Samstagabend. Die Zeit vergeht, das hatte auch in den Briefen gestanden, daß die Zeit vergeht. Bertha griff in die Jackentasche.

Es muß das Jahr 1961 gewesen sein, das Jahr vor deiner Geburt, liebe Bertha. Hättest Du seine Hände gesehen. Er hatte nämlich die Hand ausgestreckt und seinen Namen gesagt. Felix Weintritt. Er hatte blondes Haar und grüne, kühle Augen. Damals fand ich, er hätte das Gesicht eines Engels. Er kam aus Deutschland, wollte einige Monate bleiben, wegen irgendeines Forschungsprojekts an der Universität. Wir freuten uns, daß er zu uns zog. Endlich ein Mann im Haus.

Wir, Ma und ich, waren seit Jahren allein in diesem kleinen roten Haus am südlichen Stadtrand von London. Nur im Schuhschrank roch es noch nach Mann, weil nach Dads Tod keiner seine alten Schuhe auftrug, und uns erschien jeder Tag zu früh, sie wegzuwerfen. Ich sage Wir, als ob ich mein Leben lang nicht allein gewesen wäre. Doch wie oft bin ich aus einem Bahnhof abgefahren, und keiner hat mir nachgewunken. Und wenn ich ausstieg, kam nur der Gepäckträger mir entgegen.

Wir wohnten in Barnet, das liegt ganz still, eine halbe Stunde mit der U-Bahn vom Zentrum Londons entfernt. Ich war jung, jünger als du jetzt. So weiß ich noch, was Mode war. Lackmäntel und Rollkragenpullover, Wespentaille, flache Schuhe, die aussahen, als wolle man tanzen gehen. Die Lippen schminkte man sich hell, und alle Mädchen toupierten sich täglich das Haar. Ich war blond wie du, ein echtes Blond, das mit den Jahren nachdunkelte. Deshalb half ich später mit Kamillenshampoo von Schwarzkopf nach.

An einem Tag im Juni, der, wie seltsam, nach

Herbst roch, hatte er seine Koffer gebracht. Ich stand in der Diele, den Nacken gegen den Garderobenspiegel gelehnt, Arme verschränkt, einen Fuß mit dem Absatz im Gitter des Schirmständers verhakt.

Das Bild haftet in meinem Kopf, als hätte in diesem Moment alles gestimmt: jeder Winkel, jede Achse, die der Körper zu den Dingen einnahm. Ich sollte vom Glück sprechen?

Dr. Felix Weintritt, hatte Ma gesagt und nach seiner Hand rascher gegriffen als ich.

Wohnen Sie auch hier zur Untermiete? Er zeigte auf mich.

Nein. Sie ist meine Tochter Irene und hat im fünften Semester ihr Biologiestudium an den Nagel gehängt, Herr Doktor.

Er schaute auf den Garderobenhaken über meinem Kopf.

Ich bin kein Arzt, sagte er höflich.

Sie hatten sich gut unterhalten. Ich schaute aus der halbgeöffneten Tür. In der Tanne des Vorgartens hatte ein dicker schwarzer Vogel, zu schwer für die nachgiebigen Äste, Fuß fassen wollen. Erstaunt, daß alles unter ihm nachgab, öffnete er den Schnabel und fand keinen Ton.

Ich hatte mir den Mann angeschaut. Wir waren beide jung. Doch er war jünger?

Sie sind doch Deutscher, sagte Ma, in einem Ton, als müsse er deswegen einige Dinge besser wissen.

Felix Weintritt. Welch ein Name.

Sie hatte sich Bertha angeschlossen, die Stimmung jener

Briefe. Gleich einem Hund drückte sie sich plötzlich gegen den Fuß einer Fremden. Die Fremde hielt still. Ging sie weiter, trottete der Hund mit. Das ganze Leben wird sich von jetzt an ändern?
»Sie sind doch Deutscher?« Bertha suchte den Klang in der Stimme, der zu dem paßt, was da stand, suchte die Stimme in der Schrift. Hat eine Schrift die Stimme dessen, der da schreibt oder dessen, der da liest?
Sie machte eine scharfe Wendung auf dem Absatz. Der Fischreiher wurde mager vor Schreck und flog auf. Sie ging zum Aufgang der Kunsthalle, nicht weit vom Theater entfernt. Die Steinstufen hinauf zum Portal hatten die Temperatur des März. Bertha setzte sich. Der März kroch ihr zwischen die Beine. Die Oos unten in der Allee rauschte, als führe sie die reißenden Wasser der Schneeschmelze mit sich. In diesem Winter hatte es kaum geschneit.
Rechts und links vom Portal hockten zwei Jungfrauen aus Stein. Bertha setzte sich dazwischen. Sie gehören in den Jugendstil und waren lange vor Bertha hier. An ihren Fußsockeln haben Einsame oder Verliebte Telephonnummern und Hilferufe hinterlassen. Das Wetter all der Jahre hat die Nasen flacher, die Füße stumpf gewaschen. Der einen liegt eine Farbpalette auf dem Schoß, die sie für einen schlampigen Maler reinigen sollte. Schließlich ist er vor Jahren einmal ihr Liebhaber gewesen. Die Palette aus Stein hat nur noch eine Farbe, grün, moosgrün. Der Maler hat die Muse längst verlassen. Und was tut ihre linke Hand nun so einsam unter der Palette am Schoß?
Zu dritt saßen sie da, eine oder beide Hände am gestreckten Arm um die Knie geschlungen, was sie mit geradem Rükken in die Nacht hinunter zum Fluß lauschen ließ.

In dem Obstladen bin ich, Liebe, wie zufällig gelandet. Eines Abends war ich durch Chelsea geschlendert und kurz vor Ladenschluß in einer drekkigen Seitenstraße vor der Auslage stehengeblieben. Und weil die Erdbeeren zwischen all dem Müll der Straße so nach Erde rochen, habe ich den Mann hinter der Waage nach Arbeit gefragt.
Ob ich etwas gelernt hätte? Ich habe den Kopf geschüttelt. Da ist er auf mein Haar aufmerksam geworden und hat knapp über meinem Kopf auf eine gute Idee gestarrt. Sein Klumpfuß im grauen Schnürstiefel hat geknarrt, als er ins Ladeninnere verschwunden ist. Seine dürre Frau mit den himbeerroten Haaren hat er hinter einem Perlenvorhang hervorgeholt. Die hat ebenfalls bei meinem Anblick genickt.
Bevor ich sagen konnte, ich könne den flackernden Buchstaben am Ende ihrer Neonschrift, das *t* von *Fruits* mit dem übermütigen Schwung, wieder zum Leuchten bringen, hatte sie mich in die Wange gekniffen und mir über das Haar gestrichen.
Danach kam es mir blonder vor als sonst.
Die kann was aushalten. Die macht was her neben der Auslage, sagte sie.
Und an dem Morgen, an dem Weintritt eingezogen war, hatte ich es eiliger als sonst. Ich sagte schon, es war Juni, und es war kühl. Manche Menschen trugen wie ich einen Mantel. Es sah nach Regen aus. Bevor der Händler in Chelsea mit seinem gesunden Fuß die Obstkisten ins Freie stoßen und ich eine schwere Gartenschürze über meinen Mantel binden würde, wollte ich Photopapier kaufen. Ich

stellte mir vor, wie im ersten Stock daheim Felix Weintritt seine Koffer auspackte. Dabei würde er sicher seine Hemden über die Ohren des Ledersessels werfen und mit Handballen und Hintern die Festigkeit der fremden Matratze prüfen. Der Bettüberwurf war lindgrün.

An der Schwelle zum Photoladen stellten sich mir zwei Mädchen in den Weg. Sie hatten den Stadtplan wie ein Sprungtuch ausgebreitet.

Piccadilly Circus, sagten sie. Dann sagten sie Flohmarkt, auf Deutsch. Sie lächelten hilflos, die zwei Riesendamen, denen man vor kurzem erst die Zöpfe abgeschnitten hatte. Ihre Haarspitzen sprangen wie Strohgarben nach außen.

Ich bin nicht von hier. Ich sagte das wegen der Eile. Und in der Eile sagte ich es auf Deutsch. In einem harten, mühsamen Deutsch, das mir entfuhr wie ein Versprecher. Ich hatte ihnen nachgeschaut. Sie überragten die englischen Hausfrauen um einen langen Kopf. Verstohlen habe ich mein Kinn in den Handballen gelegt, so daß die Handfläche knapp vor dem Mund sich als Sperre auftat. Das Wort Deutsch, habe ich zweimal gesagt, das »h« am Ende nachdrücklich gehaucht. Habe meinen Atem eingeatmet.

Im Geschäft zahlte ich den Karton Photopapier mit zwei Scheinen aus einer leeren Filmdose. Das machte einen professionellen Eindruck.

Das Glück hüten, habe ich, liebe Bertha, damals das Photographieren genannt. Für nichts anderes auf der Welt hatte ich bislang soviel Zeit aufgebracht wie für die Bilder, die ich mir machte, da-

heim im Keller, zwischen zwei alten Fahrrädern und verstaubten Einkochgläsern. Wenn ich meine Bilder mit der Zuckerzange aus dem Entwicklerbad zog, war auf manchen etwas mehr als der Augenblick, den der Auslöser mit einem Klacken festgehalten hatte. Ein Schatten, ein unwirklich weißer, da, ja, da. Wie dann meine Finger zitterten.
An diesem Morgen photographierte ich das Obst, um mich später an die Szene in der Diele, an das erste Treffen mit Felix Weintritt, erinnern zu können.
Fünf Apfelsinen, sieben Bananen und eine Handvoll pelziger Aprikosen von mir zu einer Pyramide überredet: besser wußte ich es nicht auszudrücken.

Die freie Hand um das rechte Knie geschlungen, schreckte Bertha hoch. Die steinernen Jungfrauen saßen ihr reglos zur Seite. Da hatte sie das Bild von sich, als stünde sie am Fuß der Treppe und sähe sich zugleich hinunterkommen, den linken Fuß vorgesetzt, daß der Schritt sich öffnet, nachts, nackt. Akt auf einer Treppe. Als sie aufstand, waren die Knie steif. Sie blieb auf der obersten Stufe stehen, sie steckte den Brief weg, langsam, als käme ihre Hand nie in der Tasche an.
Hier die Mutter im Leben, Bertha schluckte, da die Mutter in den Briefen, anrührend fast. Bertha warf eine böse Erinnerung mit ins Gewicht.
Umarme deine Mutter, sagt die Frau. Sie beugt sich nicht herunter. Das Mädchen, von einem Fuß auf den anderen trampelt es wie eine Katze, die trinken will. Dann umarmt es die Frau an der Hüfte. Die Frau sieht über es hinweg. Zerdrück mir das Kleid nicht, sagt sie. Sommer ist es, und

lang und staubig ziehen sich die Straßen durch den Nachmittag, nach dem Schlafen, der Lärm, im Heim, und wieder Straßen gen Nichts, vorbei an Schaufenstern, die ihre Jalousien zur Hälfte über der dürftigen Auslage niederschlagen. Ein rot-weiß gestreiftes Kleid auf der Straße, und darin steckt Bertha, trinkt in ihrem Unglück Büchsenmilch.
Bertha war am Fuß der Treppe angekommen. Eine wärmere Schicht Luft streifte ihr Gesicht. Drei Schritte lang roch es nach Sommer. Mein rot-weiß gestreiftes Kleid, dachte sie, und das gestreifte Kleid des Mädchens neben mir, das Kleid hinter mir, rot-weiß gestreifte Kleider vor mir. In der letzten Reihe hinkt die dumme Mechthild hinter uns her, zieht ihr lahmes Bein nach, die Zöpfe vom Kopf abgewrungen und wie Rasierpinsel borstig. Ein schriller Pfiff. Alle drehen sich in eine Richtung. Die Nonne, die die Reihe abschreitet, schaut zu Boden. Die Erde ist rot. Es ist Sonntag. Meine Mutter hat geschrieben, kurz. Sie kommt nicht.
Soll sie bleiben, wo sie steckt, mit ihren Briefen. Sonst kommt noch etwas nach. Oder schlimmer, alles hängt plötzlich zusammen. Es hat mit den Briefen begonnen und endet dort. Ahnen, ja, das ist es, ist der Name für das Gefühl, das auf der Schwelle winselt und das auf die Nacht wartet, um sich ins Haus stehlen zu können. Berthas Gesicht war wachsam, schmal, argwöhnisch.
Ein Entenpaar, von ihrer Unruhe geweckt, watschelte hinunter zum Wasser. Darf ich mich anschließen? Sie fragte das farblose Weibchen, denn es lief langsam nur.
Auf der Allee begegnete sie einem Mann im weißen Anzug. Er sah aus, als sei er aus einem Jasminstrauch gewachsen. Sie war mit ihm auf gleicher Höhe, seine Schulter streifte fast ihr Ohr, als des Springbrunnens stolze Fontäne für die Nacht abgeschaltet wurde. Wie eine Leuchtreklame. Plötz-

lich war es so still wie dunkel. Noch konnte Bertha das Weiß seines Anzuges sehen, ein Schatten in ihrem Augenwinkel. Doch der mochte nur ahnen, daß sie schön ist, einen dunklen Pullover unter dem offenen Lackmantel trug, hohe Wangenknochen hat und ein schiefes Lächeln in diesem Augenblick.
Schade, dachte sie. Sie umfaßte den Schlüsselbund in ihrer Manteltasche.

*

Rosa Ferkelfleisch an den Füßen aufgehängt. Die Hinterbacken zittern, und eine Wolke von Mehl oder Puder geht auf die Ritze im Ferkelfleisch nieder. Bertha hat die Augen geschlossen und genau hingesehen.
Die Augen öffnen sich. Fast kleben die Wimpern noch am unteren Lidrand, da fällt ihr Blick auf den angebissenen Apfel, den keiner zu Ende essen wird. Auch sie nicht. Eine ölig blaue Fliege zieht ihre Kreise von der Küche aus durch die zwei winzigen Zimmer, hartnäckig, ruhelos. Kata Gradhand hat über Berthas Kopf das Radio so laut gedreht, daß es für das ganze Haus reicht. Bertha wählt ihre Nummer.
»Ach. Du bist es«, sagt Kata.
»Ja, ich, mir macht es nichts aus, daß ich es nur bin.«
»Komm rauf«, sagt Kata. »Ich habe da eben was.«
»Ich kann dich nicht verstehen«, schreit Bertha.
»Komm rauf, dann wirst du sehen«, sagt Kata und hat schon aufgelegt. Die Fliege kriecht die Zacken im braunen Fleisch des Apfels entlang. Der Brief liegt daneben. In dem Brief hatte das Wort gestanden.
Was? Was denkst du, Bertha? Was? Laß bloß die Augen offen, jetzt, egal wie schwer dir die Wimpern sind. Was hatte da gestanden? Schluß, Ruhe, Schnauze will sie sagen, öffnet den

Mund wie eine Katze das Maul, hört ein Kieksen hinten im Hals, fährt mit der Rechten zur Kehle. Sie tastet die Sprachlosigkeit ab, als läge ihr Unglück an einer geschwollenen Mandel. Was hatte da gestanden? Die Abwesenheit von etwas nimmt Gestalt an durch die Anwesenheit des Sonntags? Gib doch nicht immer alle Schuld dem Sonntag.

Sie steht auf. Sie weiß nicht, was es ist. Etwas ist in ihrem Gesicht, etwas wie Spucke. Wischt sie es fort, bleibt es, so, wie es nie dort war. Etwas ist gekommen und verbündet sich mit der Starre im Garten, mit der Stille der Wohnung, die mit Bertha sich nicht belebt. Sie geht nicht ins Bad. Nein, es könnte da einer liegen, auf dem Bauch und unter den Haaren, die sich kringeln um ein Beil, das im Nacken steckt.

Das war ich nicht.

Deshalb, Bertha, geh jetzt. Die grauen Steinfliesen im Bad glänzen noch feucht. Auf Zehenspitzen balanciert sie zum Fenster am Fußende der Wanne. Bevor sie es schließen kann, schlagen noch einmal böse die Flügel in der Zugluft gegeneinander. Einen Moment hält sich Bertha am Rahmen fest. Auf dem Wort liegt der angebissene Apfel. Und macht einen Fleck. Dieses Wort, es klingt wie der Schritt von einem, der heimkehrt in sein verlassenes Haus. Was hat sie damit zu tun?

Die Antenne des Walkmans ragt aus der Tasche des Bademantels. Eine Stimme aus der Tiefe der Tasche sagt, es sei Sonntag und März und sagt auch das Jahr, in dem Bertha lebt. Na bitte, sagt sie laut. Sie schaut ihre Fingerkuppen an. Auch die werden ihren Abdruck nicht wegen eines Worts ändern. Sie stützt sich mit der Handfläche am Fensterrahmen ab. Das Aufstehen vom Badewannenrand fällt ihr schwer. Alte Farbe splittert unter ihren Fingernägeln.

Auf den Abfluß schwimmt träge ein Schamhaar zu, ein lokkiges, das sich im Gitter verhaken wird. Gleich wird es bessergehen.
Den Sturm da draußen will sie nur abwarten, das Trocknen der Fliesen oder den dringenden Anruf, komm mit dem Taxi ins Theater, ein Fuß ist gestaucht, ein Herz gebrochen oder nur eine Liaison, die eh nichts taugte. Trotzdem, die Abendvorstellung ist in Gefahr. Wir müssen umbesetzen.
Bertha läßt sich wieder auf den Wannenrand fallen und wartet, daß ihr Warten endlich ein Ende hat. Die Antenne knickt unter ihrer Brust. Als das letzte Rinnsal Wasser im Abfluß verschwunden ist, steht sie auf und zieht den Lackmantel über den Bademantel. Auf halber Treppe hört sie Kata mit dem Sohn schimpfen, die Stimme bis zum Anschlag aufgedreht. Man versteht kaum die Nachrichten im Radio. Dann hat Kata zu einer Ohrfeige ausgeholt. Oder der Sohn? Bertha macht kehrt.
Die Birne in der Milchglasschale unter ihrer Küchendecke streut Licht, ohne recht zu leuchten. Sie stößt gegen den Teetisch. Genau besehen, ist er quadratisch und die Platte weiß. Er macht einen vernünftigen Eindruck. Was darauf liegt, kann man wegnehmen. Bertha nimmt mit links den Brief, mit rechts eine Packung Zigaretten. Im Bett deckt sie sich bis zum Kinn zu und riecht an ihren Haaren. Sie raucht, sie liest, das könnte gemütlich sein.
Nicht?
Sie wirft das Plumeau zurück. Das Weinglas auf dem Hokker am Fußende zittert und hält sich doch. Der Brief geht zu Boden. Ein Wort macht keinen Fleck.
Die Heizkörper sind aus Platzmangel nicht unter dem Fenster, sondern in den Zimmerecken gleich unter der Decke

angebracht. Das läßt den Kopf schwer und die Augen alt werden. Ehe man sich versieht, ist man mitten aus dem Leben heraus eingeschlafen. Bertha faltet die Hände auf dem Bauch. Die Zigarette qualmt zwischen ihren Fingern wie eine vor kurzem gelöschte Kerze.

Irgendwann muß sie doch die Treppe, zwei Stufen auf einmal nehmend, zu Kata hinaufgelaufen sein. Das Radio kündigte gerade ein Kinderhörspiel an. Kata schaltete den Sender ab, bevor sie die Tür öffnete. In der überraschenden Stille wurde es Bertha noch heißer. Sie fuhr mit der Hand zur Stirn. Wieder dieses Gefühl, vielleicht etwas Wichtiges, das Wichtigste überhaupt vergessen zu haben.
»Aber«, Bertha hebt die Hände.
»Bitte, bitte«, sagt sie leise. Doch Kata schlägt weiter auf sie ein mit einem Trockentuch, das sie von der Heizung gerissen hat. Dann steht Bertha in einer Rauchwolke.
»Ich habe Kopfweh«, sagt sie. In den Lackmantel auf Höhe der Seitentasche ist ein riesiges Loch geschmolzen.
»Es stinkt hier«, sagt Bertha. Sie steckt die Hände in die Taschen, aus Verlegenheit. Die Rechte kommt durch das Loch gleich wieder zum Vorschein.
»Hast du geraucht?« Kata wirft das Trockentuch in den Müll.
»Nein, gelesen«, sagt Bertha. »Und geraucht, im Bett.«
»Du mußt vor dem Einschlafen deine brennende Zigarette in die Tasche gesteckt haben. Wahrscheinlich wolltest du sie im Jenseits weiterrauchen«, sagt Kata.
Bertha läßt den Lackmantel von den Schultern gleiten. Er sackt auf der Schwelle zusammen.
Katas Sohn stiehlt sich in die Küche und verschwindet gleich wieder mit einer Handvoll Erdnüssen.

»Gut siehst du aus«, sagt er, als er Bertha sieht.
Die stellt sich auf das Häufchen Mantel am Boden.
»Was ist los mit dir?« Kata nimmt den Blick nicht von Berthas nackten Füßen auf dem schwarzen Lack.
»Weißt du, was das ist?«
»Was?«
»Arisch«, sagt Bertha.
»Klar doch«, sagt Kata. »Komm nur rein.«

*

So war es nicht immer gewesen. Zunächst hatte sie geglaubt, Kata könne sie nicht leiden. Kata. Sie hatte auf jenem blauen Sofa vom Fräulein gesessen, das im Basilius-Institut bleiben mußte, weil es im Stift nicht genug Platz gab. Kata hatte zwischen ihren beiden Söhnen gethront. Der Älteste hatte eine Lederkappe getragen.
»Levi«, hatte er gesagt, war aufgestanden und verbeugte sich knapp. Der Rest der Familie blieb sitzen. Einen Vater gab es nicht, wenigstens keinen sichtbaren.
»Das ist Kata«, stellte Levi seine Mutter vor. Die schlug den Kragen ihres Kamelhaarmantels hoch und schaute aus dem Fenster auf bessere Zeiten. Der Lidstrich machte sie älter.
»Wir ziehen am Wochenende ein«, sagte Levi. Das war am letzten Wochenende im vergangenen Jahr gewesen, und am Sylvestermorgen zuckte Bertha mit den Schultern, als habe sie versäumt, diesen Einbruch zu verhindern. Der Lärm, den die Gradhands machten, hatte das Käuzchenpaar an der Weggabelung fünfzig Meter vom Haus entfernt schon vor der Dämmerung in Aufregung versetzt. Es jammerte am hellichten Nachmittag, während die Möbelpacker seine Schreie nachmachten.

Das kann ja heiter werden, hatte Bertha gedacht und auf dem Teppich einen Spekulatius absichtlich zertreten. Am Neujahrsmorgen hatte dann ein aprikosenfarbener Afghane vor ihrer Tür gelegen. Von einem Hund hatten die Gradhands nichts gesagt. Als Bertha über ihn stieg, hob er nicht einmal den Kopf. Ein eingebildeter Hund, zwei pubertierende Jungen und eine schwierige Kindfrau, das kann heiter werden, fluchte Bertha. Es wurde heiter.

*

Endlich hat Kata Bertha ins Eßzimmer geschoben, in einen Sessel gedrückt und Kaffee in eine zweite Tasse geschüttet, die nur auf sie gewartet hat.
»Ich rieche ja nach Benzin.« Mit zerknirschtem Gesicht greift Bertha nach dem Henkel der Tasse. Sie läßt sich kaum von der klebrigen Tischplatte lösen.
Kata hat nicht hingehört.
Heute nacht habe sie, sagt Kata, ihren heimlichen Traum geträumt. Sie konnte Autofahren. Die Strecke war sehr kurvenreich, und in jeder Kurve standen Arbeiter, die in der Erde wühlten, nur kurz aufschauten und winkten. Sie saß in einem weißen Käfer. Am Ende der Fahrt, die dadurch zu Ende ging, daß das Auto absoff, war sie ausgestiegen und hatte sich in einem Wald verschwinden sehen. Das Auto soff immer weiter ab, bis nur noch das Schiebedach aus dem See ragte.
»Da staunst du, was?« Kata reibt ihre Nägel über die Tischplatte, als habe sie etwas vor.
»Da kommt noch was nach. Da bin ich sicher«, sagt sie. »Träumst du nie?«
Was soll Bertha sagen? Soll sie sagen, daß sie von dem Haus

auf der anderen Seite des Wassers, ach, daß sie von den Männern dort träumt und der Frau mit dem blonden Haar auf dem Schwarz der Kostümjacke? Daß manchmal, kurz vor dem Wachwerden, sie den Traum steuern kann, bis er ihr richtig Lust macht?
»Träumst du nie?« unterbricht Kata Berthas Träumen.
Bertha wird rot, als sie nein sagt.

Wieder allein, tastete Bertha ihr Gesicht ab. Es roch nur noch wenig nach Brand in ihrer Wohnung, und so gesehen, war ihr nichts passiert. Den Brief der Mutter hob sie vom Fußende des Bettes auf und trug ihn wie einen toten Schmetterling bei den Flügeln in die Küche.
Auf der Mappe stand nur ein Wort. Arisch.
Bertha mußte den Satz nicht noch einmal lesen. Eine Weile stand sie vor dem Teetisch. Der machte einen vernünftigen Eindruck. Er war quadratisch. Die Platte weiß. Was darauf lag, konnte sie wegnehmen.

*

Sie liegt da offen. Was in sie dringt, läßt sie leer.
Das war immer so. Und etwas ist daran anders, jetzt, und jetzt und jetzt. Sie wirft die Beine und springt hoch.
Ein erster anderer Montag in ihrem Leben, an dem die Gaslampen wie sonst dreimal nervös aufzucken, bevor sie sich entzünden, an dem sie, wie immer um diese Stunde zu einer solch frühen Zeit im Jahr einen Kragen oder ähnliches hochzieht, auch wegen der Geste, der Geste an sich, der Geste an sich selbst?
Sie steht auf. Nicht jeder, der aufsteht, geht. Bis ins Haus geht sie. Die Sonnenliege bleibt im Dunkeln des Gartens zurück und bleibt trotzdem Sonnenliege.

Sie kommt an dem Teetisch vorbei. Was darauf liegt, läßt sich wegräumen. Sie tut es, denkt, wenigstens einer, der vernünftig ist in diesem Haus, und schiebt den Brief und all diese anderen Briefe der Mutter in eine blaue Mappe, die ab jetzt dafür vorgesehen, legt den Apfel, den angebissenen, auf den geschlossenen Mülleimerdeckel.
Sich legt sie auf das Bett, schlägt die Füße ein mit dem Saum des Morgenmantels an diesem Abend ihres freien Tages. Sie will bis zum Dienstag schlafen, sich ausschlafen. Wie geträumt.

*

Die schwarze Limousine hält vor dem Haus im Villenviertel. Es ist ein heißer, staubiger Nachmittag gegen vier Uhr. Moosgrüne Jalousien sind halb heruntergelassen, und nur manchmal dringt das Klappern eines Tellers hinaus auf die Straße. Der Eingang liegt hinter Trauerweiden verborgen. Zwei schwarze Hunde drücken ihre Schnauzen durch das Tor. Mit der Pfote öffnet der eine das Gitter und läuft auf den Wagen zu. Im Fond sitzt die blonde Dame, ein Fräulein noch, das riecht der Hund sofort. Ihre perlmuttfarbenen Fingernägel fahren in sein schwarzes Nackenfell. Er leckt ihr Knie, das frei bleibt unter dem schmalen sehr eng geschnittenen Kostümrock aus bleichem Leinen. In der Höhe der Leisten beulen sich drei Sitzfalten nach der langen Fahrt.
Ihr blondes Haar stößt auf die Schulterpolster der Jacke. Sie geht mit bloßen Beinen im letzten heißen Licht des Tages die Treppe zum Haupteingang hinauf. Sie trägt keine Strümpfe. Die Fahne streift ihren Scheitel, fast. Bei jedem zweiten Schritt schmatzt ihr linker Fuß im feuchten Schuh.
Nur der linke.
Sie wirft einen fordernden Blick in die Eingangshalle aus

Marmor. Fünf dunkle Holztüren stellen sich ihr, verschlossen, in den Weg. Draußen zieht der Chauffeur die Gardine im Fond beiseite. Sie streift auch den rechten Handschuh ab und legt ihn auf die Garderobe. Neben dem Schirmständer knarrt leise der Wäschekorb, als sie gegen ihn tritt. Er ist bis zum Rand gefüllt mit weißen Kindersocken.
Der Mann hat ihren Blick gesehen und sie am Ellenbogen gefaßt. Sie läßt sich durch die mittlere der fünf Türen führen. Wissen Sie, daß ich keine Unterhose trage, sagt sie. Er küßt hochachtungsvoll ihr Handgelenk an der Innenseite, wo die Haut weißer ist.
Davon später, sagt er.
Später sitzen sie an dem halbrunden Tisch auf zierlichen Stühlen mit rotem Leder bezogen, saffianrot, gäbe ...
Die Erbse rollt von ihrer Gabel, bleibt zu den Füßen ihres Tischherren liegen. Dieser hat sie noch nicht geküßt. Fragend schaut sie in sein Gesicht, doch er ißt mit versunkenem Lächeln weiter.
Entschuldigen Sie, sagt sie. Alle schauen sie an und halten in der Kaubewegung inne. Das gibt ihren Gesichtern einen Charakter.
Entschuldigen Sie, sagt sie. Sie zeigt mit dem Finger unter den Tisch.
Sie haben keine Strümpfe an. Alle. Sagt sie.
Der Mann wischt sich mit ihrer Unterhose den Mund ab.

*

Warum jetzt dieser Mensch mit ausgebreiteten Armen auf sie zuläuft, ein Kind vom Dreirad stößt und dabei so viel Wind macht, daß die Köpfe unbeteiligter Passanten sich schütteln wie Baumkronen. Bertha ist so müde, und alle schauen sie jetzt an. Sie ist eine Geschichte, in einem für

den Morgen unpassenden grauen Kostüm. Sie ist übriggeblieben von letzter Nacht, hat sich am Brunnen das Gesicht gewaschen, den Mund gespült. Mit dem Taschentuch reibt sie an den zwei dunklen Wasserflecken auf der Jacke, und der Mensch mit den ausgebreiteten Armen zieht die Ellenbogen an den Leib, läßt die Hände vorschnellen und hält im Angriff inne. Er erstarrt in der Pose, legt den Kopf schief und lächelt. Bertha stemmt sich mit beiden Händen auf den Brunnenrand. Der Mann vor ihr macht noch immer Männchen. Sie schüttelt den Kopf. Der linke Ohrring fehlt, schlägt nicht mehr sacht gegen den Hals. Das wird sie noch mehr aus dem Gleichgewicht bringen. Jetzt strecken sich die Pfoten des Mannes aus, werden zu Händen. Sie greifen nach ihren Fingerspitzen, ihren Gelenken, nach ihren Ellenbogen, schütteln leise an ihren Schultern, als wolle er sie wecken.
Warum er jetzt rot anläuft und seine Augen strahlen läßt, als habe sie ihm etwas geschenkt? Er zittert. Das mag am Alter liegen.
»Sie sehen noch genauso aus«, sagt er.
»Genauso?« Bertha fährt mit der Hand über ihr Gesicht, als ließe sich die erste Schicht Haut wie eine Maske abstreifen.
Genauso. Das Wort macht einen Fleck.
»Wie vor dem Krieg.«
»Das soll vorkommen«, sagt Bertha. Seine Haare sind brüchig unter dem Rotbraun aus der Tube.
»Erinnern Sie sich nicht? Wir haben uns im Offiziersclub in Berlin getroffen, im gelben Haus an der Hasenheide. Wissen Sie nicht mehr? Die vier großen Badezimmer im Keller? Und Sie sehen noch genauso aus wie damals.« Die Wärme seiner Hände dringt durch die Schulterpolster ihrer Jacke.

Ob die vergangene Nacht und die davor sie so zugerichtet haben können?
»Man altert schubweise«, sagt sie gelassen.
»Aber Sie doch nicht, Gnädigste.« Jetzt faßt er ihr blondes Haar, das wie Schmuck auf dem Grau der Jacke liegt. Übel wird ihr. Zwei Sätze drängen sich auf. Sie muß sie nur in die richtige Reihenfolge bringen. Der erste: So war es schon einmal, genau so. Den zweiten Satz sagt sie laut.
»Sie meinen wohl meine Großmutter.«
Der Mensch tritt drei Schritte zurück und schlägt, sicher aus Versehen, die Hacken zusammen. Nach dem Brunnenrand tastend tritt er den Rückzug an. Bertha hält das Gesicht in die Sonne, als sei er längst fort.
»Wie hieß Ihre Großmutter, mein Fräulein? Hieß sie Elisabeth?« Er läßt Bertha keine Zeit zu antworten. Der Führung des Brunnens folgend kommt er in ihrem Rücken an. Dort fühlt er sich sicherer. Als sie seinen Blick auf ihrer Wirbelsäule nicht mehr spürt, dreht Bertha sich um. In diesem Moment geht durch seinen Körper ein Ruck, und wieder läuft er mit ausgebreiteten Armen auf eine blonde Frau zu. Er nimmt ihr den Korb vom Arm und hakt unter. Um ihre Füße springt ein Pudel, der die gleiche Frisur wie die Frau hat. Die Straße belebt sich. Bertha zögert.

*

Mit beiden Händen hatte er sich auf die Lehne des freien Stuhls gestützt. Das war gestern abend gewesen.
»Wollen Sie nicht austrinken? Es wird bald dunkel.«
In diesem Augenblick waren die Laternen auf der Promenade längs der Oos aufgeflackert.
Wie hatte er eigentlich geheißen? Bertha erinnerte sich nicht mehr. Der Abend war der erste milde im neuen Jahr.

Die Kellnerin mit den Wasserbeinen öffnete neben Berthas Tisch das Fenster einen Spalt. Bei jedem Schritt rieben ihre Oberschenkel hörbar aneinander.
Er arbeitete am Theater, hatte er gesagt und die Sonnenbrille abgesetzt, um die Wirkung seiner Worte auf Berthas Miene zu überprüfen.
Das sei aber aufregend, hatte Bertha gesagt, den Stuhl zurückgeschoben und die Beine übereinandergeschlagen.
Das war gestern abend gewesen. Sie hatten am gleichen Tisch noch ein Glas Champagner mit Holundersaft getrunken. Dann hatte er sie zum Essen eingeladen. Die Allee war leer gewesen, wie immer Dienstag abends. Er hatte seinen Mantel aus Fallschirmseide um ihre Schultern gelegt. Wenige Schritte vom Restaurant entfernt hatte er ihren Ellenbogen genommen und sie rascher geführt. Sie hatte, trotz des Mantels, in ihrem Kostüm zu frösteln begonnen. Seine Linke hatte mit einem Aktenkoffer gerudert. Dramaturg, hatte Bertha leise geraten. Als er ihr bei der Drehtür den Vortritt ließ, hatte er rasch auf ihre Beine geschaut.
»Kann man denn davon leben? Vom Theater?«
Er hatte geseufzt und seine Fingernägel beschaut.
»Davon schon. Aber damit?« Er hatte Bertha beobachtet, als solle sie sich rasch eine Meinung dazu bilden. Fast hätte sie sich verraten.
»Ich habe Sie sicher schon mal im Fernsehen gesehen«, sagte sie, als er ihr den Stuhl in die Kniekehlen schob.
»Nein. Ich arbeite in der Dramaturgie. Wissen Sie, was das ist?«
»Jaja. Ich war schon mal im Theater.« Bertha legte die Hände auf den Tisch. Sie trug keine Ringe.
»Sie sind der, der aus dem Kasten an der Rampe die Texte

vorsagt?« Bertha lächelte wie es Frauen tun, wenn sie nichts verstehen, aber bereit sind, für alles Verständnis zu haben.
Was ein Dramaturg sei, erklärte er beim Aperitif. Bertha klatschte in die Hände. Das sei ja wahnsinnig interessant, sagte sie. Ob er sie nicht einmal mitnehmen könne in sein Theater. Das müsse ähnlich geheimnisvoll sein wie ein Ausflug unter Tage in einem Bergwerk.
Sie sagte, sie sei aus Duisburg. Dann schaute sie beiseite, als sei sie mit dem letzten Satz zu weit gegangen. Sie saß sehr gerade in dem rosa Sessel mit der hohen Rückenlehne.
Was sie arbeite?
Dies und das, hatte Bertha gesagt und einem Kollegen zugenickt, der allein an der Bar saß. Wie zufällig lag die fremde Hand neben der ihren auf der gestärkten rosa Tischdecke. Einer, der die Frauen anzieht und dann Mühe mit ihnen hat, hatte Bertha gedacht. Klug, aber kein Geschichtenerzähler, kein Trinker, kein Kerl. Letzteres am Theater eh nicht üblich. In Badehose ein Kalkeimer, unsportlich, aber amüsant.
Den Wein kostete sie. Sie wählte auch das Menü für beide aus. Er schloß sich zerstreut ihrem Geschmack an, lobte Tomatenmousse auf Kräutersoße, Kalbsbries mit Trüffeln in Champagner, Spargel und sogar die Bröselbutter, lobte die Salami von Tauben oder Wachteln, den Eisauflauf Stephanie, das Buttergebäck dazu, lobte zusammenfassend alles nochmals, als habe Bertha selbst gekocht.
Im Bett würde er sich wie einer aus den französischen Filmen der sechziger Jahre benehmen. Bertha freute sich darauf. Als er fragte, ob sie noch bleibe und an ihrem Stuhl zog, versuchte Bertha es.
»Vierhundert«, hatte sie gesagt, mit dem Ellenbogen auf die weiße Stoffserviette gestützt. Dabei hatte sie den unver-

bindlichen Ton Kata Gradhands angeschlagen, die behauptete, sie kenne die Preise für solche Serviceleistungen. Um seine Augen die Fältchen hatten gezuckt. Er war sich durch die dichten, dunklen Haare gefahren, die länger waren als die Mode vorschrieb. Die fünf Finger der Linken zur Heugabel gespreizt, hatte er den Daumen gegen die Handfläche geknickt und sie melancholisch angeschaut.

»Vierhundert?« Sie hatte genickt. Bertha, in ihrem grauen Kostüm wie gezeichnet in der gedämpften Beleuchtung des Restaurants, hatte einfach gewartet.

»Ich warte«, hatte sie schließlich gesagt und mit müder Hand auf den Ausgang gezeigt. Sie war doch eine gute Schauspielerin. Oder?

»Nach Ihnen«, hatte er gesagt.

Noch bevor er die Socken auszog, hatte er die Armbanduhr abgenommen.

Stunden später fragte er, warum sie nicht bleibe. Sie brauche zwei Kopfkissen, um einschlafen zu können, sagte sie. Den Unterarm schob sie wie eine Lesestütze am Strand gegen den Hinterkopf. So hatte sie wach gelegen, gedacht, daß auch er am Morgen wieder führe nach Düsseldorf, Hamburg oder Berlin, daß er vielleicht noch zwei und ein halbes Mal an diese Begegnung denken würde. Sie drehte sich auf die rechte Hüfte. Der Mann seufzte. Sie heftete den Blick auf die Ohrmuschel. Er lag auf dem Rücken, ohne zu schnarchen, eine seltene Eigenschaft bei Männern. Ich bin Bertha, Bertha Baumgart. Wenn ich fortlaufe, läuft keiner hinter mir her. Ich bin Schauspielerin, was keiner mir glaubt und ich auch nicht mehr. Was soll ich mit der, hat er geschrien, dieser Jungregisseur aus Hamburg, als ich meine erste große Rolle spielen sollte. Ich will eine Recha, eine richtige Recha, und nicht so einen Restposten von der

Olympiade 1936. Bertha spürte, wie ihr Bauch sich hob und senkte. Woher diese Offenheit? Kam das von den rhythmischen Turnübungen mit einem Fremden, bei denen sie sich nur mühsam das Schreien untersagt hatte. Die Gardinen waren nicht vorgezogen. Im Dämmerlicht nun ließen sich die Konturen eines dünnbeinigen Schreibtisches, der Kronleuchter und eine Chaiselongue mit glänzender Stoffbespannung unterscheiden. Im Bad des Nachbarzimmers jammerte ein Wasserhahn.

»Laß doch den Hund raus«, knurrte die Stimme neben ihr aus dem zerdrückten Kissen. »Inge, laß doch den Hund raus.«

Eine Hand schob sich auf ihren Bauch, als seien sie seit Jahren verheiratet. Sie schob die Hand zurück. Als sie aufstand, stieß sie mit dem Ellenbogen gegen die perlengefaßte Nachttischlampe. Leise klingelte es.

»Was«, sagte der Mann neben ihr und schleuderte sein Kopfkissen aus dem Bett, als habe es zu laut gesprochen. Bertha schlich durchs Zimmer. Sie warf einen Schatten auf die Wand. Dem Schatten sah sie an, daß sie nackt war.

»Der Tag beginnt, wenn man einen weißen Faden von einem schwarzen unterscheiden kann«, murmelte Bertha.

»Ruhe«, hatte der Mann aus dem Bett ihr nachgerufen und auf sein Plumeau geschlagen wie auf den Tisch zu Hause. Durch den Flur, in dem die ganze Nacht das gelbe Licht gebrannt hatte, machte sie sich über das Treppenhaus davon, als Beute einen weißen Bademantel des Hauses Brenner unter der Kostümjacke zusammengedrückt. Der Baldachin über dem Portal, eine Muschel mit Adern von Gold, hatte schon in ihrem Rücken gelegen, da rief der marokkanische Hotelboy aus dem Küchenfenster etwas hinter ihr her.

»Sind Sie nicht beim Theater?«

Bertha hatte sich umgeschaut und den Bademantel mit einem lässigen Schwung über die Schulter geworfen.

*

Die Straße hat sich belebt.
»Woher hast du denn den Bademantel?« Das Kind mit dem Dreirad steht jetzt dicht vor Bertha. Sie öffnet die Lider einen Spalt. Der Alte, seine blonde Alte und der junge Pudel sind im Markttreiben verschwunden.
»Woher hast du denn das Rad?« Bertha macht den Tonfall des Kindes nach.
»Wie heißt denn deine Großmutter?« Das Kind kommt vertraulich näher. Es knöpft seinen Mantel auf.
»Laß das«, sagt Bertha. »Ich habe keine Großmutter.«
»Du lügst«, sagt das Kind.
»Nein.« Bertha springt vom Brunnenrand.
»Doch.«
»Nein.«
»Doch ...«
Das Kind schwingt sich in den Sattel und fährt hinter Bertha her. Die Stützräder rattern über das Kopfsteinpflaster. Hinter den beiden fährt im Schrittempo ein Taxi her, das offenbar keine Lust hat zu überholen. Sie unterhalten sich noch immer gut, Bertha und das Kind.
»Doch ... nein ... doch.«
Endlich trifft die Fußgängerzone auf die Autostraße stadtauswärts. Bertha läuft bei Rot über die Ampel.
»Du dummes Pferd«, schreit das Kind hinter ihr her. Dann ist es ruhig in ihrem Rücken. Sie nimmt einen Umweg, geht die Allee entlang. Die Hotels liegen auf der anderen Seite des Wassers. Hotel Europäischer Hof. Hotel Atlantic, Schwarzwaldklinik. Am Kurhaus wartet ein junger Mann

neben dem Schachbrett darauf, daß seine Gegner wach werden. Allein steht er da, auf einen Silberstock gestützt und in den Anblick des hüfthohen weißen Pferdekopfes versunken. Das Pferd ist aus Plastik und ganz leicht. Einmal nachts hat Bertha es über den Kopf gehoben. Nie hat sie eine Frau hier spielen sehen. Sie wirft den Bademantel über die andere Schulter, beugt den Oberkörper vor, legt die Hände über dem Steißbein ineinander. Ihre Schritte werden größer. Sie sieht aus wie ein sportlicher Mann, wie einer vom Fach. Der junge Mann sieht nur den Pferdekopf aus Plastik an.

Sie rollt den Bademantel wieder zusammen. Dabei knistern die vier Scheine in der Tasche.

Das Haus, in dem sie wohnt, klammert sich auf der Hälfte des Berges an den Hang. Hinter dem *Sorrento*, der Familienpension, führt ein steiniger Schleichweg durch das Gebüsch. Bertha reißt gedankenlos Blätter von den Sträuchern. Am Gartentor angekommen, ist sie außer Atem. Neben ihr hat ein Taxi gehalten. Die Tür hinter dem Fahrer pendelt unentschlossen, von einem kleinen Fuß in weißem Schuh immer wieder fortgestoßen.

»Stimmt so«, sagt die Gradhand.

Bertha verschwindet ums Haus herum im Hintereingang. Ein Windstoß hat in ihrer Abwesenheit die losen Blätter Papier durch die Zimmer verschickt.

> Wenn ich es so erzähle, liebe Bertha, fällt mir auf, daß ich es längst hätte wissen müssen. Dieser Geruch nach Leder, nach Männern. Ich war süchtig danach. Du verstehst, es ist nicht einfach, als Mutter der eigenen Tochter so ein Geständnis zu machen.

Bertha packt den Stapel blauer Briefe zurück in die blaue

Mappe, auf der nachlässig das Wort Realismusdebatte mit Filzstift geschrieben steht. In zwei Stunden muß sie zur Probe. Das Wasser im Bad hat sie mit dünnem Strahl aufgedreht, so daß es sehr heiß einfließt. Und dort, am Fuß der Wanne, während sie in den knisternden Schaum starrt, mit Fichtennadel nachsalzt, schläft sie ein. In dem Traum, den sie dann hat, verschwindet eine Braut in der Tiefgarage.

*

»Na, heute wieder ganz aus Stein.« Kata Gradhand lacht und sieht frisch aus. Sie hat schon Lippenstift benutzt, denkt Bertha. Ungeschminkt öffnet sie niemandem die Tür, selbst den eigenen Söhnen nicht. Aber sie hat auch ihre guten Seiten. Sie ist verschwiegen wie ein Grab, was ihr nicht schwerfällt, denn sie hört nur ausnahmsweise zu.
»Gib her«, sagt Bertha und zeigt auf die Post in Katas Hand. Wieder ist einer dieser blauen Umschläge dabei. Die Briefe kommen fast täglich. Die meisten öffnet Bertha, liest kreuz und quer, ärgert sich, ärgert sich so, daß sie die nächsten zwei oder drei Umschläge ungeöffnet beiseite legt. Und, meine Süße, was steht darin? Nur das Wichtigste? Was ich nicht weiß, macht mich nicht an. Zufällig fallen ihr die ungeöffneten Briefe wieder in die Hände, sehen nach jedem Tag, den sie lagern müssen, schwerer und trauriger aus. Dann nimmt sie sie mit, trägt sie mit sich herum, um sie zu vergessen oder zu verlieren.
»Meine Mutter«, sagt Bertha. »Leg alles auf die Treppe. Ich muß gleich zur Probe.«
Wegen des Winds klingt das Blöken von Nachbars Schafen so nah, als stünden sie unter Berthas Fenster. Die Nachbarn haben einen französischen Nachnamen, Heimweh nach der Bretagne und zu Ostern drei Lämmer. Bei trübem Wetter

lecken sie in der baufälligen Liebeslaube hinten im Garten an den Rosenblättern. Bertha ist in ihre Wohnung gegangen und hat die Post liegengelassen.
Allein. Allein? Gäbe es eine Kerbe für jeden Mann, der von Liebe sprach, von einer Liebe bis zum Tod, sie hätte an ihrem Türrahmen ein Kerbholz bis in Kopfhöhe. Die meisten jedoch starben sofort und gingen danach. Reglos und erleichtert saß sie dann in ihrer Wohnung, in dem kleinen Arbeitsraum oder in dem zweiten Zimmer, das noch kleiner war. Manchmal stellte sie sich vor, sie ginge am Wochenende mit einem Schaf an der Leine spazieren. Dazu müßte es leise und ganz anders regnen als sonst.
Das Haar klatscht auf den schwarzen Lackmantel. Sie hat es aus dem Pulloverausschnitt gezogen. Der Schlüssel fällt zweimal zu Boden, sie rutscht auf der Fußmatte aus, fällt mit der Schulter gegen den Klingelknopf und schlägt so Alarm in der eigenen Wohnung. Kommt sie wieder nach Hause, wird sie duschen, wird einen Whisky trinken, wird sich die Haare föhnen. Alles wird wieder gut werden.
Die Schafe des Nachbarn haben sich in der Liebeslaube zusammengedrängt und starren in ihre Richtung. An manchen Tagen schauen sogar die sie seltsam an.
Als sie den Berg hinunterläuft und in den Kurven beschleunigt wie ein Rad ohne Bremse, bekommt sie Seitenstiche. Es ist kurz nach elf, und der Intendant wird zum dritten Mal seinen Unmut gegen das Glas der Armbanduhr trommeln. Sie wird sich mit dem plötzlichen Regen entschuldigen. Doch als sie auf der Promenade bei den großen Hotels ankommt, schließen die Menschen ihre Schirme schon wieder. Einer macht es dem anderen nach. Der Stoff flappt drei oder vier Mal auseinander. Flüchtig steigt in die Gesichter Behaglichkeit, daß der Regen vorbei ist.

Sie muß es sich sagen. Das Leben kann schön sein, und manchmal ist nur die plötzliche Sonne daran schuld.
Ein Mädchen in knielangem, marineblauem Kleid, wie es in teuren Internaten Vorschrift ist, trödelt zwischen zwei Männern. Alle paar Schritte haben sich ihre Strümpfe gelockert. Sie zieht sie bis zum Knie hoch. Die Männer warten nicht auf sie. Ihre Silhouetten sind einander spitzer zugeneigt, wenn das Mädchen nicht zwischen ihnen geht.
Bertha überholt nicht. Ihr Blick hält sich fest an dem Zopfende des Mädchens. Der dunkelbraune Schwanz schlägt bei jedem Schritt gegen das Steißbein. Was so ein Zopfende in der Umgebung eines Steißbeins alles anrichten kann? Das Mädchen hat ihre Begleiter wieder eingeholt. Laut sagt es in die Gleichgültigkeit der Männer hinein: »Welch ein Ort auf der Welt. Beinahe ein Paradies«, sagt es auf Italienisch. Daher auch die Farbe des Kleides, des Haars, der Haut. An einer Laterne stellt Bertha den Satz des Mädchens ab, wie ein geklautes Rad. So glatt war ihre Haut an den Waden nie.
Bertha muß es sich sagen lassen. Sie gehört nicht hierher. Sie lebe hier, hatte sie zu Kata gesagt, als diese einmal wieder nicht zuhörte, sie lebe hier im Untergrund. Sie hatte die Souterrainwohnung gemeint, zuerst. Noch in der gleichen Nacht war sie aufgeschreckt und hatte den Satz geträumt, den sie eigentlich meinte. Sie lebte in einem Versteck, an sich selbst gelehnt wie an eine zweimal verschlossene Tür. Den Schlüssel hatte sie geschluckt. Der Beule, die der Schlüssel machte, am Kopf, an der rechten Hüfte, in der Fläche der Hand, wenn sie sie hob, um zu grüßen, der Beule sah sie den Vorsatz an. So will ich nicht sein. Dabei hatte sie nichts getan.
Unsinn, hatte Kata gesagt, du siehst aus wie alle. Deine

Hände auch. Bertha mußte vorsichtiger werden. Manchmal hörte Kata doch zu.
Bertha überholt das Mädchen und seine beiden Begleiter. Sie dreht sich nicht um. Die Gesichter sollen den Eindruck nicht zerstören, den die Silhouetten hinterließen.
Im Bad würden die Ameisen auch ohne Berthas Beisein mit dem Bau ihrer Straße beginnen. Ausgangspunkt ist heute die feuchte Unterhose, am Fuß der Wanne in sich zusammengesunken. Ziel wird wie im vergangenen Jahr der Wandschrank an der Längsseite des Bettes sein. Das Licht hat Bertha brennen lassen, damit die Ameisen besser sehen können.

*

Genauso war es schon einmal. Bertha zuckte. Als sie aus dem Theater kam, trat eine Frau in Weiß aus dem Spielcasino. Der Mann hielt die Schleppe in die Höhe, während sie mit kleinen weißen Schuhen die trockeneren Stellen auf dem Gehweg suchte. Die Braut verschwand in der Tiefgarage. An der Bushaltestelle standen drei junge Mädchen in ihren schlauchengen Röcken und sahen in die gleiche Richtung wie Bertha. Also hatte sie nicht nur geträumt.
Langweilig war die Probe am Abend gewesen. Wieder hatte der Regisseur nicht auf sie hören wollen. Natürlich können Sie den Text mit dem Rücken zum Publikum sprechen lassen, hatte Bertha sich wiederholt. Sie war aufgestanden. Der Regisseur hatte sie stehen lassen. Früher wäre sie gekränkt gewesen. Früher war seit einigen Tagen vorbei.
»Das war das.«
Bertha sah Kata hinter den vergitterten Küchenfenstern schon von der Straße aus und hörte ihren Schrei. Sicher sammelte sie wieder einmal Scherben auf. Die Silhouette

trug einen Turban auf dem Kopf. Sie bewegte sich rhythmisch hinter den Gitterstäben. Als Bertha auf der Rückseite des Hauses über einen Fahrradschlauch stolperte, ging über ihrem Kopf ein Fenster auf.
»Du kannst bei uns essen.« Kata öffnete die Tür und nahm das Handtuch vom Kopf. Sie stand in Netzstrümpfen und Jeansjacke unter dem Neonlicht. Ein Wind, der noch Sturm werden mochte, zog ums Haus.
»Das war das«, sagt Kata, als Bertha nicht nachfragt.
»Was war das denn?«
»So ein Ding, in das du mit 496 anderen gepaßt hättest, wenn ich dich nicht mit dem Trockentuch gelöscht hätte.« Kata kriecht mit dem Handfeger um Berthas Füße.
»Sagt keinen Ton und brennt«, sagt sie und hält Bertha die Scherben ihres Lieblingsaschenbechers auf dem Kehrblech unter die Nase. Bertha zuckt mit den Schultern, als Kata die Scherben in einer Schrankecke stapelt. Ein Fenster schlägt auf in der ersten Etage. Kata geht hinauf. Bertha ist für eine Zeit allein in der neonhellen Küche, mit einem Miles Davis, der im Radio zur Trompete greift. Als Kata zurückkommt, hat sie eine Schirmmütze auf dem nassen Haar.
»Erinnerst du noch meinen Traum mit dem abgesoffenen Auto?«
»Ich habe heute morgen auch geträumt«, sagt Bertha.
»Jaja«, und Kata spricht eilig weiter. »Ich habe dir doch gesagt, da kommt etwas nach. Letzte Nacht bin ich aus dem Wald zurückgekommen. Ich war nicht mehr allein, mein Mann war dabei. Die Arbeiter haben uns gewunken, auf ihre Schaufeln und Hacken gestützt. Auf dem Weg zum See habe ich ein Gefährt gefunden, eine Stange, an der ein Motor war. Ich habe mich darauf gesetzt und mich treiben lassen, für meinen Mann war kein Platz auf dem Gefährt. Der

See war inzwischen umgekippt. Das Auto lag auf dem Trokkenen fast, Schilf und Tang und Algen hielten sich an ihm fest. Im Auto saß eine Wasserleiche. Ich habe sie befreit und sie ihrer Bestimmung übergeben. Zurück ins Wasser, wo Wasserleichen hingehören, habe ich gesagt und sie in den Rest See, in diesen toten Tümpel geworfen. Dann bin ich weitergefahren. Mit einem Mal kam ich an einer Grube vorbei. Ich habe hineingeschaut. Da war es ein Grab. Ganz tief unten mit Beulen und Schorf übersät hat wieder die Leiche gelegen. Der Körper war wie bei einem Embryo gekrümmt. Ich habe mich zu ihr hinabgebeugt, und während ich sie anschaute, hat sie zu schnaufen begonnen. Im Gesicht hat das Leben wieder angefangen. Dann habe ich mich in den Wald gehen sehen.«

Sie sitzen am Tisch. Bertha stützt die Ellenbogen auf die rote Wachstuchdecke und das Kinn in die Handballen. Der Afghane versucht, auf Katas Schoß zu kommen.

»Du machst dich lächerlich«, sagt Kata und drückt ihn zurück. Draußen der Sturm hat an Leidenschaft zugelegt.

»Ich habe auch geträumt, am Morgen.«

Kata zieht den Schirm ihrer Mütze tiefer über die Augen.

»Laß uns erst essen«, sagt sie. Bertha nickt und hofft, daß sie danach ihren Traum vergessen haben, beide.

»Denkst du noch immer an das Wort?«

Bertha macht eine unbestimmte Handbewegung mit der Gabel durch die Luft.

»Der Lidstrich macht dich älter.«

»Man ist alt, wenn einen etwas älter macht.« Kata stellt die Teller ineinander. Irgendwo bellt ein Hund. Der Afghane hebt den Kopf und schüttelt die Ponyfrisur.

»Die hat nur Männer im Kopf, im Moment.« Kata trägt das Geschirr in die Küche.

Bertha steht eine Weile steif im Eßzimmer herum und schaut auf den Baum gleich vor dem Fenster, ein Scherenschnitt nur, der sich heftig im Wind biegt. Im Fensterglas spiegelt sich das Zimmer in ihrem Rücken. Sie zählt fünf Spiegel. Auf dem Schrank schreitet eine Frau aus Porzellan in einem engen roten Kleid zwischen zwei Jagdhunden weit aus. Das Kleid spannt sich um die Schenkel. Bertha legt der Frau Daumen und Zeigefinger um die Taille, dann drückt sie zu.

Nur Männer im Kopf. Sie schließt die Augen, damit niemand hineinsehen kann. Sie löscht das Licht im Zimmer. Die Welt hinter den Lidern hat welche Farbe, und von wo kommt sie her?

Ist sie nur in deinem Kopf, Bertha, ein Fangnetz, über den Abgrund gespannt, über die Leere geworfen, über das Nichts? Und, Bertha, reißt es, wenn du losläßt, da wo du hängst? An irgend etwas hängt schließlich jeder. Reißt es, und stürzt du lotrecht durch die Zirkusluft, die die anderen zum Leben noch brauchen? Und wer dir zuschaut, schreit, weint vielleicht. Nicht wegen dir, sondern wegen des Lochs, das der Durchmesser deines Körpers in das Netz reißt und durch das, einen ungewollten Augenblick lang, alle Augen irren müssen.

Sie tastet nach dem Lichtschalter, knipst die Deckenlampe an. Dann lieber Männer im Kopf, sagt sie halblaut und öffnet die Augen. Der Hund, der eigentlich eine Hündin ist, schaut zu ihr auf.

»Mach dir nichts daraus«, ruft Kata aus der Küche.

»Woraus?«

»Aus diesem Wort. Weißt du, wie mich heute einer genannt hat?«

Bertha versteht nicht recht.

»Nymphomanisch«, wiederholt Kata, zieht die Silben genüßlich wie die Rippen eines Fächers auseinander.
Bertha schweigt.
»Zeig mir doch die Briefe. Wenigstens den einen.« Kata stellt die Flasche Rotwein auf den Tisch.
»Fernsehen ist schöner«, Bertha ist schon aufgestanden.
»Nimm deinen halben Mantel mit«, Kata drückt der Weinflasche den Korken in den Hals.

*

So war es, liebe Bertha.
Sie finden mich langweilig? habe ich ihn gefragt.
Nein, sagte Felix Weintritt.
Dumm?
Nein.
Wie komme ich dann zu solchen Fragen?
Sie haben Talent.
Nur, wenn ich mit Ihnen rede, sagte ich auf Deutsch und war sehr unruhig.
Erzählen Sie mir von früher, sagte er. Ich zog die Schultern hoch, als habe jemand mit spitzen kalten Fingern in meinen Nacken gefaßt.
Ich ging oft mit ihm spazieren, außer an Sonntagen. Den Park teilte ein rascher, fast schwarzer Fluß, gegen dessen Strömung die Enten kaum ankamen. Hatten wir Zeit, so mieden wir die Straße und nahmen den Weg dort entlang zum Terminus, wo die Busse von der letzten U-Bahn-Station Londons aus in die entlegeneren Vororte fuhren. Zwölf Säulen säumten den Weg, nur um Efeu und Rosen klettern zu lassen. Am Ende des Gangs saß auf einem Schemel die Frau des pensionierten Postbe-

amten von Barnet Süd, von Mai bis September saß sie dort vor ihrem Pavillon, um stundenweise Bücher oder Liegestühle oder beides zu verleihen. An diesem Tag kratzte ein Hund an ihrer Tür. Vergeblich. Es war Mitte November. Felix Weintritt hatte eine Wollmütze über beide Ohren gezogen. Das sah nicht gut aus.

Ohne ihn anzusehen, sagte ich, ich wäre einmal in Deutschland gewesen. Am Meer. Es hätte Heringe aus der Dose, Frikadellen mit Püree gegeben und samstags nur Graupensuppe.

Das war 1953, sagte ich. Ich war zwölf. Das war in einem Heim für Mädchen, die nicht essen wollten. Man glaubte, die Nordsee könne Wunder wirken. Um zehn Uhr wurde im ganzen Haus das Licht abgestellt, auch auf den Toiletten. Wer nicht ins Bett pinkelte, pinkelte auf dem Klo daneben. Bis weit nach Mitternacht schlugen sich die älteren Mädchen mit den Schuhen auf die Köpfe, weil die Jungen aus dem Ort auf der Fensterbank saßen und hineinschauten wie in ein Aquarium. Die schon Brust hatten, knöpften sich bei der Prügelei das Nachthemd auf. Die Jungen knipsten Taschenlampen an und hielten auf die Brüste. Die Arme, das erinnere ich, waren mager. Ich saß mit meiner deutschen Freundin in der ersten Etage eines Stockbettes. Wir teilten uns eine Strickjacke und machten nicht mit. Der Vater meiner deutschen Freundin war Studienrat für Englisch in Kiel. Er wollte, daß wir uns schreiben, damit sie bei mir Englisch lerne. *Die Brücke* hieß die Organisation. Der Studienrat war der Ehrenvorsitzende.

Wie hieß das deutsche Mädchen? fragte Felix Weintritt.
Ich zuckte mit den Achseln.
Liese und Lotte, sagte er da zärtlich.
Gut, sprechen wir also von Liese und Lotte, sagte ich. Er nahm mein Kinn in die Handmulde, hielt mein Gesicht höher, als prüfe er es zum ersten Mal bei Tageslicht.
Sie schminken sich nicht mehr, Irene, sagte er.
Für wen schminkt sich die Souffleuse, sagte ich. Er ließ mein Gesicht fallen, um die Hände in die Taschen zu stecken.
Ich sagte: Die Taue an der Anlegestelle schlugen hart gegen die Bohlen. Und zehn Schritte von der letzten Holztreppe entfernt, nah bei den hohen Dünen, lag das Haus.
Das Haus am Meer, wiederholte ich. Er nickte.
Ich sagte, von dem Haus hieß es, dort herrsche Lebensgefahr. Wir stellten uns magischere Dinge vor als nur Einsturzgefahr. Gegen den Wind, der so heftig blies, daß unsere Kleider am Körper klebten, hatten wir uns bis dorthin vorgewagt.
Liese und Lotte, sagte er und ahmte den Gang von kleinen Menschen nach, die trotten.
Ich sagte, zerbrochen war ein Fenster in der untersten Reihe. Vom Wind ganz verrückt zog ich mich hoch an der Brüstung aus Eisenornament. Doch bevor ich einen Blick in den verbotenen Raum wagte, sah ich mich nach der Liese um. Jammernd stand sie da, zwei Meter unter mir, mit roter Nase und einem vor Verzweiflung ganz alten Gesicht. Auf der einen Hälfte sah es aus, als sei es vom Wind eingedrückt.

Und dann habe ich etwas gesagt, was ich mir damals nicht erklären konnte.
Alles ist noch so, wie es war, habe ich gesagt. Genau so.
Felix Weintritt hatte mich nicht verstanden. Die Liese ja auch nicht. Er setzte seine Brille auf, als warte eine größere Aufgabe auf ihn. Dann zog er mir ein trockenes Blatt aus dem Haar. Seine Hand hob sich. Ich zuckte zurück, als hätte er zum Schlag ausgeholt.
Ja.
Auf dem Tisch lagen noch die Serviettenringe, silberfarben, sagte ich. Auf einer dünnbeinigen Anrichte war, in Eile womöglich, meterhoch Geschirr gestapelt worden, weißes Geschirr mit einem kleinen goldenen Emblem am Rand. Und auf einem Glastisch daneben, bis knapp zu der Holzleiste an die Kante vorgerückt, ein Bataillon von Milchkännchen, die Nase alle in eine Richtung gehoben.
Ich ging der Witterung nach.
Alles war noch so.
Wie? fragte er.
So geblieben, sagte ich.

*

»Wer ist denn das? Ich?« fragt Kata.
»Meine Mutter.«
»Und wer ist jetzt arisch?«
»Ich«, sagt Bertha.
»Und deine Mutter?«
»Die auch.«
»Das ist ja normal«, sagt Kata.

In beiden Wohnungen klingelt gleichzeitig das Telephon. Unter halbgeschlossenen Lidern schaut Katas Hund von einer Frau zur anderen. Bertha steckt den Finger in den Briefumschlag und läßt ihn um die Kuppe kreisen. Das Telephon in ihrer Wohnung gibt zuerst auf.
»Machen wir weiter?« fragt Kata.
»Du findest es wohl gemütlich, den Sturm da draußen und diese alten Geschichten hier drinnen«, sagt Bertha.
»Ich finde, deine Mutter kann schreiben«, sagt Kata.

*

Ich war über weiße und schwarze Fliesen gegangen. Nur die schwarzen hatte ich betreten, als müsse ich mich an eine alte Spielregel halten. Doch, doch, wenn man es wissen will, weiß man, wie es war. Es war nicht einfach, weiterzugehen. Denn da stand noch der Samowar, gleich neben der Tür zum Tanzsaal. Wie ein unbestechlicher Wächter, sagte ich zu Felix Weintritt. Durch das zerschlagene Fenster hatte die Liese die Hand gestreckt, als stiege ihr da draußen das Wasser bis zum Hals. Ich zog sie herein. Wir durchquerten die Eingangshalle, in der das Portal Richtung Straße zugemauert war. Wir warfen einen scheuen Blick in den Tanzsaal mit den hohen Bogenfenstern zum Meer. Das graue Meer.
Dem Klavier hing der Deckel schräg am Leib, und der Stuhl davor stand auf dem ovalen Podest, wie gerade eben beiseite geschoben. Der Mensch, der hier fortgegangen, hastig oder müde, er war vielleicht längst tot. Nur seine Bewegung war noch da, in der Spanne zwischen Klavier und Stuhl.

Über einen groben roten Läufer, der Stufe um Stufe die Schuhe säuberte, waren wir hinaufgestiegen in die erste Etage.
Weiter, sagte Felix Weintritt.
Ich streckte die Linke nach einer Tür aus, ohne hinzuschauen. Ich ging blind auf die Nummer siebzehn zu, als sei dies mein Weg. Die Tür war verschlossen. Dahinter die Stille machte nicht den Eindruck, als wolle sie mir etwas verschweigen.
Ich wußte, wie es jenseits der Tür aussah, sah die Vorhänge in bleichem Grün, die geblümte Tapete, bevor ich mich zum Schlüsselloch bückte.
Die Liese hing mit respektlosem Auge an der Nachbartür. Laue Blumentapete, murrte sie. Hier auch, rief sie vom Ende des Gangs her. Und hier ist das Schlüsselloch verklebt, sagte die Liese.
Mit Wachs, sagte ich.
Die Treppe zur zweiten Etage war blank, und im Flur hallten die Schritte auf dem roten Linoleum. Den Zimmern standen die Türen offen. An den Schrägen hefteten Postkarten von Venedig, Titelbilder von braunen Kinoprogrammheften. Das Lächeln von Clark Gable, der Blick von James Dean. Daran erinnere ich mich, denn Ma hatte verboten, etwas an die Wand zu kleben. Irgendwo lagen ein Nest Nylonstrümpfe, eine Tagesdecke, die in ihrer Jugend türkis gewesen sein mußte. Die Rauten waren aufgeplatzt. Mausgraue Watte drang zwischen den Steppnähten hervor. Wissen Sie, was ich alles im Kopf habe? fragte ich Weintritt plötzlich.
Ich will es mir nicht denken, sagte er.

Der Autolärm schwoll an. Wir kamen zum Ausgang des Parks.
Da ist die Straße, da vorn, sagte er, um uns an etwas Gewöhnliches zu erinnern.
Wissen Sie, sagte ich, ich kannte es nicht, aber es kam mir bekannt vor. Jedenfalls fühlte ich mich nicht fremd. Ich glaube, ich schlug bei den zwei Sätzen mit den Armen, ratlos wie ein Vogel, der den Abflug nicht schafft, weil sein Gefieder noch naß ist.
Da zog er eine weiße Leica mit Goldrand aus der Tasche.
Das sind gefährliche Momente, sagte ich.
Vielleicht können wir sie später darauf erkennen, sagte er und hielt auf mein Gesicht.
Wissen Sie, sagte ich, wenn ich das alles so erzähle, fällt mir auf, daß ich es längst schon hätte wissen müssen. Was, das hat er mich nicht gefragt.
Ein leiser Regen setzte ein, und der Hund, der hinter uns hergelaufen war, machte schnell kehrt. Wir gingen schweigend nebeneinander her bis zum Terminus. Der Friseur schloß seinen Laden hinter der letzten Kundin. Die spannte ein dünnes Tuch über die starren Locken. Als wir die Tür unter dem Leuchtschild Pub öffneten, drehten sich vier Männer auf den Barhockern um, als seien wir ohne anzuklopfen in ihr Wohnzimmer getreten. Sie sehen uns an, wovon wir gerade noch gesprochen haben, flüsterte ich. Felix Weintritt nahm seine Brille ab und rieb die Gläser, bis ihre Blicke von uns ließen.

*

»Wann kommt denn die gewisse Stelle mit dem gewissen Wort?« fragt Kata. Sie reibt ihre Augen, bis sie einen schmatzenden Ton geben, als habe sie sie zerdrückt.
»Morgen«, sagt Bertha. Beide Frauen beugen sich noch einmal über den Stapel Briefe.
»Wenn ich das so lese, denke ich, die, die da schreibt ...«, Kata bohrt im Papier, als wolle sie einen Finger in die Wunde legen.
»... die würde sich am liebsten die Briefe alle vom Leib reißen und nackt in ein neues Leben laufen.«
Bertha schweigt. Am feuchten Mittelfinger sammelt sie Krümel vom Tisch und steckt sie in den Mund.
»Komm, ich bring dich nach Hause.« Schulter an Schulter gehen sie die fünfzehn Schritte von Katas zu Berthas Tür um das Haus.
»Wie sieht sie eigentlich aus?« fragt Kata.
Bertha schaut in den Himmel. Zwei Uhr morgens. Der Sturm ist vorbei, und viele Sterne, unfreundliche Sterne mit hartem Glanz sind zum Greifen nah.
»Wie sieht sie aus?«
»Wer?«
»Deine Mutter.«
»Ich glaube, wie ich«, sagt Bertha.
»Weinst du?«
»Warum sollte ich«, sagt Bertha. »Sie ist eine schöne Frau.«

In der Wohnung dann zögert Bertha, wo sie den Stapel Briefe vor sich verstecken soll. Neben dem Teetisch geht sie in die Hocke. Wie sie aussieht? Sie hat Rot im blonden Haar. Einen Stich nur, nur einen Stich, sagt die Mutter immer und streicht es am Hinterkopf hoch. Das macht ihren Nacken noch länger. Und ihre Augen sind grün, nicht mild

und blau wie Berthas. Auf der Bühne hatte sie manchmal ihre Mutter gespielt, war unwiderstehlich gewesen, mit Katzenaugen und schwerem Kupferhaar. Doch der Mund war nur ein Riß gewesen im gespannten Gesicht.
Ein Blatt schaut aus der Mappe, wie die anderen einzeilig und im Eifer über den Rand hinaus beschrieben.

> Ich saß in kurzen Stiefeln am Bettrand allein, liebe Bertha, die Strümpfe bis zu den Knöcheln gerollt. Einmal mußte es sein. Felix Weintritt war hübscher als die meisten Männer. Die Engländer sind eh nicht für ihre Schönheit bekannt. Eher für ihre Fairneß, und das ist nicht aufregend bei der Liebe. Ohne es ausprobiert zu haben, wußte ich damals schon, was ich wollte. Einen Mann, einen richtigen Mann. Ich war zweiundzwanzig und nahm mir vor: zuvor mußt du noch baden, wenn es dann soweit sein sollte. Wie oft wir schon ins Kino gingen! Einmal muß es ja sein. Am Bettrand sitzend aß ich die Kinokarte von eben auf.
> Die Leute glauben nur Geschichten, die behaupten, wahr zu sein. Geschichten sind so wahr wie die Leute aufrichtig sind, die sie erzählen. Glaube mir, Bertha. Dies ist meine wahre Geschichte. Und Deine.

Bertha gibt dem Teewagen einen Stoß, als stinke er.
»Laß mich in Ruhe«, sagt sie laut. »Ich bin bisher ohne deine Wahrheiten und meine Frühgeschichte ausgekommen.«
Sie schließt die Augen. Die Welt hinter den Lidern ist rot. Und die Weißwäsche, in die ein dunkler Socken gerät, nach dem Schleudern blau. Nimm deine Schmutzwäsche aus

meiner, will sie sagen. Nie ist jemand wegen eines Wortes verfolgt worden.
Nie?
Und wenn. Arisch, was heißt das schon? Arisch heißt doch nicht jüdisch, und in welchen Zeiten leben wir denn. Das geht zu weit, da will ich nicht hin. Bertha springt an die Decke und reißt ein Spinnweb aus der Zimmerecke.
Was bisher wie Zufall schien, riecht plötzlich nach Bestimmung. Nicht zufällig bin ich hier geboren, sondern ich bin ein Produkt, ein Endprodukt dieses Landes, seine Spezialität sozusagen, wie in Holland der Käse.
»Bertha«, sagt sie, sagt lauter »Bertha Bertha«. Der Name klingt in der engen Küche wie ein Echo.

*

Keine Briefe mehr.
Bertha wartet, ärgert sich und wartet heftiger. Jetzt ist es zu spät. Schon nistet diese Fremde im Leben, zuckt mit den Schultern und sagt, was hast du nur, ich war doch schon immer da. Die Fremde hat den scharfen Ton Berthas und sagt, sie solle doch zum Arzt gehen, denn ein sorgfältiger Arzt läse auf der Röntgenaufnahme den Schatten heraus, der auf dem Leben liegt. »Ein Schatten, genauso groß wie ich.« Geweint hat Bertha da nur wenig.
Jetzt braucht sie nur noch die Entfernung einzustellen. In kurzen Stiefeln und mit heruntergerollten Strümpfen sitzt sie auf der Kante ihres Bettes. Der Blitz ist aufgesteckt. Bertha schätzt die Beinlänge zuzüglich des Unterleibs bis in Bauchnabelhöhe und dreht den Abstandmesser auf achtzig Zentimeter. Zweimal drückt sie auf den grünen Auslöser. Die Mappe mit den Briefen liegt neben ihren Knien. Sie dreht den Apparat herum, hält ihn auf die Länge eines

Arms vom Gesicht entfernt und drückt wieder ab. Sie schließt die Augen dabei.
In der Nacht, auf einer dünnen Schicht zwischen wehrlosem Träumen und einem Traum, der sich zu einer Geschichte zwingen läßt, stellt sich ein Fremder neben sie. Sie hat noch ein Bild frei und drückt ab. Da sagt der Fremde ein Wort, das in der Mundbewegung für immer auf dem Photo festgehalten ist. »Rasch«, und Bertha wird an seinen Lippen hängen, die Buchstaben zählen. Einer fehlt.
Noch ist es Nacht. Es zieht. Die Fenster schließen schlecht. Berthas Windjacke an der Garderobe regt sich, bläht sich, als habe jemand eine letzte Bewegung in ihr stecken lassen, die einen Ausweg sucht. Den Stapel Blätter aus der Mappe hat die Zugluft aufgefächert. Ein Blatt gleitet zu Boden und hat Lärm gemacht wie ein Messer im Traum. Bertha knipst die Nachttischlampe an. Die kurzen Stiefel stehen vor dem Kleiderschrankspiegel und neigen ihre zerknautschten Schäfte einander zu. Der Inbegriff eines Paares. Die Äußerung kommt ihr im Angesicht von Schuhen leicht über die Lippen.
Mittags hatte Bertha das Haus verlassen. Die Lampe neben ihrem Bett ließ sie brennen. Das würde sie, wenn sie heimkommt, daran erinnern, wie sie es verlassen hatte.
Hinter dem Küchenfenster der Nachbarn arbeitete die Katze Katz mit aufgeregten Pfoten gegen das Glas an, als sie Bertha sah. Bertha hob die Hand und sagte »Maumau«, sie hatten sich länger nicht gesehen. Auch Katz hatte es nicht geschafft, bei ihr zu bleiben. Bertha war eben ein trauriger Heimling und hatte in der traurigen Kindheit nicht einmal einen eigenen Kamm gehabt. Katz war von der Fensterbank gesprungen.
Die Tannen bogen sich im ungezogenen Frühjahrswind,

und das Wasser fiel in spitzen Stecknadeln vom Himmel. Der Schwarzwald war schwärzer noch, als sie es Fremden zu beschreiben wagen würde. Und ihre Stimmung nahm Einfluß auf das Wetter? Bertha lief mit der Tasche über dem Kopf. Die Leute drehten sich um wegen der roten Lederjacke, übriggeblieben aus ihrer Schulzeit, als die Mädchen in Rockopern solche Dinger trugen.

Hatte die Tür geschlagen, blieb die Wohnung allein zurück in aller Stille. Die Dinge atmen auf und flüstern, für immer, für immer, keine Straße wird je wieder aufgerissen werden unter dem Fenster, kein Nachbarsbaum unter der Kettensäge fallen, morgens um sieben, kein Bus in der Kurve die Kurve nicht kriegen und lärmend den Riß in der Zimmerdecke verlängern zum Kaminvorsprung hin, draußen, auf einem Holzbügel an der Wäscheleine, gab hörbar ein Hemd den anderen Kammerton an, ein Männerhemd, das im Wind flappte und den Haken, von dem es abhing, knirschend zum Singen brachte, zum Trocknen hing es aus und wurde immer nasser. Der, der es vergaß, kam nicht wieder, rief nicht einmal an. Wer ruft schon wegen eines Hemdes an, hatte Bertha damals zu dem Hemd gesagt, das fachmännisch gefaltet für das schmale Fach eines Aktenkoffers auf ihrem Bett lag. Vermißt wurde es sicher, von einer Reisezahnbürste, einem teuren Deostift, einem Zweitschlüssel zu einer Zweitwohnung, einer Ehefrau. Bertha hatte es gewaschen, dabei vergessen, von wem es war, und als es nach Wochen ungebügelt hinter einem Stapel Bettwäsche zum Vorschein kam, hatte sie sich gesagt, es müsse das Hemd ihres Vaters sein.

Bertha hat ihren Vater nicht gekannt.

*

Er stand neben mir im Keller. Er schichtet Photos unter meiner Anleitung in Seifenkisten.

7. Mai 1959, Southend, sagte ich. Es war auf der Rückseite der Bilder mit Tinte notiert. Der Heizlüfter blies uns die warme Luft in die Kniekehlen. Trotzdem kletterte die Bodenkälte aus dem Estrich an den Beinen hoch.

Für eine Dunkelkammer riecht es sehr nach Seife hier, sagte er. Ich schaute ihn nicht an.

Erzählen Sie, sagte ich. Was fällt Ihnen bei dem Wort Deutschland ein?

Vorsichtig faßte Weintritt nach einem Photo, hielt es zwischen Daumen und Zeigefinger. Es wölbte sich in seiner Hand.

Marlene Dietrich, sagte er.

Die kenne ich auch, sagte ich. Aber die ist doch Amerikanerin.

Schenken Sie mir dieses Photo, sagte er. Auf dem Bild hatte ich enge Hosen an und das Haar im Nacken gedreht und locker gebunden.

Sie können es haben, sagte ich. Es ist nicht von mir.

Aber Sie sind das doch, auf dem Bild?

Schon, aber ich habe es nicht gemacht.

Er steckte das Photo in seine Gesäßtasche und schob die Lasche über den Knopf.

Nicht, daß ich jetzt auf Ihnen sitzenbleibe. Das sagte er auf Deutsch und lachte. Ich hatte die Redewendung nicht verstanden. Bei seiner Erklärung wurde ich verlegen.

Wo sind Sie geboren, fragte ich, um abzulenken.

In einem Grenzort, sagte er. Sie werden ihn nicht kennen.

An welcher Grenze?
An der deutsch-deutschen Grenze.
Da, wo Berlin liegt? fragte ich.
Nein, sagte er, Berlin und Deutschland sind nicht entlang der gleichen Linie geteilt.
Das kann ich mir nicht vorstellen. Ich schob ihm eine Papierserviette und einen Schreiber hin. Neben dem Kaffeefleck, rechts oberhalb der Mitte, schrieb er das Wort Berlin. Dann kritzelte er herum mit dem Kuli an den Rändern des Flecks, bis er die Kontur eines Bärs hatte.
Sie sind kindisch, sagte ich.
Das hat meine Mutter auch immer gesagt. Auch beim letzten Mal, als wir auf dem Bahnhof saßen.
Auf dem Bahnhof Ihrer Grenzstadt?
Ja, und auf den Zug warteten, sagte er. Der Zug hatte an unserem Bahnhof lange Aufenthalt. Wer keine Arbeit hatte, verkaufte Würstchen und Kaffee auf dem Bahnsteig. Es dauerte, bis die Paßkontrollen zugestiegen waren.
Paßkontrollen?
Wir haben den Krieg verloren, das wissen Sie doch auch, oder? Deshalb Paßkontrollen zwischen Deutschen und Deutschen.
Ich nickte.
Sie hatte schwarze Strümpfe an, sagte er.
Wer?
Meine Mutter, sagte er. Noch von der Beerdigung.
Ihres Vaters? fragte ich. Er schaute mich erstaunt an.
Das war nicht schwer zu erraten, sagte ich.
Der Vater, sagte er. Als er aus der Gefangenschaft

kam, wollten wir mit seinem langsamen Sterben nichts zu tun haben. Er hatte nur noch eine Leidenschaft: seinen Männerstrickverein *Freie Masche*. Deshalb saßen wir auch sehr gelassen auf dem Bahnhof, sprachen über die Trauergäste. Wie alt manche, wie dick die Gesichter geworden waren.
Ich lachte.
Ja, sagte er. Da lachte man schon wieder.
Die Manschetten seines Hemdes kamen weit unter der Jacke hervor, als er mir die Wäscheklammern einzeln gab.
Sie hängen Ihre Photos mit einem Gesicht auf, als seien sie eine Handvoll alter Socken, für die sich das Waschen nicht mehr lohnt, sagte er. Dann setzte er sich auf eine Kiste, schlug die Beine übereinander. Das Photo in der Tasche seiner Hose hatte er schon vergessen. Er kreuzte die Arme vor der Brust. Der Zeiger auf seiner Armbanduhr rückte weiter vor und hatte mit dem Augenblick jetzt nichts zu tun.
Er sagte: Ich schob meine Hände links und rechts neben Mutters Leib in die Lücke, die sie mir zwischen Taille und durchgedrückten Armen ließ. Dort umarmte ich sie. Sie ist gegangen, bevor der Zug anfuhr. Das letzte, das ich von ihr weiß, ist die Länge der Laufmasche an ihrem schwarzen Strumpf entlang der dünnen Wade.
Sie haben Ihre Mutter sehr geliebt?
Sie haben meine Geschichte nicht verstanden, sagte er, hechtete, die Füße geschlossen, von der Kiste, hob meine Haare mit der Handkante an und küßte mich in den Nacken.

Nein nein. Ich wich aus.
Nein, Sie, sagte jetzt ich auf Deutsch. Anders konnte ich es nicht ausdrücken.
Manchmal versucht man es eben, sagte er.
Und was dann kam, habe ich mir am gleichen Abend noch aufgeschrieben.
Also. Manchmal versucht man es eben, sagte Felix Weintritt, und ich fragte.
Was?
Etwas Unfaßbares anzufassen, sagte er. Wir starrten uns an, du weißt, Bertha, wie diese Verliebten im Café, die sich anschauen, so, als würden sie sich gleich anfallen.
Zwei Menschen sind ein Tier, dachte ich.
Die Uhr an seinem Handgelenk tickte so laut, als wüchse sie in der Stille. Er griff nach mir.
Manchmal versucht man eben, es anzufassen, den Vogel im Nest, den Tau auf der Fensterbank gegenüber, das etwas Mehr als Nichts, ohne das wir verwahrlosen müßten. Und dich.
Bertha, du fragst, wer dieser Felix Weintritt ist?
Dein Vater. Dein Vater, meine Süße, dein Vater.

*

Mitten im Blumenrondell hält Olga ihre bloßen Arme und das Gesicht in die Sonne. Schulkinder überall. Ein Taxi hupt hinter Bertha her. Auch das liegt am Frühling. Ausgerechnet heute hat Bertha einen Schirm dabei. Der ist ihr immer einen Schritt voraus geeilt. Männer in den besten Jahren blicken ihr in die Augen, lockern die Krawatte und versäumen, rechtzeitig etwas zu sagen. Etwas Verbindliches. Zum Beispiel: Die südlichste Stadt Deutschlands, finden Sie nicht auch. Im Gartencafé, das zum Hotel Atlantic gehört, werden gelbe Sonnenschirme über den Tischen am Flußufer aufgespannt. Bertha stößt mit dem Fuß die Tür zum Foyer auf. Zwei Männer, älter schon und in Lederhosen, warten an der Kasse. Bertha zeigt auf die träumende Olga auf der Sonneninsel vor der Tür. Die Männer schauen durch Berthas Kleidung hindurch bis auf ihre schöne Seele. Diese Stadt ist wirklich die südlichste Stadt Deutschlands. Das weiß sie selbst. Niemand zwingt sie, zu bleiben. Das Theater ist kein Theater, sondern eine Abteilung der Bäder- und Kurverwaltung.

Daß es so kommen konnte, denkt Bertha. Sie hält im Foyer bei einem rosa Sessel inne, als trüge sie Taschen, die ihr zu schwer geworden sind. Mit dem Zeigefinger fährt sie das Muster an der roten Seidentapete entlang, zählt die Jahre, die noch bleiben, in Form der Rauten ab.

»Daß es so kommen konnte«, murmelt sie. »Daß ich denke, ich bin ja noch jung, während ich jung bin. Freiwillig sitze ich meinem Leben in der zweiten Reihe gegenüber. In der ersten könnte ich zum Mitspielen aufgefordert werden.«

Mitspielen. Sie dehnt das Wort. Nein, sie ist keine Schauspielerin. Müßte sie einen Fisch spielen, sie würde nicht denken, was denken die Leute über den Fisch, sondern, was denken sie über mich, da auf dem Trockenen, mit dem offenen Maul. Ach, ich bin nicht gut dran. Bertha setzt sich auf einen der rosa Cocktailsessel. Sie schließt die Augen, drückt gegen die Lider und fährt in die Erinnerung ein wie in eine schwarze Landschaft. Sie schwimmt. Ein dickes Mädchen fischt mit einem gegabelten Ast gleich neben einer ganz jungen Bertha mit Zöpfen die tote Ratte aus dem Wasser, springt auch hinein, nackt bis auf die blaue Unterhose. Sie paddeln zwischen Laub. Andere Mädchen am

Beckenrand legen gestreifte Kleider ab, springen ins Wasser, kreischen, spritzen Bertha naß. Sie wendet sich ab, mutlos, lustlos.
Lasch, sagt eines der Mädchen giftig und rasch. So ist sie, was soll sie dagegen tun?
Der Cocktailsessel ist umgefallen, als sie aufsteht, bleibt auf dem Rücken liegen, als sie an der Kasse vorbeiläuft und an Olga, die noch immer die Sonne anbetet. Einen ratlosen Hund spricht Bertha an, der folgt ihr wenige Schritte, bis zum Wasser. Als sie über die Brücke zum Kurhaus geht, ist er zurückgeblieben. In der zweiten Etage, über den Lese- und Fernsehräumen für die Kurgäste, ist ihr Büro.
Sie teilt es mit Nora, der Sekretärin des Intendanten. Freitag ist es, drei Uhr. Die Glocken läuten.
Warum die Menschen immer freitags heiraten? Nora zuckt mit den Achseln. In der Ecke des Fensterbretts meckert die Kaffeemaschine. Nora sitzt an der Schmalseite von Berthas Schreibtisch und ißt Butterbrezeln. Abschätzig schaut sie auf Berthas winterbleiche Beine unter dem kurzen Rock. Den Bleistift, zum Diktat gespitzt, hat sie hinter das linke Ohr geschoben. Sie hat ein breites, herzförmiges Gesicht, mit dem sie gerne lacht und ebenso gern weint. Tülltaube hatte Bertha sie heimlich genannt, bevor sie erfuhr, daß Nora früher Gardinenverkäuferin war. Stehen sie nebeneinander vor einem Spiegel, glaubt Bertha genau den Unterschied zu sehen, Nora und Bertha, ein Schwamm und ein Messer. Bertha versucht, sich die schlechten Gedanken nicht anmerken zu lassen.
»Wirklich nicht?« Endlich hat Nora den Blick losgerissen von Berthas Beinen.
»Nein, wirklich nicht«, sagt Bertha. Die Bewerbungsunterlagen für das Vorsprechen in der kommenden Woche wach-

sen der Schreibtischlampe über den Kopf. Sie stützt sich auf den Stapel. »Ich suche sie nicht danach aus, wie ihr Gesicht auf meinem Kopfkissen ausschauen würde.«
»Aber wonach suchst du die Kerle denn dann aus.« Nora blättert vorsichtig in einer Mappe mit Lebensläufen und Photos. Manchmal streicht sie mit der Handfläche zärtlich über eine Seite. Das Wort Bewerbung nimmt sie persönlich. Wieder streicht sie einem Photo die Haare aus dem Gesicht. Schaut Bertha ihr zu, dämmert ihr, was sie gegen Nora hat. Es muß vor langer Zeit gewesen sein, noch vor ihrer beider Geburt, als sie vielleicht das Paradies nebeneinander aushielten. Dort mußte Bertha der Nora die Leidenschaften überlassen haben, die sie nicht wollte und die sie noch heute mit hochmütigem Lächeln von sich weist.
»Nora«, sagt Bertha laut.
»Ja, hier«, sagt Nora mit vollem Mund, lächelt und wartet gutmütig auf eine Aufgabe.
»Nora ist ein ehrgeiziger Name für ein normales Mädchen«, sagt Bertha zum Henkel ihrer Tasse. Nora kümmert sich um die Spitze nicht. Warum Bertha beim Theater ist, wenn nicht wegen der Männer, fragt sie, bläst die Papiertüte vom Bäcker auf und läßt sie platzen. Die Krümel verteilen sich über ihr rotes Kleid.
»Beim Theater bin ich, weil sie mich beim Zirkus nicht genommen haben.« Bertha mustert die zwei schäbigen Rollschränke, den Blumenkalender der Badischen Sparkasse, den Staub auf dem Stapel Programmhefte längst abgespielter Stücke. Nora streicht ihre Haare hinter die Ohren, um besser hören zu können.
Außerdem halte sie zwei Dinge auseinander, sagt Bertha: die Männer hier, sie zeigt auf einen imaginären Punkt am Boden zwischen ihren Beinen, und die Männer da draußen.

Jenseits des Fensters liegt die Bar Leos gegenüber dem Theater. Ab Mittag wimmelt es dort von Männern. Zwischen den aufgerichteten Lamellen der Jalousien sehen Nora und Bertha die Kellner Stühle und Blumenkübel mit Oleander in die Sonne schleppen.

»Den mit den schwarzen Haaren haben sie aus Mailand geholt. Das ist der Mann des Jahres«, sagt Nora.

»Weißt du, daß es Mädchen gab, früher einmal bei den Nazis, die haben in schweren Uniformmänteln vor dem Schlafzimmer Hitlers Wache geschoben. Unter den Mänteln waren sie nackt«, sagt Bertha.

»Das ist nicht wahr. Das hast du nur gelesen«, sagt Nora.

»Stimmt, ich habe es gelesen, dann habe ich es mir vorgestellt.«

»Das ist ja krank«, sagt Nora. Ihre Stimme klingt zufrieden.

Dreißig Männer als Akte unter den Arm geklemmt, zieht sich Bertha auf die Probebühne zurück. Ein Sonnenfleck trifft auf der Treppe ihr Gesicht. Sie öffnet den Mund. In der Mitte ihres Körpers geraten zwei Drähte aneinander, die sonst nur in einer gelungenen Umarmung mit einem Mann sich kurzschließen. Und weil sie jetzt nicht seufzen, nicht schreien, nicht närrisch sein kann, tritt sie die Schwingtür zur Probebühne mit einem entfesselten Fuß auf, die Bewerbungen wirft sie auf den Dielenboden, sich wirft sie drüber. Staub wirbelt hoch wie immer im Theater. Sie drückt den Rücken durch, wirft den Kopf in den Nakken, Jajaja, und sie wiederholt das kratzige Jajaja. Der Aufruhr läßt nach.

Einmal nur hat sie das gehabt, damals auf dem Weg vom Waisenhaus zum Bahnhof. Sie war hinter den anderen Kindern hergetrödelt und dabei nicht erwischt worden. Nebenbei hatte sie von einem Obstkarren am Weg den dicksten Pfirsich mitgehen lassen. Im Fortlaufen hatte eine Faust sich zwischen ihren Oberschenkeln entlang geschoben. Rhythmisch und für die anderen unsichtbar hatte die Faust sie immer wieder angehoben und auf einem höchsten Punkt ankommen lassen, für den sie erst Jahre später das Wort hatte.

Der Intendant steckt seinen Kopf durch die Schwingtür, sieht Bertha auf allen vieren zwischen den Bewerbungen, einen Bleistift im Mund.

Es reiche, wenn sie ihm die Reihenfolge für das Vorsprechen morgen vorschlage, sagt er und will sie am Ellenbogen vom Boden hochziehen. Ob sie heute abend schon etwas vorhabe? Es komme Besuch aus Basel. Ja, der. Genau der. Zerstreut dreht der Intendant die Heizung kleiner.

»Alles klar?« fragt er Bertha, als träfen sie sich am Stammtisch.

Bertha nickt. Noch kostet sie den Schwung von soeben aus. Noch ist sie nicht gelandet. Der Intendant steht irgendwo auf der Piste, klein und unwichtig. Daneben stehen ihre Sorgen, und sie sehen wie Gepäckstücke aus, die ihm gehören. Alles in diesem Moment ist so schön, so richtig, so unwichtig, daß sie zum Denken gar keinen Anlaß hat.

»Schöner Tag, dieser zwanzigste«, sagt sie. Dann springt sie mit beiden Füßen gleichzeitig in die Hocke.

»Ich muß mal rüber«, sagt sie. Sie läßt ihn einfach stehen.

*

Vor dem Theater versuchen vier Jungen die Treppe mit dem Skateboard zu nehmen. Der kleinste schafft den Sprung auf die fünfte Stufe. Olga, wieder in ihr Glashaus zurückgekehrt, klopft in regelmäßigen Abständen gegen die

Scheibe. Kurz lassen die Jungen sich fortscheuchen und kommen hartnäckig wie die Fliegen wieder zurück.
»Ich habe zu Hause einen Kleiderbügel aus Holz«, sagt Bertha.
»Ein Teppichklopfer wäre jetzt besser«, und Olga spuckt in ihre rechte Hand.
»Auf dem Bügel steht R. A. D. und irgendeine Nummer«, sagt Bertha.
»Das heißt Reichsarbeitsdienst und hat nichts mehr zu bedeuten.«
Bertha nickt, bis sie bei der Tür ist, nickt, als sie schon die Stufen hinuntergeht, als stelle sich mit der Bewegung auch die Überzeugung ein. Ein Junge springt ihr fast auf die Füße. Er ist der Älteste der Gradhand.
Jetzt schließt Bertha wie zuvor Olga die Augen und hält ihr winterweißes Gesicht in die Sonne. Die Jungen müssen einen Bogen um sie fahren. Solange Levi dabei ist, macht sie sich keine Sorgen. Die Welt hinter den geschlossenen Lidern ist rot und die Sonne eine Gegenlichtrampe.
Da riecht sie sie, bevor sie sie sieht.
Sie marschieren in einer Reihe, Schwanz in Rüssel verschlungen.
»Elefanten«, sagt plötzlich Olgas Stimme neben ihr. Sie braucht das Wort, um zu glauben, was sie da sieht.
»Vom Zirkus, der heute abfährt.« Olga denkt erleichtert an ihre Kasse. Sie glaubt, ein Zirkus könne Konkurrenz für das Theater sein.
»Finden Sie nicht?« Schüchtern schaut sie Bertha an.
»Nein. Zirkus ist besser«, sagt Bertha. Und mitten in der Arbeitszeit schließt sie sich dem kleinsten Elefanten am Ende der Reihe an, da, wo die Kinder mitlaufen.
»Hast du die Elefanten gesehen«, wird Levi fragen, als sie

sich bei der Post treffen. Er sitzt auf einem Blumenkübel und drückt eine Zigarette in der grauen Erde aus.
Dann weicht er nicht von ihrer Seite, bindet sich das Halstuch um die Stirn, damit sie das Taschentuch am Handgelenk sieht.
»Eine Verletzung beim Springen.« Auch ohne Skateboard ist er einen Kopf größer als Bertha. Ihr Schritt paßt zweimal in seinen.
»Hast du die Elefanten gesehen?«
Bertha nickt.
»Das war richtig traurig«, sagt er, als gäbe es das gar nicht mehr: traurig. Jetzt muß er es erzählen. Er habe da gesessen neben dem Garderobenständer, einen Spiegel vor der Nase, von dem es nur noch den Rahmen gegeben habe ohne Glas. Er habe sich gepudert, die Brauen blau gemalt, sich eine Rübe mit einem Gummi mitten im Gesicht aufgeschnallt und die rote Lockenperücke wie eine Badehaube übergestreift.
»Wer?« fragt Bertha.
Drüben bei den weißen Bänken für Kurgäste, die wegen ihrer Diabetes nicht zu oft im Café sitzen dürfen, sieht Levi einen, der auch ein Stirnband trägt. Mit dem Brett nimmt er Anlauf und springt gleich neben seinem Spiegelbild auf den Bordstein, dann auf die Brückenbrüstung. Beide schauen zu Bertha herüber. Ob sie die Gefahr sieht, in die er sich wegen ihr begibt? Jetzt reden sie, drehen ihr die ausrasierten Nacken zu, die mageren Hintern in Jeans, zerrissen an den Stellen, wo man die Risse trägt.
Du stehst wohl auf ältere Frauen, hört sie Levis Freund lauter als nötig sagen. Sie boxen sich auf die Oberarme, kurz, dann gehen sie wieder auseinander. Vor Bertha läßt er sein Brett einen dreifachen Salto in die linke Hand machen.

»Dann kam er zurück«, sagt er. »Am Ende der Vorstellung. Er nahm die Badehaube mit den Locken ab, dann die Nase, ja, dann schmierte er sich so eine Abschminke ins Gesicht, ja, rieb alles in ein Papiertuch. Das Kissen holte er sich aus dem Hosenbund. Da haben die Leute natürlich gelacht, ja. Dann zog er einen Morgenmantel über, und ein Handtuch legte er wie einen Schal um den Nacken, ja, und dann ging er ein paar Schritte vor, der Lichtspot folgte ihm, er blieb stehen eine Minute oder so, ja, und schaute die Leute nur an. Das habe ich im Zirkus nie gesehen. Das war echt traurig.«

Als Bertha sagt, er könne aber schön erzählen, fühlt er sich mißverstanden und rattert davon.

Abends trifft sie ihn auf der Allee wieder. Er hebt die Hand am gestreckten Arm zum Gruß, drei Finger abgespreizt.

»Weißt du, was das heißt?« fragt er Bertha so beiläufig wie möglich.

»Meinst du, ich bin blöd.«

Er zuckt mit den Schultern und läßt sie stehen.

»Ich bin übrigens blöd«, ruft er dann aus Entfernung hinter ihr her. »Ich bleibe sitzen.«

»Dann geh doch zum Zirkus«, und wäre er nicht so weit entfernt, würde Bertha ihm anvertrauen, daß auch sie einmal zum Zirkus wollte. Sie läßt es, geht angeschlagen weiter. Nicht jeder ihrer frühen Träume soll zur Anekdote verkommen.

*

Dann hatte der Frühling es sich noch einmal anders überlegt. Der Regisseur aus Gießen machte einen mittelmäßigen Eindruck, und Bertha bedauerte, sich nicht wärmer angezogen zu haben. Sie zogen um, ins Innere des Restaurants, mit Gläsern und Tellern auf der Hand. An den Beinen standen Bertha die Haare zu Berge, und sie beendete die Besprechung rasch. Noch vor dem Espresso stand sie auf, entschuldigte sich. Sie habe noch zu arbeiten. Sie mußte sich herunterbeugen, um ihm die Hand zu geben. Er stand nicht auf. Er schaute in ihren Ausschnitt.

Olga sitzt in ihrer Kasse, obwohl heute keine Vorstellung ist. Sie kann nicht mehr anders. Sie ist seit fünfunddreißig Jahren beim Theater. Kommt sie einen Tag nicht, stirbt sie. Oder das Theater.
»Da ist noch einer aus Neustrelitz gewesen, gerade eben noch, wegen des Vorsprechens. Ich wollte ihn rüberschicken, aber er hat seine Unterlagen hiergelassen.« Olga in ihrem Glashaus spielt mit dem Schild *Ausverkauft*, schiebt es zwischen zwei blauen Gegenständen her und hin.
»Hier«, sagt sie. »Das ist vom Neustrelitzer.«
Eine blaue Mappe, ohne Aufschrift. Bertha nimmt sie an sich.
»Sie frieren ja«, sagt Olga und ist zu schüchtern, ihr die Strickjacke anzubieten, die über der Stuhllehne hängt.
»Wollen Sie Ihre Post«, fragt sie statt dessen. Sie streicht mit schwerer Handkante über einen blaßblauen Brief.
»Aber aber.« Mehr sagt Bertha nicht dazu. Lieber schaut sie auf die Zigarettenpackung, Marke *Flirt*. Zwei Musen, eine mit Harfe, eine mit Palette, hocken mit angezogenen Knien auf orangem Hintergrund.
»Das sind Österreichische«, sagt Olga. Und nachdem Bertha Zeit gewonnen hat, sich eine Österreichische hat anbieten lassen und den Rauch ungeschickt in die Augen geblasen hat, fragt sie doch.

»Wo kommt der denn her?« Sie zeigt auf den Umschlag wie auf einen Feind aus alten Zeiten.
»Den haben Sie gestern bei der Garderobe verloren. Er ist noch ungeöffnet.« Nach einer halben Runde auf dem Geldkarussell hat der Umschlag die Trennscheibe zwischen Bertha und Olga passiert. »Ein Blauer.« Olga zwinkert. »Sicher von Ihrer Mutter.«
Bertha nimmt den Umschlag ohne hinzusehen. Läßt sich denn damals von jetzt nie trennen? Steckt sie den Brief ein, wird er bei unpassender Gelegenheit sich einmischen, sein Maul auftun und mit der Stimme der Mutter aus der Tiefe der Tasche sich melden. Bertha?
Nicht wie eine, die etwas Dringendes vor sich hat, sondern wie eine, die sich nicht einholen lassen darf, hastet Bertha in ihr Büro. Die Hand noch an der Klinke, hört sie, das Telephon schnurrt auf ihrem Schreibtisch. Bäuchlings über Stempel, Videokassette und Zeitungen geworfen, hangelt sie nach dem Hörer.
»Ich bin es noch mal«, sagt Olga.
»Ja«, sagt Bertha barscher als nötig.
»Sie hat heute morgen angerufen.«
»Wer?«
»Ihre Mutter. Sie mögen sie heute noch zurückrufen, länger klingeln lassen. Möglicherweise sei sie auf dem Balkon oder im Keller.«
»Danke«, Bertha schlitzt mit einem Korkenzieher den blauen Umschlag seitlich auf.
Als gäbe es etwas zu tun, steht sie auf. Durch den Rockstoff greift sie nach ihrer Unterhose, zieht das ausgeleierte Beingummi über die Hinterbacken zurück. Im schwarzen Plastikeinband einer Videokassette, die ihr zwischen die Finger gerät, spiegelt sich das Gesicht, so, zum Fenster. Längst

haben die Enten auf dem Fluß zu Paaren zusammengefunden. Drosseln baden im seichten Wasser am Ufer, manchmal verscheucht von einem Hund, der zum Schwimmen tappt. Über das Wasser führt eine Holzbrücke. Atlantic steht in Neonblau und Schönschrift unter dem Geländer. Der Pfeil, der das Wort wie die Unterschrift eines entschlossenen Menschen verlängert, verweist auf kein Meer. Atlantic ist ein bescheidenes Hotel garni mit gelben Holzbalkonen.
Bertha legt die Beine auf den Schreibtisch. Und während es dunkel wird und sie kein Licht einschaltet, nicht einmal das warme am Schreibtisch, kippen ihre Augen nach hinten, wandern durch ein Hinterzimmer, in dem sie in der Vergangenheit schlecht aufgeräumt hat. Zwei abgeschnittene blonde Zöpfe hängen über der Stuhllehne, die Skier, mit denen sie nie gefahren ist, sind hinter den Schrank gerutscht, dazu zwei Poesiealben, ein angefangenes Tagebuch und eine Puppe, der sie im Alter von dreizehn Jahren den Bauch aufgeschlitzt hat. Da war die Puppe erst seit zwei Jahren bei ihr. Ein letzter Milchzahn hängt an einem Faden an der Türklinke. Wer die Tür schloß und den Zahn so zog, weiß sie nicht mehr. Es muß eine der Leichen sein, die in ihrem Kleiderschrank liegen und manchmal bei Zugluft im Zimmer seufzen.
Es klopft. Bertha zieht im Aufstehen den Bund des Pullovers über die Hüften, die Ärmel über die Hände. Vor der Tür steht Nora und sagt, Vorsicht heiß, durch den Spalt. Zwischen zwei Wollstümpfen nimmt Bertha den Kaffee an.
»Da war noch einer aus dem Osten wegen des Vorsprechens«, sagt Nora. Bertha drückt ihr die Tür auf die Nase, ohne zu antworten.
Jetzt ist es so dunkel, daß man blind sein müßte, um zu se-

hen. Bertha hat gewählt. Der Stimme am anderen Ende der Leitung merkt man das Alter nicht an.

»Ja, bitte?«

»Ich bin es. Ich sollte anrufen.«

»Oh«, sagt die Stimme. Der Satz, der zu dem unterdrückten Ausruf gehört, geht im Quietschen der Bahn unter.

»Warte, ich schließe das Fenster. Rufst du von der Arbeit an? Wie geht es dir? Ist es denn schon nach sechs Uhr, Süße?«

»Was willst du?« Bertha schaut zu, wie die Sahne Wolkenwellen durch den Kaffee zieht.

»Sei doch nicht so kalt. Hast du meine Briefe nicht bekommen?« fragt die Mutter. Eine zweite Bahn fährt durch das Gespräch, das nicht recht stattfindet. Bertha hört, es habe seit zwei Wochen bei ihnen da oben geregnet. Die Wand im Schlafzimmer sei schon wieder feucht und die Bettwäsche im Schrank so klamm, daß man sie bügeln müsse, bevor man sie aufzieht.

»In der Kurve kreischt die Schwebebahn immer so herzzerreißend, besonders bei Regen. Das weißt du doch noch, oder?«

»Herzzerreißend«, wiederholt Bertha.

»Hast du inzwischen herausbekommen, wo du bis zu deinem fünften Lebensjahr warst?« fragt Bertha.

»Hast du meine Briefe nicht richtig gelesen?« Dort oben, denn Wuppertal liegt auf der Landkarte oben, werden die Fenster geschlossen, Gardinen vorgezogen, ein Stuhl gerückt und eine Likörflasche umständlich mit einer Hand geöffnet, weil die andere den Hörer ans Ohr hält.

»Ja«, sagt die Stimme. »Ich weiß es jetzt.«

»Was?« Bertha lauscht angestrengt und richtet das Zimmer entlang der Geräusche wieder ein.

»Ja«, sagt die Stimme wieder. »Ich auch.«
»Was auch?«
»Ich war im Heim, ich auch.«
»Ach. Wo denn? Dann hätten wir uns ja treffen können«, sagt Bertha.
»Ach.«
Bertha lehnt die Stirn gegen die Fensterscheibe jetzt. Sie zählt die Einheiten, die das Schweigen kostet. Schweigen kostet. Bertha ist zufrieden. Sie hat ihrem Herzen keinen Stoß, aber ihrem Stoß ein Herz geben können. In dem Schweigen hört sie die Mutter winseln. Im Hotel Atlantic hängt eine Frau ihr weißes Badehandtuch am Balkongitter auf. Bertha starrt auf den hellen Fleck und redet sich ein, er sei eine Verheißung.
»Dort glitzert etwas«, sagt sie.
»Ja«, sagt die Stimme, als ließe sich jetzt jeder Satz anschließen. »Ich habe dir doch alles aufgeschrieben. Du liest also meine Briefe nicht. Das solltest du aber. Ich bin in meiner Geschichte immer so weit, wie ich mit dem Aufschreiben bin. Du solltest nicht hinterherhinken. Wenn ich noch nicht alles gesagt habe, dann, weil ich mit meiner Geschichte noch nicht so weit bin. Es geht alles der Reihe nach. Außerdem«, sagt sie, und die Stimme wird zärtlich, »außerdem weiß ich erst jetzt, wozu sie nütze sind.«
»Wer?«
»Meine Erinnerungen«, sagt die Mutter. »Sie machen mich rund und fett und schön.«
»Ach«, sagt Bertha. »Du wirst kindisch.« Ihre Stirn lehnt noch immer an der Scheibe. Das Glas beschlägt. Atemnebel legt sich auf die Sicht.
»Kannst du kommen? Noch im April?«

»Was plätschert bei dir so? Liegst du in der Badewanne?« fragt Bertha.
»Bitte, komm«, sagt die Stimme wieder. »Bitte, komm noch davor.«
»Vor was?« Bertha ist zum Schreibtisch zurückgegangen und reiht Büroklammern im Gänsemarsch auf.
»Du weißt doch. Vor seinem Geburtstag, dem Zwanzigsten.«
Bertha schweigt.
»Vor Onkel Adolfs Geburtstag«, sagt die Mutter leise.
Bertha schluckt. Plötzlich denkt sie angestrengt an den Neustrelitzer, an die Ameisen im Bad, an abgeschnittene Zöpfe und Rattenschwänze, die übrigbleiben. Sie denkt an den Mann von Dienstagnacht vor vielen Nächten und an einen anderen Mann, der, aber wie seltsam, Wein tritt mit behaarten Beinen. Zarte Haut von Trauben klebt zwischen den Zehen. Und an die Elefanten denkt sie, wie sie mit ihnen zieht, ins Schlepptau genommen beim Schwanz des Kleinsten. Ein Karren mit blauen Briefumschlägen ist an ihre Hüften gekoppelt.
»Was soll der Zirkus«, schreit sie, die Hand wie zum Schlag erhoben über der Telephongabel.
Die Mutter hat als erste aufgelegt.

*

> Wenn ich es erzähle, fällt mir auf, daß ich es längst hätte wissen müssen. Dieser Geruch nach Leder. Nach Männern, nach Staub. Ich glaube, ich war süchtig danach, Bertha.

Am Nachmittag war Bertha für zwei Stunden im Wald unterwegs, der Weg war voller wandernder Kröten gewesen.

Sie kam zurück in die leere Wohnung, die nicht weniger leer war als andere, nur weil sie kleiner war. Bevor sie sich in das schwarze Loch fallen ließ, schaute sie hinein. Da brannte noch Licht darin vom Nachmittag. Es mochte ausreichen, um jenen Brief von Anfang bis Ende zu lesen.

> Eines Abends habe ich Ma gefragt. Sie war mit dem Auto nach Hause gefahren worden. Ungern lief sie in letzter Zeit, hatte die Beine gewickelt, auch im vergangenen Sommer schon. Ich saß beim Eingang auf der vierten Treppenstufe, das Photoalbum zwischen den Knien.
> Wann waren wir in Deutschland?
> Ich stellte die Frage schärfer, als ich es mir vorgenommen hatte. Ma wischte mit dem Handballen über einen blinden Fleck am Garderobenspiegel. An dieser Ecke sah der Spiegel aus wie ein gefrorener See.
> Wann sprichst du Deutsch? Unsere Blicke trafen sich im Spiegel.
> Wenn ich mit ihm bin, dem blöden Ochs, sagte ich.
> Wir hörten Schritte, seine Schritte über uns, legten die Köpfe in den Nacken und schauten zur Zimmerdecke, als zöge ein Schwarm seltener Vögel vorbei. Wir sahen nichts außer einem braunen Wasserkranz.

Du sagst ›Blöder Ochs‹ zu ihm. Ich dachte, du hättest es vergessen, sagte Ma.
Gemeinsam haben wir etwas herausgefunden, sagte ich. Ich fühlte mich sehr stark, so, als würfe ich Dokumente über den Tisch, um ein Erbe einzuklagen. Ich muß im Alter von fünf Jahren auf die Welt gekommen sein. Die ersten Sei-

ten des Photoalbums ließ ich am Daumen entlang rasch Revue passieren.
Kein einziges Bild von mir. Als Baby, sagte ich.

Bertha fuhr mit der Hand zärtlich über das Papier, als streiche sie der Briefseite das Haar aus dem Gesicht, so, wie man es bei einer traurigen Fremden tut. Dann las sie weiter.

> Ma konzentrierte sich ganz auf ihr Spiegelbild, um den Hut abzusetzen. Ich versuchte, ihren Blick im Glas zu fangen. Lächelte sie, oder war es das letzte Sonnenlicht, das blendete und sie das Gesicht verziehen ließ? Ich war frech vor Angst. Im Flur roch es plötzlich wie in den Duschräumen von Schulen. Überhaupt schien alles so, als sei es schon einmal geschehen, als ob ich diese Bilder schon gesehen hätte, nur nicht im Zusammenhang. In Stücken.
> Ich war ein Kind mit Vergangenheit.
> Ich breitete sie vor Ma aus, beschrieb, was ich sah, sprach von langen Nachmittagen, die zu noch längeren Sommern gehörten, von Schweinen, Kirschen, von einem Nachtzug und von lauten Winterabenden in einem gekachelten Saal. An Holztischen ohne Tuch drückten sich Kinder aneinander, blinzelten müde und mit roten abstehenden Ohren ins kalte Deckenlicht. In der Ecke des Saals auf einer Anrichte stand ein Bataillon von Milchkännchen, die Schnauzen in eine Richtung gewendet, als käme von dort eine Anordnung. Diese Bilder mußten zu meinem Leben gehören, gehörten mir als Erinnerung. Aber gehört einem eine Erinnerung, von der man nicht weiß?

Warum fragst du nicht einfach.
Ma sah mich an. Den Satz hatte sie nicht laut gesagt, aber er stand ihr ins Gesicht geschrieben.
An Stirn und Schläfen schob sich graues Haar vor und endete nach zwei Zentimetern Nachlässigkeit in einem stumpfen Schwarz aus der Tube. Seit Jahren trug sie nur Hosen, auch im Sommer. Sie waren immer zu kurz und ließen zwischen Saum und Schuh ein Stück Perlonstrumpf sehen. Nach dem Aufstehen schon schwollen ihre Fesseln an, und gern legte sie mir bei jeder Gelegenheit die Beine in den Schoß. Daß sie einmal jung gewesen war, daran konnte ich mich nicht erinnern. Jene Photoalben begannen auf der ersten Seite mit einer ältlichen Frau, schwarzes Haar, in Strickjacken gewickelt, als hätten sie keine Knöpfe. Aus den Jacken schaute ein flaches, klares Gesicht mit dunklen, aber kaum feurigen Augen. An der Hand führte sie ein blondes Mädchen. Unsere Tochter, September 1945.
Mutter und Kind blickten in entgegengesetzte Richtungen, als spiele für jeden die Musik anderswo. Ich erinnere mich jetzt, Bertha, daß irgendein Besuch etwas Böses gesagt hatte, als er das Photo sah. Du mußt das Kind unter dem Rosenbusch gefunden haben, hatte er gesagt. Das Kind war ich. Den Satz hatte ich lange vergessen. Der Stachel saß.
Das Photoalbum ließ ich auf der Treppe liegen und folgte Ma ins Wohnzimmer. Sie stellte das rote Licht im Kamin an. Hinter dem marmorierten Papier flackerte eine elektrische Birne. Als Kind glaubte ich noch, das Holz knistern zu hören.

Ist es nicht gemütlich?
Noch nicht, sagte ich, setzte mich auf das Sofa zwischen die Brokatkissen. Jenes Gefühl, das dort immer bei mir saß, wartet schon auf mich.
Diese zärtliche Verlassenheit, Bertha. Der Ausdruck ist von mir. Ja, ja, bin ich nicht eine Dichterin geworden? Bertha?
Jetzt haben sie die Vorhänge zugezogen, sagte Ma, wies auf den roten Schimmer aus dem Fenster gegenüber. Da, in Barnet, südlich von London war ich groß geworden. Nur eine steinerne Katze, von den Vormietern am Gartentor aufgestellt, hatte mich in den ersten Wochen das Haus wiedererkennen lassen.
Konnte ich lesen, als wir herzogen?
Nein.
Ich war also noch ein blöder Ochs.
Den Satz hatte ich auf Deutsch gesagt. Ma legte ein angebissenes Brot auf den Tellerrand, strich mit beiden Händen an den mageren Schenkeln entlang, drückte die Arme durch, als wolle sie gleich aufstehen und hielt doch inne, festgefroren in einer Absicht. Blöder Ochs hast du damals auch immer gesagt. Ich dachte, du hättest es vergessen.
Hatte ich auch. Nur der andere blöde Ochs hat mich wieder darauf gebracht. Ich wies mit dem Daumen Richtung Zimmerdecke.
Aus seinem Radio spielte Jazzmusik auf Zimmerlautstärke.
Negermusik, sagte Ma.
Hör mir auf mit deiner Negermusik.
Wir hörten beide hin, bis ich fragte, wo wir früher

gewohnt hätten. Ma wies irgendwohin. Ich hätte glauben können, wir hätten zuvor im Gummibaum gehaust, der jetzt aus der Zimmerecke die Decke entlang wuchs.
Fuhr dort ein Zug am Klofenster vorbei?
Was du für Fragen stellst, sagte Ma. Natürlich haben wir nicht bei der Bahn gewohnt, es war ein besseres Viertel.
Noch war es nicht ganz dunkel. Sie sah mich so verlegen wie zärtlich an. Dann sagte sie, wir müßten etwas besprechen. Im Flur schlugen die Bügel der Garderobe gegeneinander, und Ma kam gewappnet mit einer Strickjacke um die Schultern zurück. Sie sagte, wenn mir etwas passiert, findest du die Sparbücher im Schlafzimmerschrank hinter der Wäsche, die Familien- und Versicherungspapiere im Rollschrank. Korrespondenzen liegen auch noch dort. Wenn ich Zeit habe, werde ich vorher aufräumen.
Dazu würde es nicht mehr kommen. Das wußte ich in jenem Moment noch nicht. Hätte sie aufgeräumt, was wäre dann gewesen? Ich hätte den Schwindel nie aufgedeckt.
Über uns schloß Felix Weintritt sein Fenster.

Bertha hatte ihre Wochenwäsche, über die Badewanne gekrümmt, gewaschen. Sie hängte sie hinaus in den Abend. Auf der anderen Seite der Berge wurde es schon Nacht, auf der einen war es noch Tag. Sie zog einen der Gartenstühle in die letzte Sonnennische und las weiter. Es wurde kühl, und sie ging nicht hinein.

Seit jenem Abend mußte ich den Arzt immer häufiger rufen. Erst dachte ich, Ma habe keine Lust mehr, aufzustehen. Dann sah ich, sie konnte nicht mehr. Eine Schwäche in den Beinen ließ sie nicht nur ganze Tage, sondern auch die Nächte auf dem Sofa verbringen, das Muster der Brokatkissen in die Wangen gedrückt. Mit Dads Stock, an der Spitze von einem Gummipfropfen überzogen, schlug sie gegen die Wand, wenn sie etwas brauchte. Dreimal an jenem Samstag und wohl ein dutzendmal in der Nacht zum Sonntag hat sie mich so aufgestört. An der Richtung meiner Schritte im Zimmer über ihrem Kopf oder am Ächzen der Dielen mußte sie mein Ziel erraten haben. Ich kniete vor dem Rollschrank, überrascht, wie leicht das Schloß dem Druck eines verbogenen Kleiderbügels nachgab. Von den hundert Armen, die ich nach Mappen, Ordnern und losen Blättern ausstreckte, hingen mir gegen Mitternacht nur noch zwei am Körper herab. Diese Arme waren leere Schläuche, die ich mit Wein zu füllen begann. Da saß ich allein mit mir, einer fremden Person, ein Kissen zwischen den Beinen, das ich von Zeit zu Zeit zusammenschlug.
Auf der obersten Mappe stand nur ein Wort. Arisch. Eine Kleiderliste war mir danach in die Hände gefallen. Sie hatte unter dem Stapel loser Blätter gelegen, die ich über den Fußboden verstreute.
Zwei Leibchen, zwei Hemden / Winter, zwei Hemden / Sommer, drei Unterhosen, zwei Paar Wollsokken, ein Nachthemd, ein Paar braune Schnürschuhe, halbhoch, zwei blaue Faltenröcke, eine

Strickjacke, ein Stoffbär, grau, ein Kerzenleuchter mit Gravur 24. 12. 1940.

In Seidenpapier eingewickelt dann, drei Photos, schwarzweiß. Das erste, eine Gruppe von Mädchen Schulter an Schulter um einen Tisch gedrängt. Die Spitzen ihrer dunklen Krawatten berühren die weiße Tischdecke. Sie flechten Körbe.

Das zweite, Mädchengruppe in gestreiften Kleidern, im Laufschritt. Sie blinzeln in die Sonne. Im Hintergrund eine Frau in Uniform mit strammen Waden und einer Trillerpfeife zwischen den Brüsten.

Das dritte Photo, blondes Mädchen allein, unten rechts auf dem Photo ein Stempel wie bei einer Briefmarke. Das Mädchen war ich, auf der Rückseite hat das Photo von mir eine Nummer und den Vermerk *Suchdienst*. Der Standort der Behörde war unter einem Tintenfleck verschmiert.

Dann, auf liniertem Papier, aus einem Heft gerissen, das Wort *Merke*, Großbuchstaben, sowie folgende Notizen in Mas Handschrift: Sofort den Namen wechseln, jede Ähnlichkeit mit dem früheren Namen vermeiden. Neue Kleidung und vor allem neues Spielzeug kaufen. Eine neue Lebensgeschichte erfinden und mehrmals am Tag abfragen.

Avoid to speak german! Der Satz war zweimal unterstrichen.

Ein gestreiftes Trockentuch faltete ich auseinander, es war mein altes gestreiftes Sommerkleid.

Ma hörte nicht auf zu klopfen, und ich lief die Treppe hinunter, gesünder als sonst, sparsamer, bescheidener, breithüftig, auf flachen Absätzen und

ohne Scheu vor Arbeit, ohne Ohrringe und ohne Eigentum. So kam ich mir vor, jungfräulich und deutsch.
Ich nahm ihren Kopf zwischen meine Hände und sagte, was hat das mit mir zu tun, sagte, Sonnenwiese und Heim, sagte arisch, redete in Fetzen.
Sie sagte, laß mich. Du riechst nach Schnaps.

Als Felix Weintritt mich gegen zwei Uhr früh vor dem geöffneten Rollschrank überraschte, warf ich mich auf das Sofa unter der Fensterschräge. Ich gestand ihm, daß ich mit seinem Rasierschaum mir die Haare entfernte an den Beinen, nur um seinen Geruch mit mir zu tragen. Ich trat mir die Schuhe vom Fuß, zog den Pullover über den Kopf, spähte durch die Maschen nach seinem Gesicht. Ich zog den Rock die Schenkel hoch, den Mann zwischen meine Beine. Dann hörte ich nicht mehr auf zu lachen. Ich lachte, ich Närrin, während ich sein Stöhnen belauschte. Ich schrie vor Lachen, als er das zweite Mal kam. Meine Hand flatterte in der Ritze, wenige Zentimeter unter seinem Steißbein.
Töte mich, töte mich, muß ich noch gesagt haben.
Na, ich war unerfahren, und der Satz schien mir im Moment angebracht. Längst war ich taub für das Klopfen, vor allem taub auch für die Stille, die gegen Ende der Nacht aus ihrem Zimmer drang.
Als die Vögel erwachten und vor dem Fenster lärmten, schlich ich hinunter, zögerte vor dem Türspalt zum Wohnzimmer. Im Kamin flackerte das elektrische Licht. Es mischte sich mit dem Morgengrau, das ungehindert von Gardinen auf das Sofa beim

Fenster fiel. Sie lag mit geöffneten Augen und schwerem Unterkiefer da, den Kopf in Richtung Tür gerollt, als wolle sie gleich bei meinem Eintreten etwas sagen. Sie starrte mich an, ich flüsterte ihren Namen. Helen, Helen, ich hatte sie nie zuvor beim Vornamen genannt. Der Gummipfropfen lag abgeplatzt von der Spitze des Stocks unter dem gläsernen Beistelltisch. Wie ein Fetzen Autoreifen nach einem Unfall.

Sie müsse gegen fünf Uhr in der Früh gestorben sein, sagte der Arzt. Ich nickte. Auf der linken Wange war noch das Muster des Brokatkissens gewesen, als ich kurz nach fünf ins Zimmer getreten war.

*

Bertha schlief unruhig. In der Nacht fuhr sie wieder und wieder die Bettkante ab, erstaunt beinahe, nicht gegen jenen rauhen Rockstoff zu stoßen, den ihre Mutter für die Übergangszeiten zwischen März und Mai bevorzugte.

Sie träumte, warf die Decke vom Bett, fror und wunderte sich nicht über die Kälte. Zum Glück schrie jemand in ihrem Traum hurra. Von dem Geschrei wurde sie wach, und während sie mit den Füßen die Decke am Boden suchte, ohne aufstehen zu wollen, vergaß sie den Traum schon.

Am Morgen hatte er noch nicht dagelegen. Erst am Nachmittag, als sie von der Probe kam, trat sie fast auf ihn. Gleich vor ihrem Hintereingang lag er. Er sah aus, als modere er schon seit Tagen. Fliegen saßen ihm auf. Obgleich er noch Federn hatte, schien er unter ihren schwarzen Leibern nackt. Sein Kopf war zur Brust gekrümmt. Das machte ihn den Menschen ähnlich, die in unbequemer Haltung eingeschlafen sind. Sein Schnabel war geöffnet, als bekäme er keine Luft mehr vor Lachen. Seine Augen waren schwarz, kaviargroß, und flach war er, wie eine kochfertige, schon ausgenommene Delikatesse, die bar ihrer Eingeweide und mit gebrochenen Rippen an Fülle verliert und auslappt.

Bertha schellte bei Kata Gradhand.

»Könntest du etwas für mich tun?«

»Was?« Kata fächelte ihre frischlackierten Nägel durch die Luft.

»Könntest du für mich hinsehen?«

Kata folgte Bertha zum Hintereingang, wo die Gartenstühle noch immer über die Tischkante gebeugt sich berieten.

»Da müssen wir warten, bis Levi kommt«, sagte Kata. »Der kann das mit der Kehrschaufel wegmachen.«

»Als ich jung war, konnte ich tote Tiere mit der bloßen Hand anfassen. Wir haben sie beerdigt in einem Gartenbeet hinter den Jasminbüschen.«

»Welche Jasminbüsche?« fragte Kata.

»Die kleinen in Cremedosen, die großen in Schuhschachteln. Wir haben Kreuze aufgestellt.«

»Wer ist wir?« fragte Kata.

Bertha zuckte mit den Schultern, als habe sie es vergessen. Dann bestieg sie ihre Wohnung durch das Fenster, um nicht am toten Vogel vorbeizumüssen. Bei jedem Schritt von Zimmer zu Zimmer zögerte sie, als könnte ein weicher Körper unter ihren Füßen nachgeben, platzen, als sei dieser eine Schritt unvermeidlich. Und während sie die Decke über dem Bett ausschlug, kam ein ungebetener Gast zurück. Der Traum von gestern nacht.

*

Das Haus hat in jedem Zimmer ein Waschbecken. Aus den Bäumen im Park rieselt das tote Laub.
Altweibersommer, sagt die Hausangestellte mit Kittelschürze. Ihr Haar ist versteckt unter einer weißen Haube, Duschhaube, könnte man sagen. Als sie eintrifft mit den anderen, wird es gerade Morgen. Die Hausangestellte steht in der Tür und versperrt ihr den Weg. Der Schlüsselbund klingelt am ausgestreckten Arm. Der Hahn auf dem Kirchturm da in der Ferne ist ganz aus Gold, sagt sie. Zwölf Frauen in flachen Schuhen springen aus dem Bus.
Das hat bei mir gedauert, sagt die sehr junge Frau und läßt sich, an die Hauswand gelehnt, die ranzigen Gerüche der Nacht aus dem geöffneten Haar wehen.
Das hat gedauert. Dann war klar, diese Übelkeit war eine Schwangerschaft.
Die Sonne fällt durch die hohen Fenster, die den Wintergarten von der Terrasse trennen. Korbstühle überall, auf einem Blumenhocker räkelt sich ein Akkordeon. Zwischen den Liegestühlen auf der Terrasse, die ihre Stoffbespannung wie Bäuche im Wind nach außen wölben, wendet ein hungriges Huhn jedes Herbstblatt.
Kann man hier auch reiten?
Alle schauen sie an.
So war das nicht gemeint, sagt sie rasch.
Aber sicher kann man hier reiten, meine Süße. Aber sicher, aber sicher, sagt die Hausangestellte mit der Duschhaube und dreht sich um. Über ihrem Steißbein starrt eine weiße Schleife. Sie verschwindet hinter einer Säule. Die Schleife zuletzt.
Was soll nun werden?
Sie geht auf, sie geht ab in diesen hohen Räumen gen Westen, in denen immer die Stimmung eines Samstagnachmit-

tags ist. Die sehr junge Frau, der so leicht übel wird, legt ihr den Arm um die Hüften jetzt. Zweimal am Tag kommt die Post, einmal am Tag der Arzt, sagt sie. Mein letzter war Panzersoldat, aß gern süßen Reis mit Zimt. Er kam aus Flensburg, er war verheiratet und hatte zwei Kinder. Wie ich.
Sind Sie auch aus Flensburg, fragt sie zerstreut.
Nein, aus Mutterstadt.
Jetzt geht die Sonne langsam unter. Die Frau, die dem Panzersoldaten gehört, zeigt aus dem Fenster. Ursprünglich war hier ein Nervensanatorium, sagt sie. Wenn sie Hunger haben, es draußen kälter wird, kommen die Irren zurück, manche wenigstens, und streunen um das Haus. Sie zeigt noch immer aus dem Fenster. Die Knopfleiste zwischen ihren runden Brüsten spannt sich.
Sehen Sie. Unter einem Baum, zwanzig Schritte von der Terrasse entfernt, stehen zwei kleine Menschen, sie teilen sich einen Pullover. Gemeinsam schauen sie aus dem Halsloch in entgegengesetzte Richtungen.
Wir haben Angst, rufen sie dabei.
Wovor denn, ruft die, die dem Panzersoldaten gehört, zurück.
Wir haben Angst vor denen, die Angst haben, rufen sie. Dann laufen sie schon fort über das gestoppelte Feld jenseits des gepflegten Parks.
Gibt es hier denn keine Hunde?
Nur Wölfe. Der Arm der Frau sinkt zurück und streift ihre Hüfte. Nicht die des Panzersoldaten.
Die Hausangestellte mit der Duschhaube nickt ihnen zu, obwohl sie auf dem Kopf eine Platte mit Schinkenbrötchen trägt.
Das waren keine Kinder, sagt sie. Das waren Mißgeburten, Glatzen, Siamesen.

Sie hat keinen Hunger. Sie geht auf ihr Zimmer. Ein Spind, Tisch und Decke mit Hohlsaum, ein Hocker, das Bett aus Stahl.
Sie legt sich auf die braune Wolldecke. Die Hände greifen über ihren Kopf in die Stäbe.
Jemand sagt: ... bis zum Schluß frisches Obst. Wir bekommen bis zum Schluß frisches Obst. Sie haben nicht einmal miteinander getanzt. Sie sind gleich hinaufgegangen.
Dem Schrank steht die Tür offen. An der Innenseite heftet eine Inventarliste. In dem Streulicht der Milchglaskugel, dort an der Decke, kann sie nicht lesen. Das Streulicht legt sich wie Reif auf sie. Das Licht geht aus. Das Zimmer ist finster. Doch das ist besser. So reißt es weniger auf.
Noch immer hat sie die Stäbe in den Händen.
Sie ist mit ihm zusammengestoßen. So und so und so und ...
Er keucht. Sie stöhnt nicht. Auch die Stäbe geben nicht nach. Sie füllt sich mit Scham.
Hurra, hatte er geschrien. Hurra.

*

»Woher so spät, wohin so schnell?«
Sie hatte dem Radfahrer mit der Hahnenfrisur nicht geantwortet. Bertha war zwischen den Lastwagen neben dem Theater einfach verschwunden. Im Hof bei der Laderampe hatte sie Luft geholt. Da hatte sie es gesehen. Und weil sie an diesem Tag auf ein Zeichen wartete, nahm sie es als eines. Das war noch nie geschehen. Schief hing das Schild, das auf den Bühneneingang wies. Es hatte sich aus der Halterung gelöst. Der Pfeil zeigte jetzt auf die Treppe zum Keller. Ein Karton auf den Stufen weichte langsam auf. Seit Wochen stand er dort. Ein Kind aus der Statisterie hatte ihn neulich untersucht.

»Hurra.« Es hatte die Arme zweimal in die Luft geworfen. »Schau mal. Eine ganze Kiste voll unbenutzter Kuscheltiere.« Das Kind hatte Bertha einen grünen Esel unter die Nase gehalten.

Die ersten sind schon da, umlagern den Pförtner mit ihren abwaschbaren Sporttaschen über der Schulter und den Klarsichtfolien in der Hand. Zur Sicherheit bringen sie einen zweiten Lebenslauf zum Vorsprechen mit. Es ist Freitag. Bertha wirft einen letzten Blick zurück, bevor sie die niedrige Holztür mit dem Wegweiser Bühneneingang schließt. Draußen in der Allee werden Tannen und Palmen noch nebeneinander stehen, wenn dies hier vorbei ist.

»Es sind dreiundzwanzig bis jetzt«, sagt der Pförtner. Sie sitzen Tasche an Tasche in einer Reihe unter dem Aushang der Probenpläne. Die Holzbank reicht nicht für alle.

»Können Sie das, bitte, weitergeben.« Ein Mädchen reicht ihre Unterlagen nach.

»Sie sind Deutsche?« fragt Bertha mit einem Blick auf den Lebenslauf in ihrer Hand.

»Warum?«

»Sie haben so was«, sagt Bertha.

Verstört zieht sich das Mädchen zu ihrer Tasche zurück.

»Wenn die hier alle so sind«, sagt es leise zu ihrem Nachbarn.

»Da kenn ich noch ganz andere. Ich bin nämlich aus Neustrelitz«, sagt der Neustrelitzer. Die Sonnenbrille fällt ihm dabei zu Boden.

In der Probebühne stehen die Fenster weit offen. Der Intendant malt schräge Buchstaben auf den staubigen Klavierdeckel. Bertha schiebt ihren Stuhl in die abgelegenste Ecke, verstellt ihre Sehschärfe, und alles vor ihren Augen verschwimmt. So wird jeder Ort zu einer Welt, die sie nicht mehr betreten muß.

»Wir sind heute ein wenig abwesend, Bertha?« Der Intendant ist nah an sie herangetreten, klopft gegen eine Zigarettenpackung, ohne sich jedoch eine zu nehmen. Dann schließt er die Fenster.
»Man kennt das ja, den Eifer der jungen Kollegen.« Er zwinkert dem ältesten Schauspieler des Ensembles zu, der bei jedem Engagement sein Wort mitredet.
Da steht sie schon im Raum, während sie noch reden, wie man beim Theater eben redet. Jeder mag jeden ein wenig, und alle können sich nicht leiden. Sie ist aus Darmstadt gekommen, sie ist schön und in ihren Cowboystiefeln noch größer. Sie rollt sich unter einem Bettlaken zusammen. Das hat sie von zu Hause mitgebracht, und am Fußende ist mit rotem Stich ein Nachname in den Saum gestickt. Nur die Schuhspitzen schauen unter dem Laken hervor. Während Bertha noch denkt, die ist aber nervös und das laute Atmen gar nicht hören mag, stößt sie schon den ersten Schrei aus. Überraschung. Der Intendant lächelt zufrieden den geschlossenen Fenstern zu. Erstaunen. Der zweite Schrei geht bis hinauf nach Darmstadt. Entsetzen und Schmerz. Die Spitze eines Plastikschwerts schiebt sich wie eine neugierige Mäuseschnauze unter dem Bettlaken hervor. Bertha, hinter ihrem Heft, muß lachen.
Nur das Plastikschwert, im schrägen Lauf um das Klavier getragen und wieder und wieder in die Luft gestoßen, die zu einem Feind sich materialisieren soll, nur das Schwert kann dem Text folgen. »Küsse, Bisse«, schnappt Bertha auf und widmet sich einer unfertigen Strichzeichnung in ihrem Heft.
»Danke, Miss Penthesilea«, sagt der Intendant. »Sie hören von uns.« Mit gespielter Zerstreutheit schaut er in Berthas Notizen nach dem Jahrgang der Frau. Die halbe Brille pen-

delt dabei vor seinem Knie. Hinter die Nummer eins malt Bertha ein kleines *a* für Absage.
Sie heiße Dagmar Dorst, sagt die nächste. Sie gibt allen Anwesenden die Hand und Bertha gleich zweimal. Dann trägt sie den Klavierhocker in die äußerste Ecke, kniet auf Armlänge entfernt vor ihm nieder. Nur noch ihr gereckter Rükken und die unruhigen Schuhsohlen lassen erraten, was sie da treibt. Zeit vergeht. Sie murmelt, sie seufzt.
»Entschuldigen Sie, Frau Dorst, was zeigen Sie uns da?«
Sie dreht ein tränenüberströmtes Gesicht dem Intendanten zu. »Gretchens Gebet«, und sie wendet sich zum Hocker, betet weiter.
»Amen«, sagt der älteste Schauspieler leise.
»Können Sie? Bitte. Ja? Ich kann so nichts sehen«, sagt der Intendant. Bis zur Mittagspause ist er noch höflich.
Bertha hat schon ihr kleines *a* hinter den Namen Dorst gemalt. Doch als sie wieder hochschaut, wird sie geblendet von diesen Schenkeln, den schneeweißen, bis zum Beinausschnitt einer kleiner geblümten Unterhose zur Schau gestellt.
»Danke«, sagt der Intendant knapp. Dagmar Dorst, da drüben, mit dem Rücken zur Wand, läßt den Rock schwer wie einen Theatervorhang über die Knie fallen, stößt sich die Hüfte am Klavier, als sie den Hocker zurückstellt, geht hinaus und verzieht keine Miene.
Jenseits der angelehnten Tür sagt jemand laut Scheiße.
»Ich war vorher in Zwickau, heiße Thorsten Wischnewsky, hinten mit Y und habe meistens die Diener gespielt.« Bertha notiert *Zwickau* hinter der Nummer fünf. Bertha mustert ihn, seine niedrige Stirn, die Augen, die eng beieinander liegen.
»Sie haben die Männer im Alphabet rückwärts eingeteilt?«

fragt leise der Intendant zu Bertha geneigt. Sein Atem riecht nach Banane.
»Nein«, sagt Bertha. Sie habe die Leute vor zwei Tagen noch einmal neu geordnet, nach Haarfarbe, Größe, Typ. Das sei ihr sinnvoller erschienen. Und rationeller. Herausfordernd schaut sie dem Intendanten über die halbe Brille in die grauen Augen.
»Und?« fragt der.
»Klasse eins voll tauglich, Klasse zwei der Rest, aber ohne Bedenken einsatzfähig, Klasse drei eventuell Gastspielverträge, Klasse vier«, sie wirft etwas Unsichtbares über ihre linke Schulter. »Sie wissen schon, grundsätzlich auszuschließen. Finden Sie mich zynisch?«
Einen Augenblick zögert er. Dann schlägt er auf ihr Knie als sei es seins, sagt, das sei ein guter Witz. Seine Mutter habe auch die Bücher nach Farbe und Größe der Rücken geordnet.
Bertha senkt den Kopf.
»Mit Klasse vier habe ich angefangen«, sagt sie.
»Von wem sie das hat«, murmelt der Intendant, dann schaut er verstimmt den aus Zwickau an.
»Wie sieht es mit klassischen Rollen aus?«
»Nee, damit hatte ich in der Schule schon Schwierigkeiten, mit dem Versmaß und so. Ich habe es lieber wie im richtigen Leben.«
»Und warum sind Sie dann beim Theater und nicht beim Leben?« sagt Bertha und schaut triumphierend in die Runde.
Der Intendant sagt, er verbitte sich diesen Ton, dreht seine Brille an einem Bügel, als habe er etwas vor, gegen Bertha.
Draußen, auf der anderen Seite des geschlossenen Fensters hat eine Schwarzdrossel Platz genommen. Sie macht Toilette.

»Egal, fangen Sie an«, sagt der Intendant.
Der, der sonst immer Diener spielt, hat eine Decke über den Kopf geworfen, sagt, er spiele jetzt den Soundso aus Ibsens *Gespenstern*. Er tappt vor, die Zunge fährt ihm aus dem Mund, als säßen auf seinen Lippen Fliegen.
»Entschuldigung«, sagt er. »Ich muß noch einmal anfangen.« Er richtet seine Decke und kommt wieder, kaut wieder Fliegen und sagt kein Wort.
»Ich denke, jetzt wird es langsam peinlich.« Er verschwindet zur Toilette. Sie warten. Bertha wickelt ein Kaugummi aus dem Papier.
»Der kommt nicht mehr«, sagt der älteste Schauspieler und hat etwas im Auge.
Der nächste bitte, der nächste, der nächste. Bitte? Den Ton hat Bertha abgestellt. Sie lauscht einem Rauschen in ihrem Kopf, läßt die Augen schweifen, hält inne beim Klavierhocker. Daß er jetzt so dasteht, legt die Spur zu einem vergangenen Ereignis aus, das jetzt schon keinen mehr belästigt. Klavierhocker, murmelt sie. Klavierhocker. Klavierhocker. Mit jeder Wiederholung wird das Wort noch um den Rest seiner praktischen Bedeutung leerer.
»Bertha.«
Sie duckt sich.
»Sie sind abwesend«, stellt der Intendant wieder fest. »Ich sehe es Ihnen an.«
Bertha schaut beiseite. Was sieht er ihr an? Daß seit Tagen jeder Spiegel sie blonder macht? Daß es zum Ausbruch kommt, das Wort, wenn ...
»Sollen wir eine Pause machen?« fragt er. Bertha nickt.
»In einer Stunde«, sagt er.
Sie wird sich konzentrieren. Entschieden macht sie einen dicken Punkt hinter der Nummer acht. Doch dann hinkt sie

wieder hinter ihrem Vorsatz her. Fragen rauschen an ihr vorbei: Wo waren Sie vorher? Wie hat Ihnen die Arbeit mit dem Kollegen Fabrizius gefallen? Was für eine Stimmlage haben Sie? Ach, Mezzosopran, sind Sie sicher? Und, Sie sind sicher, Don Juan handelt aus Notwehr? Dann versuchen Sie doch einmal, den Monolog in der Haltung einer Schnecke, ja, körperlich und auch sprachlich. Nein, lassen Sie es, bitte, hier alles umzuräumen.

»Ein Zimmer können wir uns auch so vorstellen, nicht wahr, Bertha?« Der Intendant blickt sie hastig von der Seite an wie eine, die es wagt, öffentlich zu schlafen. Mit offenem Mund. Da konzentriert Bertha sich auf die vier Armreifen am Handgelenk von Nummer zwölf. Von den Armreifen aus wandert ihr Blick hinauf zur Schulter, über den Scheitel, dann abwärts über die ganze Frau. Das könnte sie selbst sein, blaue Augen mit dunklen Schatten, Gepäck unter den Augen, und ein Blond, wie es jene Frauen im Süden haben, die eigentlich hätten dunkelhaarig werden sollen. Eine hübsche Person.

Bertha hört das Gerede hinter ihrem Rücken. Wie hübsch sie ist. Sie sollte Schauspielerin werden. Und später dann, mit falschen Mienen, dic Variante auf den Satz. Sie wird älter, was soll sie jetzt tun?

»Danke, das reicht.« Der Intendant seufzt. Der Frau muß ein Armreifen gesprungen sein. Sie sucht die Reste am Boden auf. Keiner hilft.

»Sie hören von uns.« Die Hand hat er schon an der Türklinke.

»Die sollte mal in Urlaub fahren«, sagt er noch, bevor er die Tür hinter ihr geschlossen hat.

»Pause?« fragt Bertha und steht einfach auf.

In ihrem Büro wählt sie eine Nummer. Nach dem dritten Klingelzeichen hat sie vergessen, wen sie angerufen hat und warum. Sie legt auf. Wenn sie jetzt noch das Vergessen vergißt. Sie zieht die Jalousie hoch. Die Sonne ist über den Buckel des Mittags gewandert. Zwei Vögel am Himmel fliegen einem Flugzeug hinterher.

Als sie Olga in ihrer Kasse um ein Kissen bittet, um sich kurz auf die Stufen vor dem Notausgang zu setzen, schaut diese sie forschend an, sagt, Bertha sähe nicht gut aus.

»Wirklich nicht?« fragt Bertha erleichtert. »Mir war kalt die ganze Nacht, als habe mir einer die Decke vom Bett gezogen. Und jetzt ist mir noch immer kalt.«

Olga faßt Bertha beim Ellenbogen und zieht sie näher.

»Manchmal ist das so«, sagt sie. »Der Winter geht, die Kälte bleibt.«

Auf einem Aktenordner balanciert Bertha drei Kaffeetassen aus der Kantine hinauf in den Probenraum. Der Intendant steht allein mit dem Rücken zum Fenster.

»Warum sind Sie eigentlich beim Theater?«

»Weil ich es dann besser ein Leben lang aushalten kann.« Sie setzt den Kaffee auf dem Klavier ab.

»Was?«

Von der Tür kommt ein kalter Luftzug.

»Was ist der Mensch«, ruft der Intendant da und reißt dazu auch noch die Arme in die Höhe.

»Einer, der nicht sterben will«, sagt Bertha.

»Bin ich zu früh?« Mit dem Luftzug ist jemand hereingekommen. Eine weiße abgestoßene Schuhspitze hat sich über die Schwelle geschoben. Ein kleines spitzes Gesicht kommt nach.

Ein Eisverkäuferinnengesicht aus dem Osten, denkt Bertha. Man muß mehrmals hinschauen, um es zu sehen. Hat

man es einmal gesehen, kann man es nicht mehr vergessen.
»Ich bin die Nummer dreiundzwanzig.« Der Mund ist schmal, hell geschminkt und hat eine scharfe Kontur, gerade jetzt, während sie auf eine Antwort wartet. Sie kommt näher. Die Adern an den Schläfen treten im Mittagslicht wie eine unerforschte Flußlandschaft hervor. Bertha geht darin spazieren.
»Sie haben ... was? ... vorbereitet?«
»Fräulein Else«, sagt das Mädchen. Den Pullover zieht sie über den Kopf und steht im Trägerhemd da. Die Haut auf ihren Schultern schimmert.
»Sie sind aus dem Osten?« fragt Bertha.
»Woher wissen Sie das?«
»Brauchen Sie einen Stuhl, einen Tisch, das übliche oder sonst etwas?« Bertha horcht auf. Der Intendant ist befangen?
»Danke, nein«, sagt das Mädchen. Zum ersten Mal an diesem Tag zerschneidet ein Mensch Berthas Halbschlaf, zieht sie hinein in den Mittag, zurück auf den unebenen Dielenboden der Probebühne. Und während das Mädchen in die Pause hinein das Fräulein Else spielt und niemand der Pause nachtrauert, füllt sich vor Berthas Auge jene Karaffe mit dem blauen Wasser. Das Wasser steigt, und bevor es überläuft, bricht das Glas. Den Schrecken lang bleibt nur das Wasser, blau, und in der Form der Karaffe sichtbar.
»Das ist es«, murmelt Bertha.
Der Intendant nickt, als habe sie mit ihm gesprochen.
»Wo waren Sie vorher? Sie sind frei. Im Moment? Ja?« Er reibt sich die Hände.
»Ihre Ausbildung? Ach, wirklich? VEB Narva? Das ist doch eine Betriebskampfgruppe, Laientheater?«

»Aber ich bin staatlich anerkannt«, sagt das Mädchen und wippt mit den Fersen.
Jetzt starren alle sie an, und sie sagt, nein, sie habe noch keine Pläne, als habe jemand sie danach gefragt. Sie streicht ihr trauriges Haar zurück. Der Mund wird hart und das Gesicht älter.
»Ich würde gern einmal einen Henker spielen«, sagt sie jetzt.
Daß sie jetzt nur nicht wieder alles verdirbt. Die da kann einen Raum in eine andere Zeit verwandeln, sogar gegen den Willen der Bäder- und Kurverwaltung.
»Ich heiße Tamara Abuladze.«

Ein roter Pullover ist neben dem Klavier niedergesunken, sie hat ihn liegenlassen. Weiter nichts. Warum schiebt sich jetzt in Berthas Kopf ein Kleid über den Pullover, ein anderes Mädchen über die Pulloverträgerin? Dieses Mädchen ist kleiner, klein klein, und trägt, dort in der Vergangenheit, eine filzige Strickwurst über dem Kleid. Abends wird es nämlich schon kühl. Auf beiden Knien hat sie eine schorfige Kruste.
Bertha sieht Bertha vor einem Bauwagen oder Zirkuswagen stehen. Sie läßt eine Apfelsine zwischen den Handflächen kreiseln. Die Sonne sinkt, und während sie hinter dem Bauwagen verschwindet, schiebt das Mädchen seine Hand über den Rücken zwischen die Beine. Die Hose ist feucht. Jetzt kann sie auch den Bauwagen oder Zirkuswagen in ihrem Rücken wieder einrichten. Die flämische Tischdecke, verrutscht, die Obstschale am Rand der Tischkante. Eine Apfelsine fehlt, und daran erkennt Bertha das Mädchen Bertha. Im Radio senden sie im Augenblick keine Wasserstandsmeldungen. Unter dem Klappbett, herunter-

gelassen, rollt eine Bierflasche her und hin. Es ist unruhig in dem Wagen und stickig. Der Mann sitzt auf einem Fell und reibt sich zwischen den Beinen. Er sagt, schau her. Und als er ihren Namen sagen will, hält Bertha sich die Ohren zu. Er atmet heftiger, bis ihr der Saft der Apfelsine von den Fingern tropft.
Später senkt sie neugierig den Kopf. Tiefer ist auch näher. Alles stinkt nach Fisch.
»Bertha, Bertha«, sagt der Intendant neben ihr.
»Das war einmal was«, sagt Bertha.
Inzwischen hatte der Tag bis zum Abend gedauert.
Er war der letzte gewesen.

*

Er hatte seinen Hut neben sich auf den Boden gelegt. Nehmen Sie doch ihren Hut mit, würde Bertha später sagen und sich bücken. Denn Hüte folgen ihrem Herrn nicht wie Hunde. Sie hatte gerade die Fenster öffnen, das Licht ausschalten und die Probebühne verlassen wollen, da hatten sie ihn entdeckt am Ende der langen Holzbank als letzten in der leeren Reihe, als gäbe es keinen Platz zum Aufrücken.
»Oh Gott«, hatte der Intendant gesagt und ihn aus geröteten Augen gemustert.
»Ich heiße Jacob Zecher«, sagte er. Er stand auf.
Eine Straßenschönheit, dachte Bertha noch und nahm einen Schluck Kaffee, aus Verlegenheit. Der war bitter und kalt. Doch kalter Kaffee macht schön.
»Dann kommen Sie mal herein.« Nicht einmal die Tür schlossen sie hinter ihm ganz.
Er sah Bertha so an, daß es kam, wie es kommen mußte. Sie würde ihn zum Bühnenausgang begleiten müssen, ihre Hand würde sich einen Moment in seiner wärmen. Sie

würde als erste beiseite schauen müssen. Sie würde zurückgehen ins Haus, und der Pförtner würde ihr einen schönen Feierabend wünschen. Bertha würde an etwas ganz anderes denken müssen. Lange noch würde sie aus einem Fenster auf den Müll bei den parkenden LKWs schauen, neben einem Biedermeiersofa, dem die Sprungfedern aus dem Schoß standen, würde sie ihren Wunsch abstellen.
»Sie sind im Moment frei?«
Er schaute nur Bertha an.
»Ich bin der Intendant«, sagte der Intendant. Zur Strafe ließ er ihn mehrere Runden im Kreis laufen, dabei sollte er ein Gedicht des späten Heine aufsagen.
»Sie sind im Moment frei?« fragte der Intendant noch mal ganz in Berthas Sinn.
»Ja«, sagte Jacob Zecher leise, »aber ich bin kein Schauspieler.«
»Ihr linkes Ohr ist ganz rot«, sagte er zu Bertha laut und hatte sich umgedreht. Sie ließ die Haare vor das Gesicht fallen. So einer war das. Der Mann mit der Linken unter ihrem Kinn, wenn er »Kleines« sagt und jünger ist als sie, der Mann am Flipper, der Mann mit der Lücke zwischen den Vorderzähnen, mit dem kaputten Auspuff am Auto, mit dem Saxophon im Schrank oder wenigstens mit dem Wunsch nach einem Saxophon im Schrank. Das ist er. Erst einmal.
»Junger Mann«, sagte der alte Schauspieler, »Sie sehen aus wie Wladimir Majakowski.«
»Kenn' ich nicht«, und Jacob Zecher rieb sein Kinn in der Handkuhle.
»Wo haben Sie bisher gespielt?« fragte der Intendant.
»Im Casino.«
Alle schwiegen. Eine Neonröhre an der Decke flackerte, er-

lösch, flackerte von den Enden her wieder auf. Sie gab das Signal zum Aufbruch.

»Lassen Sie uns Lebenslauf und Photo da«, sagte der Intendant. Er war schon aus der Tür und mit einem Arm im Mantel.

»Was machen Sie denn mit den Photos und Lebensläufen Ihrer Bühnenarbeiter?« Im Hinausgehen streifte er ihre Schulter.

»Nehmen Sie Ihren Hut mit, Sie Bühnenarbeiter.« Sie bückten sich gleichzeitig. Irgendwann einmal würden sie nebeneinander im Bett liegen. Die Liebe läge zwischen ihnen und die Dachrinne draußen liefe über?

Auf dem Weg zur Kantine gingen die Flure durch Bertha hindurch. Das Eisverkäuferinnengesicht und der Neustrelitzer saßen gemeinsam vor einem angebissenen Brötchen.

»Ihr Vertrag würde ab sofort gelten«, Bertha stützte die Hände auf die Tischkante, ohne sich zu setzen. Der Italiener hinter dem Tresen schaltete die Abzugshaube aus. Es war zehn nach zehn.

»Haben Sie ein Hotel für heute nacht?«

Sie nickten beide. Sie würden sich das Zimmer teilen? Beide waren aus dem Osten. So gaben sie Bertha zum Abschied auch die Hand.

»Viel Glück«, sagte Bertha, als würde sie sie nicht mehr wiedersehen. Der Neustrelitzer bog an seiner Sonnenbrille herum.

»War keine Blonde dabei?« fragte der Italiener, ohne aufzuschauen. Er hackte die Zwiebeln für morgen.

»Ja, eine Blonde, eine Blonde, eine muntere Blonde«, sang der Bühnenmeister Walther aus seinem künstlichen Ausgang unter dem Halstuch.

Eine Blonde. Ihr habt ja keine Ahnung«, sagte sie bitter. Und was seit Tagen Bertha im Hals gestanden hatte, stieg in die Augen.
Die Männer schauten beiseite.
»Was schaut ihr denn weg?« schrie sie und trat gegen das nächste Tischbein. Sie traf empfindlich ihren großen Zeh.
»Was schaut ihr weg? Hab ich etwa die Hose offenstehen?«
Jetzt weinte sie. Wirklich.

*

Das Schild über dem Bühneneingang hing wieder an seinem Platz, und die Notbeleuchtung für die Nacht war eingeschaltet. Sie wollte nach Hause.
»Du gehst?« Er sah nicht so aus, als habe er gewartet.
»Ich kann bleiben«, sagte Bertha und lächelte nicht. Lächeln wäre jetzt banal gewesen. Sie hätte schreien mögen vor Glück. Die Gedanken fielen ihr aus dem Kopf direkt vor die Füße. Sie stellte sich darauf und schwebte.
»Ich gehe jetzt«, sagte Jacob Zecher, nahm ihren kleinen Kopf zwischen seine Hände, bog ihn auf die linke Schulter, daß er sie in die Beuge am Hals küssen konnte. Dann ließ er seine Hände fallen und fast ihren Kopf mit. Den richtete sie beklommen wieder auf. Sie standen voreinander. Er war angezogen, sie nackt, und jeder hätte es sehen können, außer ihm. Immer noch schmerzte Berthas Zeh. Auf der Allee trennten sie sich. Nicht nur Bertha schaute ihm hinterher.
»Wer war das?« Kata steht Bertha im Nacken, ein Aprikoseneis zwischen den Fingern. Der aprikosenfarbige Afghane schnüffelt an Berthas Hand. Auch er hat etwas bemerkt, und das will etwas heißen.
»Wer das war, habe ich gefragt.«

»Das war einer vom Personal«, sagt Bertha im verdrehten Ton eines alleinstehenden Fräuleins. »Nächsten Monat fängt er als Bühnenarbeiter bei uns an.«
»Der ist ja hübscher als die Polizei erlaubt«, und Kata schiebt Bertha an der Hüfte an. Los, hierher, sagt sie noch und rückt Bertha auf den gemeinsamen Heimweg.
Tannen und Palmen stehen wie am Morgen noch friedlich nebeneinander. Zwischen ihnen leuchten die Schriftzüge der großen Hotels auf. Die Zeiten, in denen solche Wege stimmten, gar zu etwas führten, sind vorbei.
»Denkst du noch immer an das Wort?« Kata hält nach etwas Ausschau.
»Doch«, sagt Bertha, und erst als sie »doch« sagt, fällt es ihr wieder ein.
»Ich muß mal eben was.« Kata drückt Bertha ihren silberfarbenen Umhängekoffer in den Arm. Der Hund läuft voraus, unter den geeigneten Baum.
»Ich denke immer an das Wort, auch wenn ich es nicht denke«, sagt Bertha in die Nacht hinein, die an Katas Ohr, dort unter dem Schleier des Baumes endet.
»Heute zum Beispiel. Ich habe es wie ein Meßlatte angelegt, an die Penthesilea, den Tasso, das Gretchen, habe Kopfhöhe, Stirnbreite, Nasenlänge, Handbreite, Augen- und Haarfarbe gemustert. Richtig gemustert. Sogar über die seelischen Farben habe ich nachgedacht. Ob einer eher violett-braun ist, das heißt östlich, engherzig, triebhaft. Oder ob die Farben der Seele eher blau sind, grau oder hellgrün, mehr nördlich, weißt du, ehrlicher, eleganter ...«
»So wie du, du bist eben triebhaft gut«, und Katas weiße Unterhose leuchtet unter der zweihundertjährigen Rotbuche auf. »Habt ihr das in Biologie gelernt?«
Bertha hat sich umgedreht. Ein Wasserstrahl trifft auf die

Erde. Von der Stiftskirche wird es elf schlagen. Beim Schlag zehn ist Kata fertig. Gegenüber der Rotbuche, unter der sie ihre Kleider richtet, verlöschen in der Hotelbar des Brenners die Deckenlüster. Die Beleuchtung wird intimer.
»Hoffentlich hat mich einer gesehen«, ruft sie, und ihre Unterhose blitzt im Dunkeln auf wie eine Reihe weißer Zähne beim Lachen. »Schließlich bin ich die Tochter eines ungarischen Reifenhändlers.«
Während sie weitergehen, läßt sie Bertha die Tasche tragen. Haarbürsten, Lippenstifte, Kalender und Puderquasten klappern bei jedem Schritt gegeneinander im Metallkoffer.
»Übrigens, welche seelischen Farben hat der von eben, dein schwarzer Engel?«
Bertha schweigt. Sie sind ganz in die mondlose Nacht eingetaucht. Sie muß im Gesicht und am ganzen Körper rot geworden sein. Obwohl die einzige Laterne im Rücken der Pension Sorrento nur selten brennt, nehmen sie die Abkürzung.
»Ich habe keine Angst vor dem Leben«, sagt Kata im Dunkeln und ist schon etwas außer Atem. »Und auch nicht vor dem Sterben, was übrigens das gleiche ist. In ein paar Jahren, wenn die Kinder aus der Schule sind, gehe ich nach New York und entwerfe Mode aus Plastik und Metall. Aus mir wird etwas werden ...«
Bertha schreit als erste auf. Kata beendet erst ihren Satz und quietscht danach ein wenig.
»Hast du das gesehen? Das hatte Locken«, sagt Bertha.
»Das kann kein Mann gewesen sein. Es lief auf vier Beinen«, sagt Kata.
»Ein Schaf. Vielleicht?« Denen traut Bertha alles zu.
»Nachts schlafen die Schafe doch«, sagt Kata und zieht Bertha am Kofferriemen rascher mit sich fort.

*

Bertha hatte sich bewegt im Schlaf, heftiger noch als Kinder es tun. Das Knie war gegen die Wand gestoßen, dann der Kopf. Fuhr sie am Morgen mit dem Finger den Kratzer am Oberschenkel entlang, spürte sie den Traum nicht mehr auf, der schuld daran war. Das Ticken des Weckers hatte die Nacht länger gemacht. Der Himmel am Morgen jedoch war makellos und blau und ließ die Welt stabil erscheinen. Die Füße auf dem Stuhl und den Hintern auf den bloßen Fersen, schliefen ihre Beine wieder ein, während sie gespaltene Haarspitzen zum Frühstück abbiß. Dann stand sie nackt vor dem Spiegel, den Pullover zwischen den Händen, über dem Kopf. Wie eine Last. Akt mit Pullover. Sie konnte nicht lächeln. Was sie anfaßt, ist nicht mehr. Was sie tut, hätte sie auch lassen können. So wird der Tag enden. Die Trauben auf dem Tisch schmeckten wie Stachelbeeren. Lust hätte sie zum Federballspielen. Doch es war keiner da, der den anderen Schläger halten würde. Heute war ihr freier Tag. Am Abend würde sie sein wie alle anderen, nachdem sie den ganzen Tag lang durch ihren freien Tag geirrt war. Der Teufel sollte doch ihr Spiegelbild holen.
»Sie wird gefährlich, wenn sie sich langweilt«, sagte Bertha und zeigt im Spiegel mit dem Finger auf sich, als wolle sie schießen. Dann sah sie sich in die Augen, sagte, schau mir in die Augen, Süße, und bekam sehr schlechte Laune. Da, in dem Blick, war die gleiche Leere wie hinter Fenstern einer verlassenen, längst nicht mehr möblierten Wohnung. Da wollte keiner mehr wohnen und sie auch nicht.
Bertha schob den Kopf durch den Halsausschnitt. Ihre Zimmer sahen aus wie alle Tage, eng, düster, mit fremden Bildern an den Wänden, tote Fasanen und Obstschalen in Ölfarbe gespachtelt. Bertha schaute sich um.
»Das ist die Langeweile«, sagte sie laut, »Leerstellen zwi-

schen den Sekunden. Die machten sich breit und dehnten die Zeit. Da paßte der Tod hinein«, und Bertha wurde still und böse.
Die Unauffälligkeiten bündelten sich und wurden zur Last. Nichts war mehr, wie es war, ohne daß sich etwas geändert hätte. Was tun? Die Zeit verturnen, zersingen, verwandern, zertanzen?
»Ich widerspreche mir von einer Sekunde zur anderen«, sagte sie ihrem Mund, dicht am Spiegelglas.
Lange noch kümmerte sie sich um das Bild im Spiegel. Sie sähe aus wie sie selbst, nicht wie Gerda Müller oder Eva Braun. Sie nickte und fuhr sich durch Haare und Gesicht, ahmte Kata nach, ahmte Kata nach, um das Leben nachzuahmen.
Der Spiegel war ein schlechter Berater. Bertha drehte sich ab. Sie würde sich zwischen die Hände und unter den Mund von Jacob Zecher legen müssen. Aber die Adresse hatte sie nicht. Er könnte es ihr sagen, wenn er richtig in sie dringt.
»Schwein«, sagte sie und dachte an das Schaf von gestern nacht. Sie sah Jacobs Mund, dumm und gutartig, in den Winkeln geschwollen, wie bei einem verwöhnten Kind. Ein wenig Kind und die dazugehörige Portion Prügel und Gewalt. Das könnte ihr gefallen. Sie zog die rote Lederjacke über und stieg in die Schnürstiefel, ohne die Senkel zu lösen. Sie würde ihn zu sich herziehen, an Land ziehen, ihn sich heranziehen, um den Finger wickeln. Jeder Mann hat so einen Henkel.
»Henkelmänner«, sagte Bertha. Dann schlug die Tür.

Der Weg bergab macht sie leichter. Sie läuft schneller und schneller an den leeren Mülltonnen der Nachbarn und an

dem Mercedes mit Wetterüberzieher vorbei. Fast fliegt sie, und bevor sie wirklich abhebt, denkt sie, jeder bekommt, was er tragen kann.
Unten am Berg ist sie außer Atem. Sie setzt sich auf die Ecke einer weißen Bank. Am anderen Ende sitzt ein Mädchen mit braunen Zöpfen.
»Kathrin.« Sie schlägt die Beine übereinander und wippt mit dem schwarzen Lackschuh. Die weißen Strümpfe sind auf die Spangen gerutscht. In den Schuhen spiegelt sich die Krone des Baums, unter dem sie gemeinsam sitzen. Das Mädchen schaut Bertha an. Jetzt spiegelt sich Bertha in dem Schwarz ihrer Pupille. Kathrin wirft die Zöpfe mit einer gnadenlosen Handbewegung auf den Rücken, als habe sie erst jetzt Bertha richtig entdeckt. Aus der Rocktasche holt sie eine Blockflöte. Die Tasche muß tief sein. Sie setzt die Flöte an den Mund, sortiert die Finger auf den Löchern, holt Luft und piepst.
»Hast du das erkannt?« Bertha nickt.
»Soll ich noch mal?« Bertha nickt.
Sie spielt Strangers in the night, davon die zweite Strophe, Bertha legt dabei den Kopf in den Nacken. Junges Laub schaukelt über ihr. Es ist sehr hell an seiner Unterseite, an seinem Bauch, wie Bertha früher sagte, als sie noch wußte, wie die Welt aus der Rückenlage ausschaut.
Eine Taube fliegt ungewöhnlich hoch, auf Schwalbenhöhe. Plötzlich, als habe die Luft dort zu einer unsichtbaren Wand sich verdichtet, prallt sie zurück, hält im Rückprall inne wie eine Möwe über der Beute. Dann hängt die Taube am linken Flügel herab. Eine Viertelstunde noch schlägt sie mit dem freien Flügel, trudelt im Kreis um eine Schlinge, die von unten nicht sichtbar war. Federn schneien grau herab. Und dann glaubt Bertha Blut zu sehen.

»Schau nicht hin«, sagt eine Frau und zerrt ein Kind weiter. Es greift eine schmale schwarze Feder aus dem Gras. An ihr ist kein Blut. Als Bertha wieder aufschaut, hat die Taube die rosa Knoten am Bauch zu Krallen gespreizt. Kathrin mit den Zöpfen schlägt die Spucke aus der Flöte. Erschöpft sieht das Mädchen Bertha an, und Bertha kann das Gesicht sehen, das es in zwanzig, in fünfundzwanzig Jahren einmal haben wird.
»Kommst du morgen wieder?«
»Jaja«, sagt Bertha.
Das zweite Ja machte das erste zunichte. Im Fortgehen wischte Bertha die Hände an den Hüften ab.
Wenn sie zwei Stunden später mit den Einkaufstüten zurückkommen wird, werden längst andere Menschen hier sitzen, Zeitungsseiten umblättern, falten und sich unterschieben, weil es noch kühl ist im Jahr. Wegen der Handvoll Federn am Fuß des Baumes wird keiner den Kopf heben.

*

Lebt man allein, ist man samstags nach Ladenschluß erst recht allein, dachte Bertha. Die Arme wurden ihr länger, während sie ihre Einkaufstüten den Fluß entlang schleppte.
»Bei Sturm bleibt der Park geschlossen.« Zum zweiten Mal las eine Frau mit Fuchsschwänzen am Hals den Satz laut, verlangsamte ihren Schritt so, daß Bertha ihr fast in die Hacken trat. Das Schild stand rechts vom rechten Hirsch am Tor des Rosengartens. Bertha war das nie aufgefallen. Jetzt schob die Frau ihrem Begleiter den Arm unter, lehnte den Kopf an seine Schulter. Erzähl mir etwas vom Leben, sagte der kleine Kopf lautlos. Haar und Fuchs hatten den gleichen Farbton. Die weißen Wettermäntel rieben sich an-

einander. Bertha überholte das Paar, und der letzte Bus vor dem Wochenende überholte Bertha.

Sie lehnt ihre Tüten gegen den Maschendraht eines Tores. Die Flügel sind mit einem Fahrradschloß aneinander gekettet. Von dieser Seite hat sie das Haus noch nie beschaut. Sie kennt nur die Rückfront, den ordentlichen Garten, in dem die Pflanzen wie versteinert stehen. Graue Sträucher klammern sich aneinander, als hätten sie vor langer Zeit einmal gebrannt und sich nie wieder davon erholt. Die Frau in schwarzen Gummistiefeln kämmt täglich das Moos mit hartem Strich. Heute harkt die Frau auf der Seite, wo das Haus sein Gesicht zum Wasser hinhält. Heute sieht Bertha das Haus von der dieser Seite.

Eine Insel auf Schimmel, denkt sie und bückt sich nach den Tüten. Eines Tages wird die Insel herausbrechen aus der stillen Zeile der Villen am Fluß und davonschwimmen. Die Menschen werden auf die Lücke schauen, mit den Achseln zucken, sagen, sie hätten dies Haus nicht geschenkt haben mögen. Trotz des schönen Erkers zum Wasser, trotz des halbrunden Balkons darüber, in der ersten Etage. Bertha hebt den Kopf.

Auf dem Balkon steht Jacob.

Sie greift die Tüten fester, grüßt, zufrieden mit sich, daß sie nicht rot geworden ist. Da hangelt sich Jacob über das Geländer, umklammert mit den Füßen eine schmale Säule, springt die letzten Meter, landet auf dem gekämmten Moos. Für sie.

»Hast du Feuer?«

Schaut sie ihn an, weiß sie, was sie will.

»Ja«, sagt sie nach einer Zeit und sagt, wie doch die Zeit vergehe. Etwas Besseres kann ihr am Wochenende nicht geschehen. Jacob schlägt die Augen nieder, damit sie die langen schwarzen Wimpern sehen kann. Sanft treibt sie an. Der Samstag tut seinen Teil dazu und Berthas Schwäche. Die Schwäche hat sie geerbt wie die Farbe ihrer Haare und die Form der Zehennägel.

Das Haus ist leer geräumt, wenigstens in der unteren Etage. Nur an den Fenstern hängen noch Gardinen, schwere Stores, die gleich bei Einbruch der Dunkelheit zugezogen werden. Im Flur schlagen Berthas Schuhe hart auf die Steinfliesen. Das Ende der Flucht ist mit einer matten Glühbirne beleuchtet. Ins letzte Zimmer vor dem Treppenaufgang wirft Jacob einen Blick. Sie lehnt neben ihm im Türrahmen. Im Zimmer verstreut liegen die Einzelteile eines Motorrads auf dem blanken Parkett. Zum Ledersessel, dem einzigen Möbelstück, das Bertha im Parterre entdecken kann, gehört ein überfüllter Aschenbecher auf dem Boden, eine offene Flasche Rotwein, eine aufgerissene Tüte Gummibärchen. Sie steigen die Treppe hinauf. Jacob öffnet eine Tür, um vom Tisch zwei Tassen zu holen.
»Ihr Zimmer«, sagt er. Der Raum ist eingerichtet wie eine Dreizimmerwohnung, mit schweren roten Sitzmöbeln, einem breiten Bett unter geblümter Tagesdecke, Glasvitrinen, Sekretär. Am Fuß des Bettes, auf der vierten Etage eines Regals steht ein riesiger Fernsehschirm, die Bildfläche in einem gefährlichen Winkel dem Bett zugeneigt, als wolle er sich hinabstürzen. Er schließt die Tür und schiebt sie weiter.

Es ist Nachmittag geworden, sie haben die Gardinen vorgezogen und liegen auf Höhe der Fußleisten nebeneinander. Nur eine dünne Matratze liegt zwischen ihnen und dem Holzboden.

Außer einem Regal und zwei Ledersesseln, der Matratze und einigen Hemden, die an dünnen Nägeln von der Wand hängen, ist das Zimmer kahl. An allen Mauern blaßgelbe Seidentapete, die jetzt in diesem Licht des späten Nachmittags zu schimmern beginnt. Der Kaffee ist längst kalt.
»Was ist?« fragt Jacob, fragt nur so. Die Antwort ist ihm gleich. Eine Frauenantwort eben.
Die Tränen laufen ihr in die Ohren, weil sie liegt.
»Du bist es gewohnt, daß die Frauen danach weinen?«
»Es kommt vor«, sagt er, schwer und schüchtern.
»Wenn du wüßtest, wovon ich träume.« Sie legt die Nase in seine Achselhöhle. Auch da riecht sie Leder.
»Zum Beispiel«, sagt er. Sie schaut auf die Uhr am Videorecorder. Auf dem Regal stehen zwei Reihen CDs, eine halbe Reihe Bücher. Der Rest ist voller Videokassetten.
»Ja, zum Beispiel. Ich liege da, letzte Nacht, und sie stürmen hervor. Hunde. Ich verstehe ihr Bellen. Es ist in meiner Sprache. Sie sammeln sich um mein Bett. Ich zähle dreizehn. Da verwandeln sie sich in die dreizehn Engel, in die, die immer um die Betten stehen. Doch diese hier tragen Uniformen. Ich rufe Vater, Vater, weil ich ihn nicht kenne. Nur seinen Namen. Einer nickt, steigt zu mir ins Bett, schwarze Haare auf der Brust. Er zeigt auf die Brusthaare, sagt, das liegt am Alter. Das bekommst du auch. Auf seinem Oberarm ist ein Kreuz tätowiert. Ich lege meinen Finger hinein, bis er schreit.«
Bertha wendet sich ab. Sie redet soviel wie Menschen, die zu oft allein sind.
»Du mußt nicht so tapfer plappern, um noch eine Weile dazubleiben«, sagt er.
Sie richtet sich auf. Dabei klafft der Morgenmantel, sein

Morgenmantel auseinander. Er küßt die Kuhle zwischen
ihren Brüsten.

»Süßes Salzloch«, sagt er.

»Ich habe nicht mehr viel Zeit. Ich muß noch packen.«

»Du verreist?«

»Wer weiß?« Sie lehnt den Kopf gegen die Wand. Es ist fast
dunkel im Zimmer jetzt. Das Kratzen im Laub hat längst
aufgehört. Die Frau in den schwarzen Stiefeln geht durch
das Haus und macht mit jedem Schritt die Flure länger.

»Wer weiß«, sagt sie. »Vielleicht mußte es so kommen. Viel-
leicht entkommt man seinem Schicksal nicht. Hat man es
einmal eingesehen, ist man plötzlich ganz frei. Wir bringen
die Schande von Anfang an mit.«

»Zum Beispiel?« Jacob wirft Bertha zurück auf den Rük-
ken. Die Hand fährt in den Ausschnitt seines Morgenman-
tels.

»Im Theater ist es mir zuerst aufgefallen.« Bertha richtet
sich auf und räuspert sich. »Es gibt keine Entscheidungs-
freiheit, nur ein unbefragtes Befolgen von Gesetzmäßigkei-
ten. Die Gesetzmäßigkeiten kommen zu ...«

»Ich verstehe dich nicht mehr«, sagt Jacob und lacht. »Ich
verstehe dich nicht mehr, dabei haben wir uns doch erst ge-
rade kennengelernt.«

»Schau«, sagt Bertha und spricht schneller, weil die Hand
unter dem Morgenmantel sich einen Weg sucht, den man
nur schweigend gehen kann. »Im letzten Jahr haben wir
zehn Wochen *Die Fliegen* von Sartre geprobt. In diesen Wo-
chen häuften sich die toten Fliegen auf meiner Fensterbank.
In der Zeitung stand am Tag der Premiere, Fliegen
schwärzten die Windschutzscheiben auf einer Autobahn in
Portugal. Auffahrunfälle. Fünf Tote, davon vier Deutsche.
Im Kaufhaus stapelten sich schon in den Tagen davor Flie-

genklatschen, Restposten aus der DDR, 99 Pfennige das Stück. Und am Tag nach der Premiere lag Nachbars Pudel vor der Garage auf der Seite. Ich spreche ihn freundlich an. Sage, los, steh auf und faß ihn an. Fliegen zucken aus seinen Nasenlöchern, um sich gleich wieder niederzulassen.«
Jacob Zechers Hand liegt auf Berthas Herzen, das unter Berthas linker Brust liegt.
»Für eine Dramaturgin bist du ziemlich naiv.«
»Ich bin Schauspielerin«, sagt Bertha.
»Du erzählst Geschichten«, sagt er. Drei Türen weiter knallen Schüsse, beenden das Leben eines Serienhelden im Vorabendprogramm.

*

»Du siehst heute ganz anders aus, als ich immer dachte«, sagt Kata und taucht mit Kopftuch hinter einem Gartenstuhl auf.
»Jaja. Das geht manchmal ganz schnell.« Bertha klemmt die Einkaufstüten zwischen ihren Beinen fest.
Über dem Hauseingang brennt das Nachtlicht schon.
»Mein Sohn findet dich auch hübsch. Da habe ich einmal näher hingeschaut. Du bist zwar nicht gerade der Porsche unter den Frauen.« Bertha zieht mit einer energischen Handbewegung die Spange aus den Haaren.
»Aber schöne Haare hast du«, sagt Kata wie bestellt.
Kata. Eines Nachts, bei Sommersonnenwende oder zum Erntedank, wird sie auf der Burg eines verarmten Barons, dessen Eltern nicht einmal das Geld für die Zahnspange aufbrachten und ihren Sohn mit dem Beinamen »Hase« ins Leben entließen, ja, eines Nachts wird sie auf seiner Burg eine schwarze Hochzeit feiern unter den gierigen Augen von dreizehn minderjährigen Pfadfindern.

»Übrigens«, Kata zieht einen Lippenstift aus der Gartenschürze, preßt dann den Mund zusammen, um das Rot zu verteilen. »Unser Briefträger war einige Tage kaputt. Gestern kam er wieder. Es ist etwas für dich dabei.«
In der Wohnung packt Bertha ihre Taschen aus. Weich wie Babybrei ist die Tiefkühlkost inzwischen. Sie liest den Brief im Stehen und reißt dabei ungeduldig an einer Tüte Nüsse, die sich nicht öffnen läßt.

> Aber ich bin nicht mehr jung. Und schon haben die Menschen auf der Straße aufgehört, mir nachzuschauen. Auch die Kinder. Einige Jahre werden vergehen, und sie werden mir wieder nachschauen, weil ich so gebückt gehe, als zöge ich einen Handkarren seit dem Zweiten Weltkrieg hinter mir her.
> Bitte, Bertha, komm. Ich will dir etwas zeigen. Dann weißt du es. Ich hatte neulich eine kleine Gesichtsoperation, gleich unter dem Auge. Sie haben die Haut zu tief gezogen, um genügend Fell für die Narbe zu haben. Sie haben den Tränenkanal verletzt. Ich kann nicht mehr weinen.
> Musik kam aus einem geöffneten Fenster.

*

Als Bertha das Reisebüro betrat, war es fast Mitternacht in New York. Das zeigte eine der Uhren an, die die Städte der Welt mit Baden-Baden verglichen. Duschen-Duschen, hatte der Intendant wieder einmal gesagt, während er sich eine andere Karriere wünschte, und Bertha hatte wieder über den Witz gelacht, um ihn in gute Stimmung zu bringen. Dann hatte sie gefragt.

»Sie sind wohl verrückt. Oder verliebt. Zwischen zwei Kriegen verläßt man die Stellung nicht.«
»Nur ein paar Tage«, Bertha duckte sich. Der Intendant schrie, bis sie ganz blaß war. Dann holte er Luft.
»Schlecht sehen Sie aus. Luftveränderung täte Ihnen gut. Nehmen Sie sich frei, zwischen den beiden Produktionen.« Er klopfte ihr auf die Schulter, bis sie es sagte.
»Danke«, und sie hatte die gepolsterte Bürotür zugeschlagen.
»Wir schließen um 18 Uhr.« Inzwischen war es in New York kurz nach Mitternacht. Der junge Mann steckte den Schlüssel von innen ein. Sein schütteres Haar machte ihn älter. Der Abend erschien ihr wie einer am Meer. Die Menschen glichen den Flugtieren. Bertha hatte die Fahrkarte weggesteckt.
Sie ging in die Bibliothek. Sie suchte im Schlagwortkatalog ein Buch zum Thema Erinnerung. Im Regal standen zehn oder elf Bücher mit Tips für ein besseres Gedächtnis. Bei den Romanen griff sie nach einem, der in zwölf Jahren nur dreimal ausgeliehen worden war. Da legte sich von hinten eine Hand auf ihre Schulter.
»Kommen Sie mal mit.«
Jetzt legt die weiche welke Hand sich auf Berthas Knie und fragt, ob sie dort wohne, im behutsamen Ton eines Mannes, der eine Frau nach Hause bringen will.
»Kennen wir uns?« fragt Bertha und ist schon eine Beziehung eingegangen.
»Basilius-Institut.« Agathé Dinkler rückt ihre Haare zurecht.
Sie heiße Dinkler, Agathé, sei Schriftstellerin, ortsansässig, und ein satirisches Talent mit Perücke.
»Ich sah Sie dort neulich die Straße kehren.«

»Ich sehe«, sagt Bertha und schaut nicht auf den Haarmop, filzig und starr wie ein alter Besen.
»Basilius-Institut, ein wahrer Lebensborn. Ich habe dort so vieles gelernt, daß ich nicht werde sterben können. Man wird mich erschießen müssen. Schauen Sie.« Ihre Armbänder klimpern leise.
»Sie müssen den Bauch von unten heraufziehen, das Kinn vorrecken, das strafft das Zwerchfell, und im Nervengeflecht des Bauches werden starke Sympathieströmungen wach. So, so und so. Wie das Elmsfeuer lodert!« ruft sie plötzlich, und zwei Bauarbeiter, die lesen wollen, zischen sie an. Sie neigt sich zu Bertha.
»So kann ich Kerzenflammen umbiegen, Rauchzeichen geben und Funken auf Menschen überspringen lassen, die sich dann gegen meine sympathische Ausstrahlung nicht mehr wehren können. Ein wahrer Lebensborn«, sagt sie. Sie bietet Bertha ein Pfefferminz an.
»So habe ich auch die Zuneigung von Elli Ney gewonnen, nur mit meinem Lendengürtel. Hans Leip war Zeuge.«
Bertha zuckt mit den Schultern. Sie kennt Elli Ney nicht.
»Ein wahrer Lebensborn«, sagt Agathé Dinkler nochmals. »Nicht? Nicht, daß Sie mich falsch verstehen, nein, das möchte ich nicht.«
»Jaja«, sagt Bertha, weiß nicht, was sie hat, will aufstehen und gehen. Die beringte Hand fällt von ihrem Schoß auf die angewärmte Bank, dorthin, wo Bertha gerade noch saß.
»Wie ungraziös Sie aufstehen! Schauen Sie, so und so und so. Das ist der Schwung für die gelenkte Schnecke. Es gibt auch noch die Übungen für die Schnecke des Schreitens und die Schnecke des Steigens.«
»Bitte, zeigen Sie mir nur die Schnecke des Sitzens«, sagt Bertha, um die Sache zu beenden.

Agathé Dinkler neigt den Kopf. »Wie ein Schwan.« Sie kippt das Becken vor, schiebt die Knie heraus, berührt mit ihrem breiten Gesäß in geblümter Seide tastend die Bank, legt den Rumpf in leichtem Winkel vor und richtet sich wieder auf, bis ins Hohlkreuz.

»Das ist Anmut.«

»Anmut«, wiederholt Bertha. Wieder so ein Wort mit A, mit dem sie bisher nicht gelebt hat.

»Auf bald.« Sie reicht Agathé Dinkler die Hand.

»Wollten Sie nicht etwas ausleihen?«

»Ich gehe lieber in die Buchhandlung.« Bertha ist schon bei der Tür, denn sie fürchtet, in Begleitung einer Schnecke nie dort anzukommen.

»In die Kreuzgasse?« Agathé Dinkler hat sich erhoben und steht gebieterisch da in ihrer dunklen Seide.

»Warum?«

»Na«, sagt Agathé Dinkler und hakt bei Bertha unter, als würden sie sich aus der Schule kennen. »Der alte Kamm sieht aus, als sei er gerade aus dem Alten Testament gesprungen.« Dann geht sie vor Bertha her aus der Tür. Die Seidenblumen auf ihrem Hintern verrutschen bei jedem Schritt, sehen aus, als verzögen sie ihr Gesicht. Plötzlich dreht sich Agathé Dinkler um, als habe sie den Blick in ihrem Rücken gespürt.

»Ist der eigentlich Jude?« fragt sie und winkt nach einem Taxi.

*

»Du fährst morgen? Nimmst du ihn mit?« Kata überholt Bertha auf der Allee. Über die Wiese beim Tennisplatz wird ein Schimmel mit grauer Decke auf dem hohlen Rücken geführt. Er schielt zu ihnen herüber.

»Das Weiße in seinen Augen ist rot«, sagt Bertha.
»Was du alles siehst. Sogar rotes Weiß«, sagt Kata.
Die Tannen zittern heftiger als die Palmen, und den Sträuchern fliegen die Blüten vom Ast.
»Die ahnen schon den Sturm«, sagt Kata und läuft rascher. Vier Absätze schlagen im gleichen Takt, als seien sie ein Pferd. Ein Herr in Grau wirft bei ihrem Anblick seinen Schal über die Schulter, als habe er endlich eine Entscheidung gefaßt. Auf dem hellen Revers seines Jacketts sind erste Regenflecken.
»Du hast diesen Blick?«
»Welchen?« Kata schaut beiseite.
»Den Blick, mit dem Frauen für die Dauer eines Blitzes in den Himmel schauen können.«
»Ich sagte ja schon, du fährst morgen. Eines Tages wirst du ganz verschwinden«, sagt Kata. Das Licht, das sie durchqueren müssen, ist schwefelgelb, oder es kommt Bertha wenigstens so vor. Sie stolpert und sagt, es läge an ihren Schuhen, die seien zu groß. Kata klatscht in die Hände, das tut sie manchmal, statt zu lachen. Bertha tut es ihr nach. Sie borgt aus bei Kata. Sie nimmt ihr nichts. Gut sehen Sie in letzter Zeit aus, hatte der Intendant neulich zu ihr gesagt. Seine Hand streifte wie zufällig Berthas Hüfte. Katas Hüfte, hatte Bertha gedacht und beide Hände hinter dem Nacken verschränkt, ein Gesicht gezaubert, als läge sie erwartungsvoll auf einem großen Bett. Und wie seltsam, sie fühlte sich zu Hause in dieser Pose.
»Ich habe jemanden kennengelernt«, sagt Bertha.
»Noch einen?«
»Ein satirisches Talent mit Perücke. Es hat gesagt, unser Basilius-Institut sei ein wahrer Lebensborn gewesen.«

»So ein Schwein«, sagt Kata und hält den Schlüsselbund in der Hand, als ginge der Anstieg so rascher vorbei.
»Wieso Schwein? Die Frau ist neunundachtzig, mindestens.«
Kata zuckt mit den Schultern.
»Sag doch schon.«
»Später«, sagt Kata. Später klatscht Bertha in die Hände. Kata nicht. Das ist, als klatsche Bertha plötzlich mit einer Hand. Sie läßt die Arme fallen.

*

Kata hatte die Karteikarte auf die oberste Stufe gelegt, in Berthas Briefkasten sozusagen.
»Lebensborn e. V. verfügte über einige Dutzend Heime, über 700 Angestellte und ein paar hunderttausend Mitglieder. Die meisten wußten nicht viel über die Ziele des eingetragenen Vereins. In seinem ersten Befehl sprach der Reichsführer der SS davon, daß man kinderreiche Mütter unterstützen müsse. Das klang vernünftig und einleuchtend. In seiner zweiten Ankündigung sagte Himmler, daß man auch der unehelichen Mutter den vollen Schutz der Familie geben müsse. In seinem dritten Erlaß aber befahl Heinrich Himmler, das uneheliche Kind planmäßig zu zeugen. Wie man Autos produziert oder Geflügel auf einer Hühnerfarm züchtet ...«
Bertha hatte die Karte neben das Telephon gelegt. Dann hatte sie nach dem Hörer gegriffen.
»Woher hast du das?« Sie hatte Katas kleine, nach links sich neigende Schrift gemustert, als traue sie ihr so etwas nicht zu. »Aus einem, einem richtigen Lexikon?«
»Nein, aus einem richtigen Roman«, hatte Kata gesagt.

*

»Alles klar?« Jacob legt beide Hände auf ihr Gesicht.
»Sag nicht *Alles klar* wie ein Straßenkehrer.«
Jacob wartet das Ende der vielen Sätze ab, die Bertha auf dem Weg zum Bahnhof angefangen hat.
Sie habe sich hier versteckt, am Ende der Welt, vor sich selbst. Sie würde auch lieber in Berlin oder New York leben. Aber da könnte es zum Ausbruch kommen, das, was sie nicht sein wolle, und manchmal würde sie sich am liebsten auf den Boden werfen und weinen und beten, nicht wissend, warum weinen und wofür beten. Aber sie müsse sich immer konzentrieren, immer. Worauf? Sie sieht Jacob an und will geküßt werden.
»Was willst du denn nicht werden?«
»Gardinenverkäuferin«, sagt Bertha schnippisch. »Nichts verstehst du.«
»Nichts«, wiederholt Jacob, um sie zu beruhigen.
»Ich habe eine schlechte Veranlagung«, sagt Bertha.
»Aber was hast du denn getan? Was tust du denn, meine Süße, außer Lesen?«
»Sag nicht Süße zu mir. Man sieht es mir doch an. Es steht mir ins Gesicht geschrieben, was ich nicht getan habe. Zum Beispiel, wenn andere am Strand buddeln, dann ...«
Der einfahrende Zug reißt den Rest des Satzes mit sich fort. Sie hängt sich an Jacobs Hals, winkelt die Unterschenkel an. Er beginnt sich zu drehen, schneller, schneller.

II.

Jemand dreht den Stuhl höher.
Besser so? Sie sieht nicht, wer die Frage stellt. Die Hand zu der Stimme gibt ihr eine andere Brille. Und noch eine. Noch eine. Der Nasenrücken wird schon einen roten Sattel haben. Weiter, sagt die Stimme. Ihre Augen surren sich auf andere Tiefenschärfen ein. Und?
Jetzt sehe ich wenigstens Schwarz. Sagt sie. Das Schwarze zieht wie Nebel vorbei.
Was sehen Sie jetzt. Die Stimme ist ärgerlich.
Ich sehe ein Verkehrsschild mit einer großen und einer kleinen Silhouette, weiße Scherenschnitte, die aneinander zerren auf blauem Grund, sagt sie rasch.
Schauen Sie noch einmal genauer hin. Was ist mit dem Grund, sagt die Stimme jetzt sanft.
Sie bückt sich tiefer. Im Spiegel kann sie nichts erkennen. Er hängt zu niedrig für mich, nörgelt sie.
Botticelliengel, sagt die zweite Stimme. Die vier Hände zu den zwei Stimmen greifen ihren Hintern, daß er sich in zwei Hälften teilt. Hacken schlagen zusammen, und jedem Satz folgt das Ausrufezeichen.
Jawohl! Botticelliengel!
Sollte auch ein Engel beteiligt sein an der Paarung, sagt sie, bleibt es doch dabei: Zwei Menschen sind ein Tier. Sie hat Rückenschmerzen und greift hinter sich, um zu tasten, wohin es dort geht.
Lassen Sie das, sagt die erste Stimme. Sie greifen ja zurück ins Mittelalter.

Da faßt sie die Stimmen bei den Händen. Sie drehen sich um den unendlich leeren Raum, der zwischen ihnen liegt. Es muß wie Tanz ausschauen. Doch der Raum zwischen ihnen ist so leer, daß ...

Bertha ist in den Abgrund gefallen, den nur der Traum aufreißt. Sie schlägt hart auf, auf der eigenen Matratze. Die Mutter sitzt am Fußende.

»Wie lange bist du schon so?«

»Eine Weile. Du hast laut geatmet. Sobald du geschrien hättest, hätte ich dich geweckt.«

»Dann wäre es zu spät gewesen«, sagt Bertha.

»Ach, sei doch nicht so streng«, sagt die Mutter. »Erzähl mir lieber, was du geträumt hast.«

»Ich? Dir? Meine Träume?« Bertha hebt das Kinn. Ihre Stirn glättet sich. »Das Haus lag auf der anderen Seite des Wassers«, sagt sie leise. Der Tonfall hat etwas Berechnendes.

»Tief steht die Sonne, doch im Haus wird noch die Hitze des Mittags sein. Eine Hitze, die man sieht. Ich greife zur niedrigen Torklinke, die die Brücke vom Gartenweg trennt. Ins Eisen geschmiedet ist ein Wort. Idyll. Dann klopfe ich an ein blaues Fensterglas in Kopfhöhe. Das Türglas zeigt mir das Gesicht, das ich Jahre später einmal haben werde.«

Die Mutter nimmt die Fäuste unter die Achseln.

»Kannst du etwa deine Träume auswendig?«

»Ja«, sagt Bertha und setzt sich sehr gerade hin. Ihr Rükken wird hohl. »Und während ich mich spiegle, nein, unterbrich mich jetzt nicht, während ich mich spiegle, fährt hinter dem Glas ein zweites Gesicht hoch, vom Mittagsschlaf noch gedunsen. Ein Schlüsselbund klingelt am erhobenen Arm. Soll ich die Schuhe ausziehen, frage ich.«

Die Mutter bewegt den Kopf, als hätte sie Wasser in den Ohren.
»Du bist ja verrückt.«
»Was kann ich für meine Träume?«
Die Mutter streckt die Hand aus.
»Tu die Hand von meiner Bettdecke«, sagt Bertha.
Sie schweigen, und keine verläßt die andere.
Warum sie damit angefangen habe, an sie zu schreiben, an sie, Bertha, ihre Geheimnisse zu schicken und nicht an ein Schließfach bei der Deutschen Bank. Warum sie all dies aufgezählt habe, diese Leibchen, Stoffbären und Unterhosen, diese Bilder, von denen man sich kein Bild machen konnte. Was diese Mappe solle, die mit dem einen Wort. Arier klinge wie Saurier. Arisch sei etwas, das, ist das Klima günstig, rascher von innen nach außen wachse ähnlich dem Sarg, den jeder in sich trage.
»Mit den Jahren werden wir holziger, nicht wahr?« Es ist schon hell geworden, und Bertha zieht die Bettdecke bis zum Kinn.

*

Regen war ihr schräg in den Rücken gefallen, hatte sie den Berg hinuntergetrieben, schneller als sie wollte. Der Bahnhof lag über der Stadt. Ginge die Welt unter, sie begänne damit in Wuppertal. Am Brunnen, an dem sie ihr erstes Rendezvous gehabt hatte, stieg sie in die Schwebebahn. Das war vor zwei Tagen gewesen.
Sie hatte sich für einen Moment ans Fenster gestellt. Der scharfe Wind riß die Frühlingsblüten von den Bäumen. Sie roch die anderen Fahrgäste. Die Feuchtigkeit hatte sich in der Kleidung eingenistet. So hatte es in dieser Stadt immer gerochen, nach Reibekuchen, Bohnerwachs und klammen

Mantelkrägen. Gern war sie damals fortgegangen wegen des Abschieds. Weggehen hieß, ja hieß, sich gleichzeitig die Gegenwart nehmen und die Erinnerung. Nie ist man anwesender als im Moment des Verschwindens. Bertha räusperte sich.

Nun war sie wieder da. Als die Bahn anfuhr, setzte sie sich auf den Einzelsitz hinter der Fahrerin.

Die Scheiben an den Seitenfenstern waren beschlagen. Bertha hob nicht die Hand, um es zu ändern. Sie schaute an den starren blonden Haaren der Fahrerin vorbei durch die Frontscheibe. Döppersberg, Robert-Daum-Platz, Hammerstein. Zwischen dieser und der nächsten Station würde sie auf der Höhe der zweiten Etage am Küchenfenster der Mutter vorbeifahren, dem einzigen Fenster in der Straße ohne Topfblumen. Da, und Bertha griff um den Sitz und hatte ein Kaugummi zwischen den Fingern kleben. Da, sagte sie nicht sehr laut. Ein gelber Vorhang war nach links zurückgezogen und drei oder vier Bücher lehnten rechts auf der Fensterbank gegeneinander. Von der Mutter war nichts zu sehen, sosehr sie auch die Augen aufriß und in das schwarze Loch hinter den Scheiben starrte. Wie sie wohl aussehen mag? Noch immer blond, aber mehr Rot im Blond als Bertha? Noch immer schmal, vor allem an den Gelenken, den Fesseln, mit diesem feinen Steg zur Ferse, der so zart ist, daß ein Mann ihn zwischen Daumen und Mittelfinger zerdrücken könnte?

Die Bahn schaukelte und Bertha nickte dazu. Es war vorbei, das Fenster. Jetzt fuhr die Bahn der Endstation im Westen entgegen und leerte sich. Eine Weile blieb Bertha allein mit der Fahrerin. Sie schloß die Augen. Hinter den geschlossenen Lidern trat sie bereits die Rückfahrt an. Auf anderen Fensterbänken liegen Brillenetuis zwischen häßlichen Blumentöpfen, und das gewisse Fenster trägt die gelbe Gardine jetzt auf der rechten Seite, die Bücher lehnen auf der Fensterbank noch immer gegeneinander. Weiter nichts. Die Straße unter der Bahn wird zum Fluß, der ist montags blau, dienstags rot und donnerstags schwarz und grün.

Warum ich kommen sollte?

Da schob die Fahrerin den Hebel in den Gang. Links lag der Billardsalon auf der ersten Etage, gegenüber der Kohlenhandlung Kolk. Frowein, Elba, Isserstedt, murmelte Bertha Namen von Fabriken, die noch kommen würden. Da, eine Hand zog mit bösem Ruck die gelbe Gardine vor. Zum zweiten Mal war sie nicht ausgestiegen. Zufrieden legte Bertha die Füße auf die Reisetasche, lächelte der Eislaufbahn zu, der Klavierfabrik, der Bohnerwachsfabrik, der Arzneimittelfabrik und viel später sogar dem flachen Bungalow mit Glasdach für moderne Kunst. Er stand leer. Im Eingang lagen Coladosen.

»Warum sollte ich so schnell kommen, nach all der Zeit?«

Da drehte sich die Fahrerin nach ihr um, und Bertha zeigte mit dem Finger nach draußen. Im Gerüst kletterten Arbeiter wie Affen herum und winkten der blonden Fahrerin. Obwohl es heller Tag war, trug der Älteste eine Laterne vor den Kollegen her.

Zwischen einer Fabrikantenvilla und dem Fluß lag ein schmaler Garten, im Garten lag ein Teich, im Teich eine abgesoffene Autobatterie. Wenigstens früher lag alles so der Reihe nach. Dieser Ort ist mir der liebste auf der Welt, denn auf dem Nachbarhof, dem der Speditionsfirma, steht noch immer sein Motorrad, die Räder durchwachsen mit Efeu. Das Vorderrad war in Richtung Villa eingeschlagen. Wie hatte er noch geheißen? Die Holzlaube am Ufer hatten, wie

damals, Enten bezogen. Kommen die Krähen, werden die Enten wieder unter der Brücke nächtigen müssen, wo die Arbeiterinnen der Aktenordnerfabrik Elba in den Pausen altes Brot die Böschung hinunterwerfen.
Bertha legte sich die Sätze zurecht.
Warum ich gekommen bin, Mutter? Damit wir die Stirn sacht gegeneinanderschlagen und merken, wir haben beide nur Männer im Kopf? Ich meine. Du deine und dazu meine. Von der Erschütterung aufgemischt, kommen sie uns zu den Ohren heraus, rücken ihre Krawatten zurecht und beschweren sich.
Warum ich noch gekommen bin? Darum. Wie kannst du fragen. Das Wort. Bertha nahm eine Zigarette aus der Reisetasche, klemmte sie in den Mundwinkel, ohne sie anzuzünden.
Ich soll im Lexikon nachschauen? Gut. Längst erledigt. Arisch ist der Hauptort des nördlichen Sinai, an einer Flußmündung gelegen. Dattelpalmen wachsen dort, und in der Pharaonenzeit war die Stadt als die Stadt der Verbannten bekannt. Du sagst, ich solle mich nicht so dumm stellen?
Bertha blieb bei der Endstation Ost mit übereinandergeschlagenen Beinen sitzen. »Ball der einsamen Herzen« stand auf dem Pavillon beim Busrondell. Ein Mann pinkelte durch das Gitter vor der Tür. Die Fahrerin aß ihr Pausenbrot, während sich die Bahn in Berthas und ihrem Rücken für die Rückfahrt füllte. Mit ihren fettigen Fingern umfaßte sie den Hebel, schob ihn in den Vorwärtsgang. Die Bahn stöhnte. Die perlmuttlackierten Nägel spielten am Hebel, rauf und runter, rauf und runter. Ein geknülltes Papiertaschentuch zitterte auf der Lüftung beim Fenster.
»Mama, wie ist das? Sterben?« Dem Kind hinter Bertha war es zu langweilig, aus dem Fenster zu schauen.

»Wir werden Engel«, sagte die Mutter.
»Männer auch?«
»Warum nicht?«
»Und bekommen Engel auch Kinder? Wie bekommen sie Kinder?« Jetzt hatte das Kind hörbar ein Bonbon im Mund. Bertha drehte sich um.
»Sie schlucken die Kinder hinunter wie Bonbons und ein paar Monate später spucken sie sie wieder aus.« Noch immer hatte Bertha die Zigarette im Mundwinkel.
»Als Bonbon?« Das Kind hatte auf das Bonbon gebissen und bekam einen Schlag auf den Hinterkopf. Längst hörte die ganze Bahn hin. Bertha spürte die Luftverschiebung, die das Grinsen verursachte.
»Mama, und wie ist das mit den Jungfrauen, Klaus hat gesagt, daß Jungfrauen vor tausend Jahren auch Kinder kriegen konnten.«
»Vor zweitausend Jahren«, sagte Bertha.
»Warte, bis wir zu Hause sind«, sagte die Mutter. Bei der nächsten Station stiegen sie aus.
»Jetzt schon?« fragte das Kind. Die Menschen, die zurückblieben, schauten milder um sich.
Bertha, steig aus, gleich. Steig aus, jetzt.
Sie stieg aus. Auf dem Treppenabsatz gab ihr ein Mann ungefragt Feuer.

*

»Gegenüber«, hatte der Junge gesagt. Da fiel es Bertha ein. Die Mutter ist nach gegenüber von früher gezogen.
Unter den Regensträhnen im Hof war das Kind, das nicht Bertha ist, durchgeschlüpft. Bertha hatte den Ball zurückgetreten, der ihr im Hausflur entgegengetrudelt war. Sie folgte dem Jungen auf den Hof, den die Leute Garten nann-

ten wegen der zwei Holundersträucher und des Unkrauts zwischen den Mülltonnen. Mit den Jahren hatte das Unkraut die Risse im Teer breiter gemacht. Die Gardinen an den Fenstern hatten einen gelben Stich, wie schlechte Zähne. Bertha fragte den Jungen. Er zeigte mit einem schmutzigen Fingernagel in die Luft. Wie auf Geheiß wurde der Regen schwächer. Bertha und er standen stumm nebeneinander und lasen es aus den Pfützen.

»Gegenüber«, sagte er. Trotzdem ging Bertha hier in die dritte Etage hinauf. Vorsicht frisch gebohnert stand im Fluraufgang, doch der Boden war stumpf und fleckig und die Wand bis in Kopfhöhe mit abwaschbarer Elefantenhaut bepinselt. Die Pinkelspur von neunzehnhundertdreiundsiebzig machte in steiler Kurve auf den Stillen Portier aufmerksam. Seine Namensschilder waren leer und blind. Nur Parterre links hatte ein Zyniker Dr. Schwamm hingeschrieben. Entlang der klebrigen Elefantenhaut suchte Bertha den Lichtschalter. Still war sie die Treppe hinaufgegangen. Dann hockte sie vor der Wohnungstür von früher. Sie zählte die Rauten im Linoleum. Sandaletten schlugen auf die Holzdielen jenseits der Tür. Bei jedem Schritt trennte sich die Sohle mit einem Schmatzen vom bloßen Fuß. Ein gewagtes Modell für eine Frau Mitte Fünfzig, dachte Bertha noch, doch die Riemen waren gold und schwarz, die Frau Anfang dreißig und nicht Berthas Mutter. Sie lief ohne Gruß hinunter zum Briefkasten. Der Junge vom Hof stolperte mit strähnigem Haar die Treppe hinauf, sein Gesicht war alt, seine Kleidung abgetragen. Das hatte Bertha im Regen nicht gesehen. Er strich Bertha, die saß, über den Kopf, als sei sie das Kind. Dann streckte er seine weiße Zunge heraus. Kein Wunder, dachte Bertha. In dieser Stadt setzten sogar die Kinder Schimmel an.

Sie ging nach gegenüber und erwartete das Gegenteil von früher.

*

Fünf Stücke Stachelbeertorte standen sternförmig arrangiert neben der Warmhaltekanne. Bertha hatte nach einigem Zögern das größte gewählt.
»Erzähl«, sagte die Mutter. Der Riemen einer Umhängetasche teilte die Brüste unter dem grauen, gerippten Pullover. Der blonde Zopf fiel über die linke Schulter bis zur Brustspitze. Im Nacken und am Scheitel war der Haaransatz dunkler.
»Du schreibst also?«
Die Mutter nickte.
»Auf deiner Strickmaschine?«
Mit einem Griff zog die Mutter einen karierten Kissenbezug beiseite, ganz ein Zauberer, der jeden Abend das weiße Kaninchen bei den Ohren packt. Sie warf den Bezug über die Schulter. Da stand sie, die Reiseschreibmaschine.
»Na? Und?« sagte Bertha. Sie sahen sich an. Keine mochte als erste die Leere zwischen ihnen zum Kampffeld aufharken.
Der Efeu, der früher kaum über den Rand seines Topfs hinausschauen konnte, wuchs die Zimmerdecke entlang, von kleinen Nägeln auf den richtigen Weg gebracht.
»Erzähl«, sagte die Mutter und nahm die Tasche nicht von der Schulter.
Die Kastanien draußen vor der Tür ihres Hauses, Haus Basilius, würden kahl, rosa, grün, sagte Bertha. Auf einem Sockel am Gartentor kniete eine Nackte aus Stein und schöpfe Luft in einer Muschel.
»Die Schöpfende«, und Bertha stach mit der Gabel in die

Torte. In den Sanatorien säßen die Gichtkranken vor der Großbildleinwand und schauten die Sportschau. Manchmal hinke einer mit hochgezogenem Hintern den Berg herauf und lege der Schöpfenden eine Hand auf die Brust oder das Bein.

Die Warmhaltekanne pfiff, denn der Deckel schloß nicht richtig. Die Mutter faßte Bertha auf den Unterarm.

»Warum bleibst du denn da unten?« Sie wies mit dem Kopf in die Richtung, in der sie Berthas Zuhause vermutete. Noch immer hatte sie ihre Umhängetasche nicht abgenommen.

»Da ist ja noch das Theater«, sagte Bertha. »Es sieht aus, als könne es noch wachsen. Aber das ist der untröstliche Neid, den der Liliputaner auf das Kind hat«, sagte Bertha.

»Wie du dich verändert hast.«

»Die Marmorfrauen an den Kuppelecken des Zuschauerraums haben Figurprobleme. Das nennt man barock. Und manchmal, wenn ich Abenddienst habe, lege ich mich im Vestibül der Loge Nummer sieben auf das Canapé, starre auf die Seidentapete. Die wechselt mit dem Licht ihre Farbe von Himbeer nach Kirsch. Ich schlafe ein. Ist die Vorstellung vorbei, sage ich den Schauspielern, sie seien nicht schlecht gewesen. Nur auf die Endkonsonanten müßten sie mehr achten.«

»Zum Beispiel?«

»Nun, zum Beispiel.« Bertha überlegte.

»Seid ihr verrückt«, sagte sie plötzlich, riß dabei die Arme in die Höhe und spuckte wegen des harten *t* der Mutter auf den Teller.

»Und du?« fragte die Mutter.

»Wie, und ich?«

»Du machst das besser? Mit dem *t* und all den anderen Dingen?«

Sie hatten geschwiegen. Bertha hatte gehofft, das Problem löse sich damit von selbst.
»Wo ist das Klo?« hatte sie schließlich gefragt.
»Da, wo es immer ist. Hier hat sich doch nichts geändert.«
Bertha starrte sie an. Die Mutter war so blond, sie konnte sich nicht verstecken. Sie zog das Licht auf sich. Plötzlich?
»Doch. Du bist nach gegenüber von früher gezogen«, hatte Bertha gesagt.

*

Es war heiß geworden in der Küche. Die Mutter hatte für einen Moment das Fenster geöffnet. Der Saum der Tischdecke hob sich im Luftzug. Sie zogen um in die dicken rosa Sessel des Wohnzimmers, die wie ungeliebte Erbstücke aussahen, und warfen die Beine über die Lehne, wippten mit den Füßen, statt miteinander zu reden. Nicht nur deswegen sahen sie wie Schwestern aus oder wie zwei Pianistinnen, die vierhändig spielen wollen und für den Auftritt den gleichen Pullover tragen.
»Eigentlich ist heute Vollmond«, sagte endlich die Mutter und tat so, als gäbe es eine Sichel, die sich über das Hausdach gegenüber schöbe und langsam zur Scheibe heranwüchse.
»Bei Vollmond«, sagte Bertha und griff dankbar nach dem einen Ende des Gesprächsfadens, »bei Vollmond denke ich immer, ich bin der einzige Mensch auf der Welt. Ich balanciere über die krustige Erde am Rand einer kalten Scheibe. Sie sei eine Kugel, sagen die anderen, aber sie lügen und sind eh nicht da. Es gibt niemanden. Außer mir. Und ich bin die einzige, die von dieser Scheibe ins Nichts stürzen könnte, alle vier Wochen wieder.«
»Seltsames Mädchen«, sagte Berthas Mutter.

»Sprechen wir nicht vom seltsamen Mädchen«, sagte Bertha. »Das haben die anderen auch immer gesagt.«
»Welche anderen?«
»Na, all die Männer, die du ins Haus geschleppt hast. All die Onkels, die Huberts, Rudolfs, Jochens, Dietrichs, die bei uns Mittagsschlaf hielten mit dir. Danach standen sie im Flur, die Arme wie Eichhörnchen vor dem Leib gehoben, um dir in den Mantel zu helfen.«
»Bertha.«
Bertha ging dicht an das Gesicht der Mutter heran, lag mit dem Oberkörper fast auf den Knien. Jung sah die aus, immer noch, doch die Stellen, wo einmal Runzeln sein sollten, waren schon bereit. Die Mutter fuhr sich durch das Haar, und eine Strähne löste sich aus dem Zopf. Sie fiel ins Gesicht wie bei einer jungen Frau.
»Und einen von den Alten, einen Onkel von damals, willst du zum Geburtstag besuchen gehen?«
Das Bein, das gerade noch gewippt hatte, stak in der Luft.
»Welchen? Was für einen Onkel?«
»Na, unseren Onkel Adolf«, sagte Bertha. »An ihn kann ich mich nämlich nicht erinnern. Ich muß schon geschlafen haben, wenn er kam, und dann kam er auch heimlich. Er war eine gesuchte Person, oder? Hast du doch gesagt.«
Sie starrten sich an wie zwei Fische, Wand an Wand, jeder in seinem Aquarium. Nichts zu sagen war jetzt sicherer. Bertha wartete auf den ersten Lidschlag der Mutter.
»Wir sind doch nur bei Andreas«, sagte die Mutter.
»Wer ist das?«
»Na, eben ›Bei Andreas‹, wie Kneipen eben heißen in Viñaros.«
»Sehr spanisch«, sagte Bertha. »Und ihr feiert seinen Geburtstag?«

»Warum nicht. Es ist doch nur ein Anlaß, um zu feiern. Alle sehen sich wieder. Manche haben jetzt ein Häuschen dort oder eine kleine Orangenplantage. Ich werde eingeladen.«

»Mal von dem, mal von dem«, sagte Bertha. »Alles gestandene Männer mit Verdienst. Männer, denen man die Uniform im Bett noch anmerkt. Das liebst du doch. Hast du doch gesagt. Oder?«

»Ich finde, finde Uniformen, eigentlich finde ich Uniformen, na ja.« Die Mutter strich die Haarsträhne zurück.

»Soviel Platz im Hirn wie du möchte ich auch einmal haben.« Bertha ließ sich in den Sessel zurückfallen.

»Du bist eben anders.« Die Mutter sprach leise jetzt.

Bertha zeigte auf die Umhängetasche.

»Warum fragst du nicht einfach«, fragte die Mutter.

»Warum hast du die Tasche um?« sagte Bertha folgsam.

»Das meine ich nicht.« Jetzt nahm sie den Riemen von der Schulter.

»Ich habe ein Geschäft für Trauerbekleidung aufgemacht«, sagte sie.

*

Bertha wollte zu Fuß gehen bis zur Endstation der Schwebebahn. Sie war neugierig auf Erinnerung. Die Straßenbahn gab es nicht mehr. Sieht man daran, daß man älter wird?

Mumienexpreß hatte sie die Straßenbahn früher genannt und auf die langen Gesichter gezeigt, die gleich Steinköpfen hinter meist regennassen Scheiben gesessen hatten. Bertha schob das Kinn vor. Wirklich, murmelte sie. Schornsteine und Kirchtürme überall. Das hatte sich nicht geändert. Seit damals.

Sie hatte sich Karfreitag abholen lassen, damals.
Ob sie nicht bleiben wolle? Die Äbtissin hatte mit weichen Händen nach ihr gegriffen.
»Du denkst, du bist zu viel, um zu bleiben.« Sie hatte ein Kreuz auf Berthas Stirn gemalt. Draußen warteten sie mit dem Auto. Wenigstens den Motor hatten sie abgestellt. Am Steuer las ein fremder Mann Zeitung, und die Mutter lehnte den Kopf an seine Schulter, vorsichtig, um die Frisur nicht zu zerdrücken.
»Wolltest du wirklich nicht? Bleiben?« Die Mutter hatte sich zu ihr herumgedreht, dem Onkel einen Namen gegeben und von Bertha nur gesagt, daß sie zehn Jahre alt sei und heute aus dem Heim nach Hause zurückkehre. »Für immer.« Das hatte pathetisch und falsch geklungen. Die Mutter hatte dem fremden Mann die Hand zwischen die Beine gelegt. Also doch. Sie gehörten zusammen.
»Wirklich nicht?« Die Mutter musterte die eigenen Augen im Rückspiegel.
»Nein.« Hatte Bertha barsch gesagt. Die Antwort war längst ihr im Schlaf gekommen, lange bevor jemand laut gefragt hatte. Denn das Kirchenschiff hatte in der bleichen Morgensonne gelegen, als es geschah.
Die Orgel verstummt. Nur die Melodie rauscht in ihrem Traum weiter. Staub tanzt noch auf den schrägen Ebenen, die das Sonnenlicht durch das Ostfenster am Altar wirft.
Dann steigt das Wasser.
Kein Wunder, denkt Bertha im Traum noch. Schließlich sind wir in einem Kirchenschiff. Das Wasser läuft unter der Tür der Sakristei hindurch, färbt das Holz an den Kniebänken dunkler, dringt in die derben schwarzen Schuhe der Nonnen. Sie neigen auf ein Zeichen der Äbtissin die Köpfe, ein Feld aufrechter, schwarzer Sonnenblumen, die in Rich-

tung Schicksal nicken. Das Wasser umspült die dritte, die vierte Altarstufe, steigt unter die Röcke die Knie entlang, über Schenkel, Scham bis hinauf zum Nabel.
Kalt, sagt die Küchennonne laut.
Die Äbtissin gibt mit dem Kopf das Zeichen, und alle setzen sich. Das Wasser hebt Halskrausen und Schleier. Auf dem Platz, wo die hundertjährige Amanda eben noch saß, steigen drei Blasen empor, als schwämme ein Goldfisch vorbei. Ihr Stock treibt vor den Augen der Mitschwestern davon, Richtung Ewigkeit.
Das Läuten zur ersten Messe hatte Bertha geweckt. Es war sechs Uhr fünfundvierzig gewesen. Ich kann hier nicht bleiben. Sie hatte es sich sehr laut gesagt und den Rockbund umgekrempelt, daß ihre Knie zu sehen waren. Ein Meßdiener in Turnschuhen war nach der Rosenkranzandacht an Bertha vorbeigelaufen. Sie hatte hinter ihm hergeschaut.
Wochenlang drängte sie die Mutter, bis sie nachgab. An dem Karfreitag hatte sie zum ersten Mal diese Stadt gesehen. Schornsteine, Kirchtürme und ein langer schwarzer Fluß.
»Was sagst du?« Die Mutter hatte sich auf ihrem Beifahrersitz umgedreht, Zeitungen und Modehefte auf der Rückbank geordnet und Bertha geküßt. Ihre Lippen waren kalt gewesen, wie die eines gesunden kleinen Tieres.
»Was hast du gesagt?«
»Nichts. Ich habe nur geschluckt.«
Von da an war die Zeit sehr langsam vergangen, langsam wie die schlaflosen Viertelstunden zwischen Kirchturmschlägen.

*

Das alte Kind von gegenüber warf ihr aus dem Hinterhalt den Ball an den Kopf.

»Ratte«, sagte Bertha und stolperte kurz darauf über die steinerne Begrenzung eines Vorgartens. Ein Vogel flog auf, und Bertha entschuldigte sich bei ihm. Pinscher mit eingeklemmten Schwänzen ließen sich hinter ihren Rentnern herziehen.
Dann hatte jemand gegrüßt. Sie erkannte ihn nicht gleich, als er ihretwegen die Straße überquerte, um besser sehen zu können. Er zog seine Pudelmütze vor Bertha. Sein graues Haar fiel ihm dabei auf die Schulter. In seinem Einkaufsnetz, das bei jedem Schritt in seine Kniekehle schlug, krümmte sich ein Mittagsfisch, schamlos nackt, ohne einen Fetzen Papier am Leib.
»Ihr blondes Haar«, sagte er, »Ihre Blondheit war es, was mir schon immer an Ihnen auffiel.« Zu spät fiel es ihr ein. Der Mann war einmal ihr Lehrer für Deutsch und Philosophie gewesen. An langweiligen Nachmittagen hatte sie ihn anonym angerufen, manchmal. Und einmal an Sylvester. Er hatte Irmi gesagt oder Irmgard, weil er ihre Stimme nicht erkannte. Während er sich noch freute, hatte sie einfach aufgelegt.
Das Café Buch war noch immer da, und noch immer las dort kein Mensch. Vor dem Schaufenster lag ein Kunstrasen, für Tische im Sommer, für einen Sommer, mit dem keiner rechnete. Eine Frau hielt mit spitzen Fingern ein Blättchen ihrer Glaubensgemeinschaft dem Straßenlärm entgegen. Ihr Rollstuhl hatte eine tiefe Spur im Kunstgrün eingefahren. Büdchen, Baracken, Wellblechhütten drängten sich um die Eisenfüße der letzten Schwebebahnstation Vohwinkel. Es sollte nur ein Provisorium sein. Und während sich die Welt ringsherum längst verändert hatte, war dieser Übergang vergessen worden.
Ob es den Händler mit dem steifen Bein noch gab, der sei-

nen Hund vor den Obstkarren spannte? Zehn war Bertha damals gewesen, an jenem Karfreitag, und in die Familie zurückgekehrt, die aus Mutter und Tochter bestand. Einen Vater hatte die Mutter ihr nicht vorgestellt, und Bertha hatte nicht gewagt, danach zu fragen.
In solch ein Schweigen hinein fragt man nicht.
Vor einem Drehständer mit Postkarten blieb sie stehen. Die schwarzweißen waren zwanzig Pfennige teurer als die farbigen.
Im Heim hatte sie noch mit einem Vater geprahlt, der ihr regelmäßig Karten schickte. Er habe größere Füße als alle Menschen der Welt, liefe damit schneller als die Eisenbahn, flöge, wenn nötig, mit den Füßen schlagend höher als alle Flugzeuge. Er habe goldene Haare und rote Augen, schöne rote Augen.
Bertha zog eine schwarzweiße Karte aus dem Ständer. Für Jacob.
Auf der Karte war ein anderer Mann. Er ist Mitte Vierzig, und auf den Eisengittern eines Lüftungsschachtes steht er nicht einfach nur da. Er hält inne. Sein heller Mantel bewegt sich nicht, auch sein Gesicht nicht. Die Tür hinter ihm ist auf der Höhe der Fußleiste abgestoßen, als müsse man sie auftreten, nicht umschließen. *Direction de la Police.* Der Schriftzug zieht sich über das Oberlicht. Der Mann, der ein Kommissar gewesen sein muß, verdeckt sein Gesicht mit den Fäusten. Er gibt seiner Pfeife Feuer.
Die abgestoßene Tür, längst ausgehängt, ersetzt durch eine neue, der Kommissar, tot, erschossen oder einfach nur eingeschlafen in seinem Bett? Nichts ist mehr, wie es war. Und wozu sind die Erinnerungen nütze, die nicht die eigenen sind?
Ein Satz für Jacob fiel Bertha ein, für den sie nur die pas-

sende Karte finden mußte. Du bist so ein moderner Mensch, du bastelst nicht an der Ausweglosigkeit herum. Dieser dicke lachende Junge mit Straßenflucht, irgendwo, die Provinz im Rücken, er wäre der richtige. Bertha zog die Karte aus dem Ständer. Ein Strumpf rutscht, und der Photograph hat den Moment abgepaßt, in dem der Strumpf sich gehen läßt. Bertha drehte die Karte um: Die alten Leute in dieser Stadt essen am Fenster. Jedes Leben ist ein Roman, erzählte man, wie es vergeht. Ihren Namen setzte sie nicht darunter. Jacob würde schon wissen. Die Verkäuferin lehnte bereits im Türrahmen und wickelte sich fester in ihre Strickjacke. Die Bewegung sah einem Seufzer ähnlich. Bertha zog eine dritte Karte.

»Querformat ist auch sehr hübsch«, sagte die Verkäuferin.

Der Mann trägt Brille und einen schmalen Schlips, die Frau einen dunklen Pullover mit tiefem Ausschnitt. Ihr rechter Oberarm drängt gegen seine linke Brust. Sie sitzen, er ihr zu und sie ihm nicht ganz abgewandt. Sie stützt die runde Wange in die Hand. Er faßt dabei ihren Ellenbogen, als solle sie den oder sich selbst schonen. Ihre Münder sind geschlossen, aber gerade müssen sie noch etwas gesagt haben. Der Raum ist anders geworden danach. Der Mann ist zärtlich, sie bekümmert, die Stimmung ist zur Eigenschaft ihrer Gesichter geworden? Vor einer dunklen Holzwand sitzen sie, und wenn sie nicht gestorben sind, auch heute noch. Über ihren Köpfen hängt ein Spiegel, im Spiegel hängt die Straße, auf die sie schauen. Ein Laster, ein Postbus, französisches Fabrikat. Autos mit den Schnauzen in eine Richtung.

In den Stunden, in denen du nicht da bist, werde ich deutlich älter, schrieb Bertha da auf die Rückseite.

Der Titel der Karte sagte, sie hatte richtig gedacht. *Paris, 1962*.

»Wenn Sie fünf nehmen, wird es billiger«. Die Verkäuferin trödelte beim Kassieren, zog mehrmals den dünnen Haarschwanz straff ins Gummi zurück. Die Schwebebahn quietschte über ihren Köpfen, genau die, die Bertha noch hatte erreichen wollen.

Zu Hause legte sie die Postkarten auf den Küchentisch. Sie nahm die Minox aus der Reisetasche, zählte dabei blind saubere Unterhosen nach. Dann photographierte sie jede Karte einzeln.

*

»Ach hör doch auf damit. Mehr weißt du nicht von ihr?«

»Sie war eine schöne Frau.« Die Mutter zuckte mit den Schultern, dann schnitt sie die Rinde vom Brot, halbierte die Scheiben über Eck und legte Schmelzkäse darauf.

Im Hauseingang gegenüber verschwanden zwei Hüte in dem Haus, in dem Bertha und die Mutter früher einmal gewohnt hatten. Auf der zweiten Etage ging Licht an, die Hüte fielen, die Straßenmäntel wurden gegen Morgenmäntel getauscht, und in Hausschuhen ging jeder auf seiner Bahn, als stimme zwischen ihnen genau das Verhältnis von Abstand und Anziehung. Vor dem Computer umarmten sie sich. Bertha trat ins Zimmer zurück. Sie wollte beim Sehen nicht gesehen werden.

»Sie war eine schöne Frau. Ja doch.«

»Sie ist doch längst tot«, sagte Bertha lachend.

»Wieso weißt du das?«

»Wieso? Weißt du es?«

Im Lichtkreis der gelben Stehlampe des Wohnzimmers saßen sie wie auf einer sonnenbeschienenen Waldlichtung.

Die Mutter hatte nach dem Spülen Handcreme benutzt. Das Zimmer roch danach.
»Reden wir über Weintritt«, sagte Bertha plötzlich und wußte, sie hat etwas versäumt. Die Mutter schaute sie erstaunt, dann enttäuscht an.
»Wie kommst du denn darauf?«
»Wie hat er denn ausgesehen?«
»Ist das, das wichtiger jetzt?«
»Ja.« Bertha schluckte.
»In der Nacht, als du geboren wurdest, ist dein Vater Weintritt tanzen gegangen. In einem katholischen Pfarrheim hat er die Band überredet, Rock 'n' Roll zu spielen. Die anwesenden Jungfrauen hat er der Reihe nach über die Schulter geworfen.« Sie machte eine Bewegung, als werfe sie ein leeres Weinglas hinter sich.
»Und vorher?«
»Das kann dir doch egal sein. Da warst du noch nicht da.« Ohne aufzustehen, tippte Bertha am langen Arm ein Wort auf die schwarze Walze der Schreibmaschine.
»Laß das«, sagte die Mutter. »Du machst sie kaputt.«
»Weißt du, was da jetzt steht?«
»Laß doch«, sagte die Mutter und wehrte Bertha ab wie eine maulende Katze, die auf den Schoß will.
»Stell dich nicht so an. Du warst doch früher nicht so zimperlich, wenn man dich umarmt hat.«
»Ich dachte immer, du kannst mich nicht leiden«, sagte die Mutter.
»Das ist mal so und mal anders«, sagte Bertha. »Denn ich versteh dich nicht. Du bist kalt. Du bist sentimental. Du hast ein Morgengesicht und ein anderes am Abend.«
»Und du, was hast du heute gemacht?« Jetzt wich die Mutter aus.

»Ich habe Postkarten gekauft.«
»Hast du jemanden kennengelernt?«
»Ja«, und Bertha lauerte auf die nächste Frage.
»Ist er hübsch«, fragte die Mutter tatsächlich.
»Willst du ihn auch kennenlernen?«
»Für ihn sind also die Karten?«
»Ja«, sagte Bertha. »Postkarten zeigen, was man photographiert hätte, wäre man dabeigewesen. Sie sind Erinnerungen, die man borgt.«
Bertha sprach sehr langsam jetzt, überprüfte jedes Wort.
»Photographierst du noch?«
»Nein. Aber du liebst ihn?«
»Frag mich etwas Leichteres«, sagte Bertha. »Er sieht gut aus. Er wippt mit den Knien, wenn er nicht die Wahrheit sagt. Käme in so einem Augenblick ein Pferd vorbei, er bespränge es. Er hat lange schwarze Wimpern, und würde ich ihn nicht schon kennen, ich würde wegen ihm jeden Bus verpassen. Ich würde im Regen neben ihm warten, bis er mich anschaut. Glänzten seine Augen dann, wüßte ich, er ist verliebt in mich. Doch glänzen seine Augen immer. Er sagt, wenn er jemanden liebt, dann bis zum Tod. Ich glaube, er ist schon oft gestorben. Was schaust du so?«
»Ich höre.« Die Mutter streifte die Schuhe ab, zog die Füße auf den Sessel und die Knie an die Brust. Bertha sah, wie ihr Speichel rann, hörte, wie ihre Lider schlugen, wie das Haar im Lampenlicht knisterte.
»Du liebst mich nicht, sagt er, wenn ich nicht mit ihm kochen will. Er sagt lauter geliehene Sätze. Das Gerede macht das Sprechen schwerer. Hat er einen eigenen Satz gefunden, dann sagt er gleich: Ich glaube wenigstens, und entschuldigt sich durch die leise Stimmlage. Dann sagt er: Nun sag doch schon, wie sagst du immer? Er ist ganz an-

ders als ich, aber genauso einsam. Und mit der Einsamkeit ist es wie mit der Freude. Sie verdoppelt sich, wenn man sie teilt«, sagte Bertha und warf eine Handvoll Erdnüsse in den Mund.

»Einsam«, wiederholte die Mutter verlegen.

»Wieso? Ist das unanständig? Wir waren doch immer einsam, du und ich. Ich habe es von dir geerbt, du mußt es auch von jemandem haben.«

»Von der, der schönen Frau.« Die Mutter nickte der eigenen Aussage aufmunternd zu.

»Die schon wieder«, sagte Bertha.

»Kennst du seine Familie?« fragte die Mutter jetzt, als forsche sie nach Erbkrankheiten.

»Was soll das? Kennst du deine?« Bertha war so aufgeregt, daß sie fürchtete, ihr Unterkiefer zittere. Die Mutter fuhr mit dem Mittelfinger im Uhrzeigersinn die Höhle ihres linken Auges nach. Wie viele Gesten sie hatte, die Bertha noch nicht kannte.

»Du wirst doch jetzt nicht zu weinen anfangen«, sagte Bertha. »Früher warst du nicht so langweilig.«

»Ja, früher war ich anders.« Die Mutter führte den Mittelfinger mit dem Rücken zwischen die Lippen. Das machte das Denken leichter.

»Wir machen die gleichen Fehler, Bertha«, sagte sie. »Dein Vater, meine Süße, dein Bekannter und ich, alle, alle.« Sie suchte ein Wort oder nur den Mut, es auszusprechen. Dann stand sie auf, stand mit dem Rücken zu Bertha, die Hände am Schrank.

»Hast du ihn geliebt?« fragte Bertha.

Die Mutter drehte das Gesicht nicht herum. Sie öffnete eine Schublade, zögerte und schloß sie wieder.

»Ich habe oft mit ihm geschlafen. Kannst du das immer auseinanderhalten?«
»Felix Weintritt«, hatte Bertha gesagt. »Welch ein Name.«

*

Das Photo liegt auf dem Tisch jetzt.
Der Morgen ist von grauer nach grau geklettert. In immer kürzeren Abständen ist die Schwebebahn vorbeigefahren, und die Menschen, jeder allein an seinem Fensterplatz, haben gelb und grau und untröstlich ausgesehen. Kurz hat die Mutter mit dem Gesicht zum Schrank gezögert. Dann hat sie getan, was getan werden mußte, denn Bertha ist der Satz nicht eingefallen, der es hätte aufschieben oder verhindern können. Nimm es wie eine Darmverstimmung, hat sie sich gesagt. Was raus muß, muß raus. Schließlich hat sie in der Nacht schon schamlos geredet. Arier klinge wie Saurier, hat sie gesagt und dazu jenen Traum ausgeplaudert. Das Haus steht auf der anderen Seite des Wassers, hat sie gesagt und die ganze Unzucht geschildert. Ja, Unzucht. Um sich zum Schweigen zu bringen, hatte sie die Decke zum Kinn, dann über den Mund gezogen. Bis hierher und nicht weiter. Doch da war es schon zu spät gewesen. Aus manchen Sätzen gab es kein Zurück.
»Tja«, sagt Bertha jetzt, frech vor Angst, und dreht das Photo um. Auf der Rückseite ist ein blauer Stempel, im Kreis eine Jahreszahl.
Sie schaut aus dem Fenster.
»Neunzehnhundertneununddreißig.« Solange die Angst bei ihr ist, ist sie nicht so allein.
Die Leute vom zweiten Stock gegenüber stoßen unter ihrer Küchenlampe gegeneinander. Sie halten dicke Tassen mit beiden Händen, riechen sicher nach Schlaf, ein Geruch,

der sich in den Morgenmänteln den ganzen Tag halten wird. Zum Reden ist es noch zu früh. Bertha wendet das Photo wieder.

»Du?« Sie weiß, daß es nicht stimmt.

Drüben stehen die Kaffeetassen jetzt allein nebeneinander. Der Mann streicht sich im Gehen mit dem Rasierpinsel am Hals entlang und hat ein blödes Gesicht dabei. Das Licht im Bad erlischt, dann das in der Küche. Hinter der Dunkelheit ihrer Wohnung sperren sie sicher zweimal ab.

»Du.«

»Ich finde, sie sieht dir ähnlich. Dir.«

Das Photo liegt auf dem Tisch.

Die schöne Frau. Bertha weiß im selben Moment, wie diese Augen sich bewegen, auch wenn sie auf dem Photo starr sind. Sie weiß, wie ihr Blick einen anderen Körper sich nimmt, in einer Bewegung. Ein Männerblick, abwesend, unpersönlich und schamlos. Hell, elegant, kräftig, irgendwie unanständig, und Bertha nimmt das Bild in die Hand, riecht am Papier, das leicht zwischen zwei Fingern sich wölbt.

»Und?« Die Mutter wartet und knetet ihre Hände.

»Riecht frisch, frisch wie Wald und Feld und Obstgarten.«

Bertha hätte ein Steinchen in die glatte Oberfläche des Gesichts werfen mögen, nur um den Blick zu ertappen.

»Sollte ich die kennen?«

Die Mutter setzt sich auf die Kante des Küchentischs.

»An dem Tag, an dem Hitler gewählt wurde, starb ihr Königspudel. Da war sie fünfzehn oder so. Die Nachbarn sagten, der Hund sei der einzige in der Familie, der Format in dieser Angelegenheit bewiesen habe.«

Bertha schweigt.

»Woher ich das alles weiß?« fragt die Mutter ungefragt.

*

Das sei immer noch ein Tabu. Es hätte zu hysterischen Anfällen kommen können. Lange Erschöpfungszustände wären die Folge gewesen. Deshalb sei es vorher nicht möglich gewesen, Kontakt aufzunehmen. Nein, wirklich nicht.
Zum Photo gehört ein Brief. Die Handschrift ist rund, die Buchstaben fallen nach links und sind wie aus dem Papier gestochen. Die Mutter hatte also die Nachricht bekommen, nachdem die Frau auf dem Photo gestorben war. Die Frau, die geschrieben hatte, hieß Schwab. Wie die Frau auf dem Photo. Mutter und Tochter. Ob sie »liebe Halbschwester Irene« sagen dürfe, hatte Frau Schwab geschrieben. Die Frau auf dem Photo hatte früher Baumgart geheißen, geheiratet, dann Schwab geheißen und eine Tochter bekommen. Sie hatte neu angefangen.
Bertha und Irene Baumgart sehen sich nicht an. Sie schweigen. Eine Tochter aus gutem Haus, sagt die Mutter schließlich und legt Bertha die Hand auf den Unterarm, als wolle sie die Temperatur messen. Es sei eine Stimmung gewesen, aus der heraus sie dort hingegangen sei.
»In dieses Haus«, sagt die Mutter, und Bertha duckt sich. Lange Zeit habe nur der Chauffeur der Eltern etwas davon gewußt, weil sie sich von ihm fahren ließ. Auch in dieses Haus. Stubenverkehr habe sie zu diesem Zeitpunkt noch keinen gehabt. Sie habe wohl geglaubt, was alle damals geglaubt hatten. Denn was heute falsch sei, war damals richtig. Wer solle sich da noch auskennen. Sie habe dem Reichskanzler ein Kind schenken wollen.
»Wer ist denn das?« Je genauer Bertha das Photo anschaut, um so schlechter erkennt sie, was darauf ist. Das geht ihr so, wenn sie Bilder von Toten anschaut, von vielen Toten. Dann kann sie Umrisse und Schattierungen nicht als Leichen sehen.

»Wer ist denn das, der Reichskanzler?«
»Aber Bertha. Der Führer.«
»Ach, unser Onkel Adolf.«
»Und das hier?« Sie tippt auf das Photo.
»Ihr seht Euch sehr ähnlich«, sagt die Mutter.
»Du willst doch nicht sagen, daß mein Großvater Adolf Hitler war. Du bist ja unverschämt«, schreit Bertha plötzlich. Dann muß sie lachen, lachen, bis sie ruhiger wird.

*

Der Himmel reißt auf, ist klar und blau, als hätten die Dinge doch eine andere Beständigkeit. Mit geschlossenen Schirmen weisen die Menschen gen Himmel, schütteln den Kopf und beginnen darüber zu reden, als könnten sie es nicht glauben. Ein Herr mit Hut wischt mit seinem Taschentuch die Bank an der Bushaltestelle trocken. Wasser läuft ihm dabei aus der Krempe, und er muß noch einmal wischen. Dann hebt er das Kind, das zu ihm gehört, auf die Bank. Es schaukelt mit den Beinen und lacht, als säße es auf einem Karussell, das bei der Anfahrt ruckt.
Der Briefkasten ist neben der Telephonzelle. Sie hat Jacob eine Karte geschrieben, auf der die Schwebebahn sich in die Kurve legt, daß man es rot quietschen hört. Einen Satz hat sie auf der Rückseite notiert, dann noch einen, einen noch: Das Jahrhundert hat die Neunzig überschritten. Es ist April. Sehe ich ein weißes Pferd, weiß ich, ich muß sterben. Bist du da, verspreche ich, ich sterbe später. Hier meine Anschrift, falls Du sie verloren hast.
Sie geht in die Telephonzelle. In der Ecke liegen diese Papiertücher, vor denen man sich ekeln muß. Den Hörer hat ihr Vorgänger auf dem Apparat liegen lassen und so vierzig Pfennig spendiert.

Das gelbe Buch schlägt sie bei *W* auf. Wasser, Charlotte / Weiner, Dr. Joachim / Weishaupt, Lewi, Pianist / Wunderlich, Klaus. Sie fängt noch einmal an. Wäscher, Herta / Wacholder, S., ohne Anschrift / Warmhänder, Gustav / Wieczorek, Irmgard / Wieczorek, Joseph / Wieczorek, Lena / Weintritt hat keinen Eintrag.

Ihr Fingernagel hat einen Trauerrand. Jetzt hält er inne und zeigt auf einen Namen. Mit dem Namen kommt die Erinnerung.

Wendisch, Dagmar, die kennt sie noch von der Schule, und weil es ja nichts kostet, wählt sie die Nummer.

»Ja bitte.«

Beim Klang der Stimme sieht Bertha einen Berg roter Haare über einem runden Gesicht und einzelne rote Haare auf dem Kragen eines dunklen, strammen Pullovers. Das Kinn ist vorgeschoben, die Gesichtsmaske aus Hefe hat erste Risse und die Trainingshose ein Loch im Schritt.

»Ja bitte.«

Das ist keine Frage mehr. Es fällt schwer, zu der Stimme Dagmar zu sagen. Im Hintergrund schreien Kinder, vielleicht drei so laut wie fünf, und ein Pudel hält bellend mit, ein unkastrierter, der es mit Frauchens Beinen und Sofakissen treibt?

»Kennen Sie Weintritt?«

»Wer soll denn das sein?« Da ist ein Lachen in der Stimme, daß Bertha versucht ist, ihren Namen zu verraten. Bertha Weintritt. Sie hat es nicht gesagt, und so heißt sie auch nicht. Das Leben wollte es anders.

»Na«, sagt sie statt dessen. »Weintritt ist einer, der Wein tritt.« Sie will die Stimme noch einmal zum Lachen bringen.

Statt dessen ist es ganz still. Sicher hat Dagmar eine Hand-

bewegung gemacht, eine, die nicht oft im Leben gelingt und einen ganzen Marktplatz zum Schweigen bringt. Bertha sieht Kinder und Hund wie tote Käfer mit den Beinen nach oben auf dem Velours im Flur liegen.
»Wer sind Sie?« fragt Dagmar Wendisch jetzt in die Stille hinein.
Bertha legt auf. Die zehn Pfennig, die übrig sind, blinken in der Anzeige. Das Spiel könnte weitergehen.

*

Jacob ist ihr zuvorgekommen. Auf dem Küchentisch wartet eine Postkarte: Du bist so schön, daß ich denke, Du bist nicht echt. Dein Jacob.
Bertha streckt die Hände über den Küchentisch nach der Karte aus, bis seine Kante in die Achseln schneidet.
»Also, ich muß jetzt packen«, sagt die Mutter.
»Jetzt schon?«
»Schwierig um diese Zeit. Es kann kühl, es kann heiß sein.« Sie läuft zwischen Küche und Schlafzimmer hin und her und stört Bertha.
»Hast du gerade was zu tun?« fragt sie.
»Ich denke«, sagt Bertha.
Wie laut sie an diesem Tisch die Finger gelutscht hat. Alle. Zehn muß sie gewesen sein. Die Nachbarn könnten sie schmatzen hören, hatte die Mutter gesagt. Da hatte Bertha in ihrer Abwesenheit sich an den Seifenlappen im Bad herangemacht. Sie hatte im Stehen an dem Zipfel gelutscht. Ponys hatte sie als Esel bezeichnet, und aus Angst vor Hunden hatte sie sich auf die Lippe gebissen, bis sie blutete und schrie, der Hund sei das gewesen. Eine Frau vom Amt war gekommen, um zu prüfen, ob Bertha nicht ins Heim zurückmüsse. Da war Bertha unter den Tisch gekrochen und

hatte der Frau zwischen die achtlos auseinanderklaffenden Knie geschaut. Ein Geruch war aus der wollenen Unterhose gekommen, ein Geruch nach Kinderscheiße, Suppe und Körperfluß.

Ja, sie nässe noch manchmal ins Bett, hatte die Mutter mit spitzem Mund Bertha verraten. Dann hatte sie sich über den Tisch gebeugt und der Frau vom Amt etwas zugeflüstert. Der Geruch unten, aus der Unterhose war schärfer geworden und oben aus dem Mund hatte sie gerufen.

»Ist das wahr? Ist das denn möglich? Ich dachte, das hätte es gar nicht gegeben. Ich dachte, das sei eine Legende.« Sie hatte sich auch auf dem Weg zur Tür noch nicht beruhigen können.

»Was ist wahr?« hatte Bertha gefragt.

»Nichts«, hatte die Mutter gesagt. »Nichts für dich.«

*

»Felix Weintritt«, sagte Bertha laut. »Wie war er eigentlich?«

»Die Frauen liefen ihm nach. Ein schöner Mann. Als wir nach Wuppertal zogen, war alles anders geworden.«

Mit ungnädigem Griff knotet die Mutter das Haar am Hinterkopf zusammen, wiederholt, es könnte heiß sein, es könnte aber auch noch kühl sein. Der Koffer ist leer geblieben. Sie poliert mit Ausdauer die Schnappschlösser und schaut Bertha nicht an.

»Als er mich gar nicht mehr anrührte, auch nicht, um mich zu schlagen, schrie ich im Schlaf. Töte mich, töte mich, und es kam mir ebenso passend vor wie beim ersten Mal. Dann saß er bis zum Morgengrauen da in dem rosa Sessel, in dem du jetzt sitzt, mit nacktem Hintern und Kopfhörern. Ich versuchte mir einzureden, er ekle mich an, er rieche aus den Ohren, die Unterseite seiner weißen Socken sei braun verschwitzt, der Bauch passe nicht zum verwegenen Gesicht. Er habe eine Freundin. Er hatte wirklich eine, in Ronsdorf. Immer häufiger sagte er, auch wenn es nicht Freitag war, er gehe schwimmen und blieb bis zum Abend fort. Im Café hatte er die Badehose unter den Wasserhahn gehalten. Ich war schwanger, mit dir.«

»Schon? Ich glaube, ich erinnere mich«, sagt Bertha.

»Du machst dich lustig.«

»Nein, nein, ich erinnere mich an dein Geschrei. Töte mich, töte mich. Nebenbei bemerkt, eine heikle Sache. Ich hätte es auch auf mich beziehen können.«

»Seltsames Mädchen.« Die Mutter streift Berthas Rükken, umrundet sie einmal, bevor sie wieder im Schlafzimmer verschwindet. Endlich packt sie und redet doch weiter.

»Ich habe mich damals oft gefragt, ob ein Mensch seine Natur verändern kann wie er einen Ort wechselt, eine Tapete, die ihm nicht mehr paßt. Gibt es vielleicht Städte, die nur das Gute, andere, die nur das Schlechte in einem Mann zum Ausbruch bringen? Ich roch an seiner Schmutzwäsche wie eine Katze, wenn er aus dem Haus war. Sagte ich seiner Meinung nach einen besonders dummen Satz, verdrehte er die Augen. Sah ich das Weiße in seinen Augen, erinnerte ich mich an seine Ekstase über mir. Ich rauchte, trotz Schwangerschaft, seine Zigaretten, um mich an seine Küsse zu erinnern. Im Gedränge der Kaufhäuser stieg mir bisweilen der Geruch seines Rasierwassers in die Nase. Er haftete an einem anderen Mann. Ich ging mit, manchmal.«

»Aber du warst doch schwanger«, sagt Bertha mit dünner Stimme, aus der Küche.

»Um so besser. Das ist der beste Schutz.«

»Der beste Schutz bei der Liebe?« Bertha will aufstehen und läßt es wieder.
»Nein, nicht bei der Liebe. Gegen die Liebe.«
Bertha lehnt im Türrahmen. Jetzt, da sie die Mutter anschaut, schließt die den Mund und öffnet den Schuhschrank. Bertha fährt sich über die Stirn, schläft sie oder ist sie wach. Wo ist sie hier überhaupt.
Im Schrank stehen Hacke an Hacke Männerschuhe und ein Paar Pantoffeln zwischen ihnen. Die Schuhe sind alt und haben eine Beule auf der Höhe des rechten großen Zehs. Bertha bückt sich und richtet mechanisch die niedergetretene Kappe eines Pantoffels. Der Schweißgeruch der Mutter und der scharfe Geruch mürben Leders mischen sich. Bertha zieht die Hand zurück, als habe sie aus Versehen in das Gesicht eines Toten gefaßt.
»Manchmal denke ich, in London habe ich ihn geliebt, und es lag am Regen. Als ich herkam, habe ich aufgehört, ihn zu lieben. Wegen des Regens.«
»Ich habe im Telephonbuch nachgeschaut.« Bertha bleibt auf der Schwelle stehen. »Er wohnt nicht mehr hier. Oder es gibt ihn nicht.«
»Wen?«
»Deinen Felix Weintritt, meine Süße.« Bertha stemmt die Hacke gegen den Türrahmen.
»Was willst du von ihm?« Die Mutter zieht jetzt Bertha auf den Koffer. Der Ärmel einer weißen Bluse hängt seitlich heraus. Ein scheußlicher Anblick. Bertha macht sich auf dem Kofferdeckel breit und schwer.
»Ich wollte ihn fragen, warum er mich nicht da herausgeholt hat.« Sie hat einen roten Kopf.
»Aus dem Heim?« Die Mutter hält einen winzigen Schlüssel für die Schnappschlösser hoch.

»Wie sollte er. Er hat dich doch da hereingebracht«, sagt sie.

*

Sie hatte auf dem Koffer gesessen, ihre Arme hingen auf dem Boden, und die Hände fuhren dem Teppich über die Wolle, als müsse sie ihn trösten.
Ich hing mit dem Ohr am Lautsprecher. Deshalb hatte ich es zuerst nicht gehört, hatte die Mutter zweimal gesagt.
Sie war aufgestanden und in die Küche zurückgegangen. Trotzdem hatte die Mutter weitergesprochen.
Elvis sang oben auf dem Schrank im Radio, und Weintritt mochte es nicht, wenn ich die Musik zu laut drehte. Deshalb war ich auf den Küchenstuhl gestiegen, um mit den Ellenbogen auf den Hängeschrank gestützt Elvis nah zu sein, hatte die Mutter gesagt.
Du hast geschrien, wenn du gebadet wurdest. Bei ihm hast du weniger geschrien, deshalb hatte er das mit der Zeit übernommen. Du mochtest alles von ihm lieber, das Fläschchen, die Spazierfahrt. Wenn du nachts wach wurdest, hat er dich durch die Wohnung getragen. Ich also, mit dem Ohr dicht an Elvis, hatte die Mutter gesagt, ich hörte nichts aus dem Bad nebenan. Irgendwann muß mir die Stille aufgefallen sein. Ich ließ Elvis allein und ging nachschauen.
Er stand mit dem Rücken zu mir, hatte die Mutter gesagt.
Er hatte die Beine in den Boden gestemmt und die durchgestreckten Arme in die Wanne gedrückt. Die Ärmel des Hemdes waren über die Ellenbogen gerollt. Einen Moment dachte ich, was stützt der sich einfach auf? Und das Kind? Dann sah ich es. Er stützte sich auf das Kind. Es plätscherte leise aus der Plastikwanne, wie wenn ein großer Karpfen

gegen die Wände eines engen Aquariums stößt und mit dem Schwanz ausschlägt.
Ich habe ihn in die Kniekehlen getreten. Ich habe nicht schreien können. Er hat gegrinst, dich aus dem Wasser gehoben und gesagt: Schau, wie blau unsere kleine Ophelia ist.

*

Die Arme schiebt Bertha über die Tischplatte, als käme sie nie an.

*

Nachdem sie nicht angekommen ist, steht Bertha auf, geht zum Schrank, öffnet die Schublade, so wie sie die Mutter geöffnet hatte. Neben wenigen Photos und dem Bild der schönen Frau liegt ein alter Taschenkalender. Bertha hat ihn nur einmal benutzt, um Name, Anschrift und Blutgruppe für den Notfall einzutragen. Das ist also die Schrift, die sie früher einmal hatte. Der Einband ist grün und wäre gern aus Leder. Bertha nimmt den Kalender und schaut dabei ihren Händen zu. Die Hände bellen, und die Arme schreien wie irre geworden. Sie läßt sie machen. Die Sätze sind einfach.
Es ist ein Wunder, daß aus mir noch etwas geworden ist. Und, ich bin froh, daß ich noch lebe, nach all dem, schreibt sie.
Bertha dreht sich zur Schlafzimmertür um. Sie ist geschlossen.
Dahinter kämpft die Mutter tagelang mit den Koffern allein.
Nicht nötig, so leise zu denken, denkt Bertha.

*

Wie hieß er noch, und Bertha setzt sich zurück an den Küchentisch. Wilhelm, und der Feuerwehrteich hatte näher am Haus als an der Kirche gelegen. Die war ein schmuckloser, quadratischer Prophet aus Stein gewesen und ließ sich Kastanienbäume über den Kopf wachsen. Die Frauen dort trugen Kopftücher. Damit man sie von den Kühen unterscheiden könne, sagten die Männer beim Bier. Sonntags nahmen sie die Tücher ab und gingen mit straff gekämmten Knoten zur Messe.

Sie, die Kinder vom Waisenhaus zur Erholung auf dem Land, waren in Zweierreihen durch das Mittelschiff gelotst und in die ersten drei Bänke geschoben worden. Die weißen Kragen auf den dunklen Kleidern waren flüchtig angenäht. Nur die Kragen wurden regelmäßig gewaschen. Sitzen, stehen, knien, singen, schweigen, manchmal hatten die Hände etwas zu tun, fuhren in der Luft am Körper entlang und besprengten ihn mit den vorschriftsmäßigen Zeichen. Wilhelm hatte zwischen seinen Großeltern gesessen. Sein Großvater war Schreiner und Bürgermeister. Und Wilhelm war verdorben.

Ave Maria, in der Nacht hatte Bertha die Rinne über dem Steiß bis in die Hinterbacken hinein aufgekratzt, daß es blutete. Dabei hatte sie an Wilhelm gedacht. Das Blut hatte sie von den Fingern geleckt. Es schmeckte nach Eisen. Mit Wilhelm ging sie fischen, obwohl es im Feuerwehrteich keine Fische gab. Auch Wilhelm erzählte sie die Geschichten vom fliegenden Vater. Dann zog sie ihn beim Mittelfinger hinter den Geräteschuppen des Küsters. Sie schloß ihren Handel ab. Er knöpfte sich die Hose auf und rieb etwas, das wie ein elfter weicher Finger aussah in der Faust.

Du bist ja Linkshänder, hatte Bertha gesagt und wie ausgemacht neue Geschichten vom Vater erfunden.

Wilhelm hatte er geheißen. In Zukunft schaute Bertha Jungen, dann Männer daraufhin an, ob sie wilhelminisch wa-

ren. Sie wurde unglücklich dabei und wußte nicht, daß sie es war. Wegen des Unglücks wußte sie mehr über die Menschen als über sich selbst.
Das ist ja absurd, du beim Theater, hatte die Mutter damals gesagt, als Bertha zur Schauspielschule wollte. Bertha hatte an guten Gründen gebastelt. Der Kronleuchter sei schuld, hatte sie mit flacher Stimme geantwortet. Erklärungen hatte sie immer in der Welt der Dinge gesucht. Heute noch steht sie manchmal unmäßig lang unter dem Kronleuchter im Foyer, und dann erscheint ihr das Leben rasant und bedächtig zugleich wie ein Zug in der Nacht.
Sie waren auch ins Theater gegangen mit ihren aufgenähten weißen Kragen. Es war kurz vor Weihnachten gewesen. Das Märchen hieß Muck oder Puck, und die Nonne, die sie begleiten mußte, Bernadette. Ohne aufzuschauen führte sie die Mädchen in Zweierreihen durch das Foyer. In der Kuppel über den Zuschauerköpfen hing der Kronleuchter. Hätte die Nonne einmal aufgeschaut, sie hätten sich weniger schämen müssen. Die anderen Kinder und ihre Eltern bildeten Spalier.
Das sind Waisenkinder, hatte jemand geflüstert, als sie mit gesenkten Köpfen hinter dem schwarzen Cape der Nonne herschlichen.
»Was sind das? Waisendinger?« hatte ein Junge seine Mutter gefragt. Unzufrieden mit ihrer hastigen Erklärung, hatte er unter dem Kronleuchter ausgespuckt und Berthas Rock getroffen. Die junge Nonne mit rotem Strich über dem Nasenrücken hatte die Schneckenspur heftig abgewischt.
»Soll den doch der Kronleuchter holen«, hatte Bertha geflucht und am gleichen Abend ebenso gebetet. Nachts, wenn die Nonnen schliefen, gingen auch die schlechten

Gebete in Erfüllung. Zwei Tage später war der Kronleuchter tatsächlich aus der Decke gebrochen. Am Nachmittag des ersten Weihnachtstages. Zum Glück sei keiner im Foyer gewesen, stand später in der Zeitung. Denn der Leuchter sei schwer wie ein Lastwagen. Beim nächsten Fluch würde Bertha genauere Angaben machen müssen.

»Laß das.«

Die Mutter hat sich zu Bertha an den Tisch gesetzt, greift nach ihr, ihren Haaren, wie nach dem Kopf einer dösenden Ente.

»Bist du traurig?«

»Ich werde als dreifache Person aus Wuppertal zurückkommen«, und Bertha schluckt. »Wie der liebe Gott.« Darüber könnte sie jetzt lachen. Sie rückt auf dem Stuhl zur Kante, damit die beiden anderen Platz haben, Bertha das Kind, Bertha bis vor einigen Tagen, und Bertha.

»Was rutschst du so auf deinem Stuhl?«

»Ich muß gehen. Ich laß dir die beiden anderen da.«

Plötzlich im Mantel, in der Tür, in der Gosse, spuckt Bertha aus. Oben in der Wohnung verkrampft sich die Mutter am Tisch, als säße sie auf der Bettkante eines Kindes, das schlecht träumt.

*

Ein Krankenwagen war vorbeigefahren. Kurz darauf der Leichenwagen. Alle Leute blieben stehen, außer Bertha. Sie starrten die Wagen an, als seien sie durchsichtig.

Es war dunkel geworden.

Bertha lehnt in der Tür eines Lampengeschäfts. Wegen Umbau geschlossen, steht auf der Eingangsscheibe geschrieben. Sie malt mit dem Finger auf das schmierige Glas. Langsam, als hoffe sie, jemand hole sie ein, hake unter, genauso langsam geht sie am Opernhaus vorbei auf die nächste Schwebebahnstation zu. Menschen in Gold und Schwarz gekleidet schwärmen auf die erleuchteten Portale zu wie auf einen Bienenstock. Die Autos fahren vierspurig und zu schnell auf dieser Straße, der Friedrich-Engels-Allee. Manchmal geraten sie zwischen die alten Straßenbahnschienen und schlingern. Als sie in die Unterführung muß, um die Straßenseite zu wechseln, beschleunigt Bertha den Schritt. Es riecht nach Pisse. Sie geht noch rascher. Vier Jungen in Springerstiefeln, grünen Windjacken und mit rasierten Schädeln laufen abwechselnd gegen einen Zigarettenautomaten an. Einer versperrt Bertha den Weg. Die anderen kommen langsam nach. Sie schaut in den halbgeöffneten Reißverschluß seiner Jacke. Das Futter ist leuchtend orange.

»Kannst du wechseln?« Er hält ein Markstück zwischen Daumen und Zeigefinger. Er wirft es hoch, es trudelt in der Luft, dann liegt es auf seiner Handfläche.

»Mensch, laß doch«, ruft einer vom Automaten her. »Die ist doch schon alt.«

Bertha ist beleidigt.

Ein älteres Ehepaar drückt sich an der bemalten Mauer entlang und schaut nicht herüber. Bertha greift auf die Handfläche. Ihre Fingerspitzen berühren die Linien in der weißen trocknen Haut. Sie wechselt und vermeidet jede neue Berührung. Der Kerl ist vielleicht siebzehn, denkt sie. Der Schädel ist schmal, der Mund auch, die Augen könnten grün sein, doch Bertha schaut nicht genauer hinein. Als er sich abdreht, streift er ihre Schulter. Auf den Spaß lassen sie in ihrem Rücken die Bierdosen zischen. »Motherfucker«, sagt einer, und die anderen lachen angestrengt laut.

Bertha holt das Ehepaar beim Treppenaufgang zur Schwebebahn ein. Gerade wollen sie ihren Schirm aufspannen.
»Gib her«, sagt die Frau ungeduldig. Die Rippen im Stoff springen immer wieder nach außen.
»Laß doch«, sagt der Mann und leckt sich die Rinne zwischen Nase und Oberlippe.
»Da haben Sie aber Glück gehabt«, sagt die Frau, als Bertha fast vorbei ist. »Das waren doch Nazis, Neonazis?« sagt sie leise.
»Ach was«, sagt Bertha. »Das waren keine Nazis.«
Der Mann hat sich endlich den Schirm gefügig gemacht. Daß sie recht hätten, könnte Bertha sagen, sich auf die falsche Seite stellen, um nicht so allein dazustehen. Das Paar drängt sich unter dem Schirm aneinander.
»Und die Leute, die vorbeikamen?« fragt Bertha.
»Welche?«
»Die mit dem Schirm. Haben Sie die auch gesehen. Was waren das für welche?«
»Wir hatten es eilig«, sagt die Frau.

*

Sie war sich verdächtig geworden. Sie begann, sich nachzuspionieren. In einem Geschäft für Süßigkeiten hatte sie lange nachgedacht über die zwei unbekannten Größen Mutter und Großmutter. Bei den kandierten Früchten hatte sie sich plötzlich umgedreht, nicht ahnend, daß die Augen ihre Augen im Spiegel treffen würden, über den Ohren weißer Schokoladenhasen. Sie starrte ihr schiefes Gesicht aus der Fassung. Bin ich das? Ich habe also die ganze Zeit schon hinter mir gestanden? Bertha lächelte. Gefährlich und still, fand sie. Eben verdächtig. Jaja, Brücke und Abgrund fielen bei jedem Schritt sich ins Wort. Ab jetzt. Und jetzt und jetzt

und jetzt. Bisher war sie seltsam und gleichgültig durch das Leben gesegelt gleich einem Boot, das seine Wange dem Wind hinhält. Einziger Aufruhr waren die Männer gewesen, Männer, die sie sich verschaffte, inszenierte, bis sie beide, er und sie, nach Leidenschaft rochen. Doch nicht sie, eine andere war Herrin ihrer Leidenschaft. Eine andere Bertha?
Die Nacht sperrte sie in einen Traum. Sie saß auf dem Dachboden eines Hochhauses. Sie wollte auf sich aufmerksam machen und warf aus zweiundvierzig Metern Höhe Nüsse von der Fensterbank. Der Himmel hing so tief über ihr, daß sie Lust bekam, hineinzuspringen. Da wurde sie entdeckt, und das Haus, aus dem sie kam, war ein anderes als das, in das sie gegangen war. Sie wachte auf. Auf dem Hocker am Fußende des Gästebetts saß ein Hase aus weißer Schokolade und beschaute sie im Schlaf.

*

Der Wind treibt einen Pappbecher an der Bahnsteigkante entlang. Die Menschen schauen ihm nach. Vor Berthas Füßen bleibt er liegen. Die Menschen schauen Bertha an und warten weiter, während Bertha das Gesicht wegdreht und mit gespielter Konzentration den Zimmernachweis auf Gleis eins studiert. Astoria, Kaiserhof, Seehof, Hotel Hamburg, Pension Amanda, und darunter weist ein roter Pfeil in den Himmel. Zwanzig Schritte von hier, steht den Pfeil entlang geschrieben.
Als die Bremsen des Zuges quietschen, nimmt Bertha die Pose ein. So, genau so will sie sich an diesen Moment erinnern.
Jacob springt als erster aus der Tür. Eine Sekunde lang hält sie seinen Anblick auf Armlänge von sich entfernt. Sie macht sich ein Bild.

»Es ist der dreizehnte April«, sagt sie. Erst dann freut sie sich.
»Damals waren wir glücklich«, hört sie sich in einer fernen Zukunft sagen. Sie wirft die Haare zurück. Sie hat sie gewaschen. Als er sie im Kreis dreht, fällt ihr Blick auf die Werbefläche für die Bundesbahn. Eine Frau wird von einem Mann im Kreis gedreht und schaut in die Kamera.
Am Ausgang Richtung Stadtmitte holt eine schöne, große, nicht mehr ganz junge Frau im moosgrünen Kostüm sie ein. Jacob hält die Tür auf und verabschiedet sich von ihr. Die Frau geht schneller danach. Sie hat schmale Fesseln und langes braunes Haar.
»Schön ist es hier«, sagt Jacob. Das sieht niemand außer ihm.
Auf dem Weg in die Stadt reißt er von den Sträuchern Laub, als sei er zu Hause.
»Schön siehst du aus«, sagt er zu Bertha.
»Ich weiß. Ich habe mir die Fußnägel geschnitten.«
Die Sonne schickt ein weißes Licht durch einen Riß in der Wolkendecke. Sie küssen sich auf einer Verkehrsinsel, bis die Sonne wieder verschwindet.
»Ich habe die Wohnungsschlüssel vergessen. Wir müssen hier lang gehen«, sagt Bertha. Sie umfaßt seine Hüfte, schaut zu ihm hoch. Dann setzt sie die Sonnenbrille auf und schaut wieder ihn an.
Ob ihr die Brille steht? Jacob findet sie zu groß für ihr Gesicht. Bertha lehnt sich an das schmiedeeiserne Geländer einer Brücke. Der Fluß unter ihnen ist schwarz und schnell.
»Er reißt die Enten mit sich mit, von der Wupper in den Rhein, vom Rhein ins Meer.«
»Was sollen die Enten am Meer?« fragt Jacob.

Sie streicht mit der Hand am Geländer entlang, bis es in die Backsteinmauer einer Fabrik mündet. Bertha legt die Hand auf, als seien die Steine warmes Brot. Vor ihnen öffnet sich eine schmale Straße, gesäumt von hohen Häusern, die nur im Hochsommer Sonnenlicht einfallen lassen. An den Fenstern sieht man, daß die Räume dahinter verlassen sind.
»Seitdem diese Textilfabriken pleite sind, ist die Straße eine Nachtstraße«, sagt Bertha. »In der Isoldenapotheke holen Mädchen abends Präservative und morgens Kamillentee.«
Das Licht in der Straße ist gerastert und grau, als habe die Nacht selbst für den Nachmittag nicht das Feld räumen wollen. »Früher bin ich hier Rollschuh gefahren.« Bertha zeigt in die Luft. Ein Tüllrock hängt an einer Fahnenstange. Die Fenster im ersten Stock stehen einen Spaltbreit offen. Ein Klavier spielt, und eine metallene Frauenstimme zählt laut dazu. Zwei dünne Mädchen, die Haare zu Zwiebeln am Kopf festgesteckt, schubsen sich aus dem Hauseingang. Sie kichern, drehen sich zu Jacob und Bertha um und rennen in rosa Strümpfen Richtung Brücke. Aus sicherer Entfernung rufen sie herüber und springen wie Bälle in die Luft.
»Seid ihr ein Liebespaar? Habt ihr schon gefickt?«
Ein drittes Mädchen drückt sein bleiches Gesicht gegen die Scheibe. In ihrem Rücken zählt die Stimme weiter, aber das Klavier schweigt. Das Mädchen winkt, löst die Haarzwiebel am Kopf und läßt die traurigen Strähnen auf die Fensterbank fallen. Bertha zieht Jacob über die Straße.
Wir führen auch Übergrößen, steht auf einem Pappschild im Schaufenster.
»Früher war das hier eine Eisdiele«, sagt Bertha. An dem Bistrotisch in der Auslage sitzen drei Puppen mit Hut und trinken. Im Sommer werden wir sogar auf dem Trottoir mit

unseren Tassen sitzen, hatte Irene gesagt. Die Türglocke rasselt. Trauerkleidung Prêt à porter, steht über dem Eingang. Die Schaufensterpuppen drehen sich nach ihnen um. Eine nimmt verlegen den Hut vom Kopf. Ein blonder Zopf fällt über die Schulter. Sie drückt ihr Haar zurecht. Auf der Stirn hat die Krempe einen roten Strich hinterlassen.
»Das ist also Jacob«, sagt sie.

*

Auf der Tischdekoration aus goldenem und schwarzem Kreppapier steht der Sektkübel. Im Wasser schwimmen letzte Eiswürfel.
»Wir tranken gerade Kaffee«, sagt Berthas Mutter und bietet ihnen keinen an. Sie stellt die beiden Frauen vor. Olga und eine echte Witwe. Das war die, die anläßlich der Beerdigung ihres zweiten Mannes ihren dritten Mann hier, im Geschäft, kennengelernt hat. Haben Sie Feuer, hatte sie durch den schwarzen Schleier hindurch gefragt. Sie sei sehr zufrieden mit der Beratung gewesen. Ein großer Teil der Trauerkleidung ließe sich auch zu anderen festlichen Gelegenheiten auftragen.
Bei jeder neuen Tasse frischen Kaffees reibt sich die Witwe die Hände, als sei dies die erste nach einer durchfrorenen Nacht.
»Olga«, sagt die Mutter jetzt und zeigt wieder auf Olga.
»Olga Bergen«, sagt die Frau und stellt ihren Handrücken aus, als sollten Bertha und Jacob ihn küssen. Unter dem schwarzen Kostüm trägt sie eine rote Bluse. Das sieht obszön aus wie aufgerissenes Fleisch.
Rasch finden die Frauen ihre alte Stimmung wieder. Jacobs Anwesenheit läßt sie zur Höchstform auflaufen. Die

Kaffeemaschine schnarrt und spuckt. Jacob sucht nach Zigaretten in seinen Jackentaschen.
»Haben Sie Feuer?«
Bertha schaut weg.
Eine Frau mit Pinscher bleibt vor dem Schaufenster stehen, überrascht von der ausgelassenen Stimmung in einem Geschäft für Trauerbekleidung. Olga wirft plötzlich das Revers ihrer Kostümjacke über die Schulterblätter, so daß die Knopfleiste der roten Bluse aufklafft. Die Frau vor dem Schaufenster zieht ihren Pinscher fort, als habe sich im Dunkeln einer Toreinfahrt ein Mann mit offenem Schlitz gezeigt.
Die Zungen sind ihnen gelöst, als sei der Laden ein Bahnabteil, der Abschied sicher, die Geständnisse unverbindlich.
Bertha schaut wieder hin.
Die Witwe sagt, sie habe ihren Mann nie geliebt, und einen Orgasmus habe sie nur einmal im Leben gehabt. Bei einem Seitensprung in Bad Pyrmont. Berthas Mutter hat zu diesem Thema etwas im Fernsehen gesehen. Immer wieder schaut sie Jacob an. Dann beginnt Olga.
»Es war die Geschichte der Kinder vom Stein.«
Nach den ersten Sätzen steht Berthas Mutter auf, und sie verriegelt die Ladentür von innen.
Bertha wäre gern mit Jacob allein und legt ihre Hand auf sein Knie.
Olga hat aquamarinfarbene Augen. Während sie spricht, tritt das Blau über die Ufer und überschwemmt das Weiß. Dann kann Olga nicht weitersprechen, und Berthas Mutter springt ein.
»Eigentlich sollte sie Inge-Olga heißen«, sagte sie. »Deshalb nannten alle sie seit der Schulzeit Io. Sie kommt aus einem Dorf bei Landsberg an der Warthe, das heute pol-

nisch ist. Ihre Mutter war Pfarrerstochter und hatte dem Vater bis zu ihrem neununddreißigsten Lebensjahr den Haushalt geführt. Dann hat sie ein einziges Mal mit einem Mann geschlafen. Dabei ist Olga entstanden. Die Stelle, wo sie gemacht worden sei, könne sie mir heute noch zeigen. Sagt Olga.«

Olga nickt nicht, als alle sie anschauen.

»Eines Tages hat Olgas Mutter bei Tisch gesessen und Fisch gegessen. Das war 1939«, sagt Berthas Mutter. »Ihr wurde übel, und der Vater, der Pfarrer, hat nur gefragt, wann es denn soweit sei, und sie hat gesagt: Jetzt! Beinahe wäre die kleine Olga unter den Tisch gefallen. Sie war keine vier Pfund schwer, als sie kam. Sie war so zart, daß sie sie nicht zur Adoption freigaben, wie ursprünglich geplant.«

Olga streichelt ihr Knie, als läge dort der Kopf eines Hundes.

Die Straße ist belebter jetzt. Autos fahren im Schrittempo, suchen Schleichwege am Stau vorbei oder einen Parkplatz. Zwischen den fahrenden Autos ziehen Kinder auf Rollschuhen ihre Serpentinen. Bertha meint, jetzt müsse Musik kommen wie in Filmen, die sich dem Höhepunkt nähern.

»Ich habe Olga gefragt, wer ihr Vater sei«, sagt Berthas Mutter.

»Sie hat gesagt, sie sei ein Kind vom Stein, und erst dachte ich, sie sei adeliger Herkunft.«

Olga macht eine barsche Handbewegung. Dann spricht sie selbst weiter.

»Gab es im Dorf ein Mädchen, das im heiratsfähigen Alter und darüber hinaus war und noch keinen Mann hatte, ging zur mondfinsteren Nacht, also bei Neumond, der Vater mit ihm über die Warthe. Das Mädchen wurde auf ein Ahnengrab gestellt, die Bauern, die im Abstand gefolgt

waren, stellten sich im Umkreis, das Gesicht nach außen, um den Stein. Der Vater hatte zuvor einen aus dem Dorf, also einen aus der Verwandtschaft, bestimmt. Der begab sich aus dem Kreis auf das Grab und begattete das Mädchen.«
Jacob läßt einen spitzen Pfiff hören. Die Witwe seufzt.
»Da hätte ja jeder kommen können«, sagte er.
»Ja«, sagt Bertha und sitzt sehr gerade. »Auch der Vater.«

*

Von hinten sah Bertha ihnen den Altersunterschied nicht an. Die hat sich immer spätestens auf den ersten Blick verliebt. Jetzt war sie mit Jacob vorausgegangen. Er hatte einen winzigen Schirm über sie gehalten, und weil die Situation es erlaubte, hatte Irene bei ihm untergehakt. Ihre Schritte hatten die gleiche Länge, als seien sie seit Jahren Weggefährten. Nachdem die Mutter den Laden geschlossen hatte, hatte Bertha gesagt, sie wolle noch zum Bahnhof, Erdbeeren kaufen. Der Supermarkt am Bahnhof war bis neun Uhr geöffnet.
Als sie Jacob und die Mutter so ineinander versunken sah, kam ihr der Gedanke, seltsam und schrecklich.
Bertha drehte sich um.
Ihr ganzes Leben hatte hinter ihrem eigenen Rücken stattgefunden? Bertha drehte sich um und ging.

Als sie nach Hause kommt, den Mantel nicht auszieht und Jacob die Knöpfe an der Leiste zählt, ohne mit seinem Blick bis zu ihren Augen hochzuwandern, macht sie ihr taubes Gesicht.
»Ich sähe aus wie Ingrid Caven«, sagt die Mutter in die Stille hinein.

»Das wirst du ihm schon eingeredet haben.« Bertha setzt sich im Mantel an den Tisch. Jacob lehnt sich herüber, daß das Tischtuch sich knauscht. Die Erdbeeren stehen zwischen ihnen.
»Hast du etwas gegen mich?«
»Noch nicht«, sagt Bertha.
»Blöder Ochs«, die Mutter schaut Jacob wie einen Verräter an.
»Sag doch, wo warst du bis 45?« Bertha hat noch den Mantel an, darunter Pullover und Hose, Unterhose, ein Hemd, dann ist sie nackt. Was ist darunter? Angst? Fell?
Die alte Scurla in der Wohnung über ihnen zieht den Fernsehsessel in die richtige Position. Die Mutter heftet den Blick dem Sessel an die Fersen. Die Hände, die sie dabei an das Gesicht legt, sind rot und wund vor der weißen Haut der Wange.
»Sie war nicht einmal geboren«, sagt Jacob.
»Das ist nicht die Zeit für Komplimente.« Bertha legt ihre Hand auf seine, und er hält still unter ihr.
»Es war eine schöne Zeit«, sagt die Mutter, kippt den Stuhl auf die Hinterbeine und schaltet am langen Arm das Radio an.
Bertha nickt.
»Das sagen sie alle.« Bertha stützt jetzt die Handballen auf die Kante des Küchentischs und schnappt nach Worten.
»Sie?«
Der Mutter hängt noch immer die Strähne vor dem Gesicht.
Das macht Bertha um so wütender.
»Die vom schwarzen Orden«, schreit sie plötzlich. »Die mit den Träumen unter dem Tisch, den Träumen, die bellen. Das macht ihre Sprache so undeutlich. Es klingt wie

Deutsch, ein Deutsch mit zusammengebissenen Zähnen, die Sprache derer, die vertrieben und doch geblieben sind. Unbehelligt schauen sie einander von der Seite an, als sei seit damals keine Sekunde vergangen. Sie treffen sich *Bei Anni*, bei *Trude* und *Gerd*, in der *Goldenen 100*. Sie fahren nach Spanien und haben dort eine kleine Plantage in einer deutschen Kolonie. Hast du doch gesagt? Oder?«

Die Mutter hat den Tisch verlassen und sich mit den Rükken gegen die Fensterbank gelehnt. Die Schwebebahn fährt ihr zum einen Ohr hinein und zum anderen wieder hinaus. Jacob zuckt mit dem Kopf, als säße eine hartnäckige Fliege auf seiner Nase. Berthas Mittelfinger bohrt ein Loch in die gestickte Rose auf der Tischdecke. Die Rose verzieht schmerzhaft ihr Gesicht.

»Übrigens«, sagt Bertha. »Wie willst du wissen, daß es eine schöne Zeit war. Du warst doch an ihrem Ende noch keine fünf Jahre alt.«

»Ich erinnere mich«, sagt die Mutter.

»Plötzlich?«

»Du bist gemein, Bertha«, sagt die Mutter.

Da sagt Bertha »Ja«. Ihre Hand läßt von der Rose und fährt unerträglich langsam die Strecke zwischen Jacobs Knie und Leiste ab. Er hält ihre Hand fest.

»Man kann sich an alles erinnern, sogar daran, wie man aus Steinen Feuer schlug am Eingang einer bemalten Höhle«, sagt Bertha. Jacob nickt benommen.

Mit diesen Haaren, die aus dem Zopf sich lösen und vor dem Licht der Straßenlampe sich verästelen, sieht Irene wirklich aus wie Ingrid Caven.

*

»Es war einmal«, sagte Bertha und beachtete die Mutter nicht, die sich wieder zu ihnen an den Tisch setzte. »Es war einmal eine Frau in einem roten Kleid auf einem Motorrad, das durch Ackerfurchen stolpert. Ihr weißes Kopftuch ist mit den Enden zweimal um den Hals geschlungen. Der Mann zwischen ihren geöffneten Beinen trägt eine schwarze Uniform, und am Kragenaufschlag trägt er das Abzeichen. Er ist der Führer des SS-Motorradclubs am Ort. Wenn seine Jungens die Vorfahrt nicht beachten, müssen sie die Stange hoch und das Verkehrsschild ablecken. Danach schlägt er den Jungen auf den Rücken, als hätten die sich verschluckt. Alles klar?

Gestern hat er wegen der Frau auf dem Rücksitz seinen Verlobungsring in den kleinen eiligen Fluß beim Sanatorium geworfen. Früher war das Sanatorium eine Heil- und Pflegeanstalt für Seelengestörte und Kranksinnige gewesen. Früher, das war vor 1938 gewesen. Damals starben nicht mehr als zwanzig Patienten im Jahr, die wenigsten an Selbstmord. Das sollte sich bald ändern.

Das schöne Paar auf dem Motorrad hat die Nacht im Zimmer eines längst verstorbenen Dr. Gudden verbracht. Der Psychiater Dr. Gudden war vor vielen Jahren mit Ludwig II. im Starnberger See ertrunken.

Darf ich mir eine von Ihren Visitenkarten nehmen? Falls ich sie einmal brauche? Die Frau greift in seine Brieftasche. Die Fenster hinter den Spitzengardinen sind vergittert und haben hinausgeführt auf den Kapellenvorplatz. Jede Viertelstunde hat die Glocke geschlagen. Der Schreibtisch auf den Löwenfüßen ist breiter als das Bett gewesen. Nachdem er sie zweimal geliebt hat, ist er auf das Canapé umgezogen. Wieso zweimal, hat sie im Dunkeln gefragt. Wie läßt sich das zählen? Er hat an den schweren Fransen des Canapéüberwurfs gespielt und an den Ring im Fluß gedacht. Als die Sonne aufging, hat er gefragt, ob er noch einmal zu ihr kommen dürfe.

Dafür sind wir ja hier, hat sie gesagt und die Decke zurückgeworfen. Er hat das Fenster geschlossen. Ihr Gesicht hat vom Nachtschweiß geglänzt. Sie hat dem halben Apfel auf dem Nachttisch rasch ins braune Fleisch gebissen. Dann hat sie sich auf den Bauch gedreht. Sie hat Dinge geflüstert, die ihn erregt haben, und er ist rasch gekommen. Draußen auf dem Vorplatz der Kapelle sind zwei schwarze Limousinen vorgefahren. Sie hat es gesehen, als sie das Fenster öffnen wollte. Den einen Mann hat sie aus der Zeitung gekannt.

Es ist April gewesen, denn schwarzes Laub hat auf den Wegen gelegen. So etwas vergißt man nicht so leicht. Nicht so leicht wie anderes. Wo sind die, die früher hier waren, hat sie gefragt und sich langsam angezogen. Er hat ihre Brüste betrachtet. In der Morgenkälte waren sie ganz fest. Als sie das Hemd überstreifte, hat er die Augen geschlossen und geseufzt.

Wir haben die, die nicht zur Familie geholt wurden, nach Schloß G. bringen müssen. Aber auch das ist keine Lösung. Der Geruch nach verbranntem Fleisch erregt die Menschen in den umliegenden Dörfern zu sehr.

Nachmittags hat es Hefegebäck und Kakao gegeben, abends Schinken und Hausmusik. Die Schwestern laufen auf derben Socken durch die gebohnerten Gänge. Ihre Hände legen sie wie Kellnerinnen auf den Rücken, wenn sie etwas gefragt werden.

Monate sind vergangen, und der Mann mit dem Motorrad hat eine Karte zu Weihnachten geschrieben. Am Morgen des Heiligen Abends fordern die jungen Frauen die eben zum Fest geladenen SS-Männer zur Schneeballschlacht heraus. Die Frau im roten Kleid rutscht aus und stürzt über einen Gartenrechen. Das Kind kommt einen Monat zu früh zur Welt. Stillt sie es nicht? Will sie im nächsten Sommer Motorrad fahren und dazu das rote Kleid tragen?«

Bertha warf einen raschen Blick auf die Mutter.

»Das Kind liegt in einer Reihe mit zwanzig anderen«, sagte Bertha, »jedes in einem Wäschekorb. Blonde Frauen, die sich herunterbeugen und das dicke Kissen aus dem Gesicht drücken, lassen sich nicht Mutter nennen. Nach wenigen Wochen legen sie es auf einen Stein unter eine Fahne. Ein Dolch berührt den Kopf des Mädchens, und eine Stimme sagt, sie sei in die Sippengemeinschaft aufgenommen. Da ist es noch heute.«

»Und wer ist die Frau im roten Kleid?« fragt Jacob.

»Und was ist aus dem Baby im Korb geworden?« fragt er.

»Und, was ist mit diesem Baby im Korb geworden?« Bertha zieht endlich den Mantel aus, wirft ihn über die Schulter wie ein Handtuch auf dem Weg zum Strand. Die Schwebebahn vor dem Fenster streift fast die Hauswand.

Die Mutter hatte Gläser und Aschenbecher vom Tisch geräumt. Jacob war mit aufgestanden. Seine Hände hingen ihm bis in die Kniekehlen. Daran sah Bertha, wie ratlos er war.

»Hör mal«, sagte sie. Sie sagte es nur zu ihm. »Es ist einfach zu denken, wenn man sich traut, es zu denken. Die Deutschen sind aus ihrem Lebensborn und diesen ersten Jahren ihres tausendjährigen Reiches nicht herausgekommen. Und die Juden nicht aus deren Konzentrationslagern. Beide leiden noch immer an der einen Ursache. An den Deutschen.«

»So ein Kitsch«, sagte die Mutter und zog die Gardinen vor.

»Ich möchte das Ergebnis eines Seitensprungs sein«, sagte Bertha und lehnte sich an Jacob. Die Quasten an den Stores schaukelten nach vom wütenden Ruck, mit dem die Mutter die gelben Vorhänge zueinandergerissen hatte.
»Mit einem Blumenhändler aus Bordighera oder mit einem französischen Filmstar, der eine Reifenpanne in ihrem Heimatdorf hat und sie gleich von der Tanksäule weg mitnimmt aufs Zimmer. So hätte es sein sollen. Schließlich ist man von Anfang an mit dabei. Oder?«
Jacob las in Berthas Gesicht und wurde nicht schlauer.
»Lebensborn«, sagte er gemächlich und dehnte das Wort, daß es wie Lebensbaum klang. Bertha befühlte von der Stirn abwärts den Nasenrücken, dann die Rinne zwischen Nasenwand und Oberlippe. Kurz kam ihr dieses Stück Gesicht vor, als sei es unter schärferer Spannung als sonst, als schrumpfe das weiche Fleisch in Richtung Nasenflügel und ließe die Vorderzähne wie bei einem Hasen frei. Sie schaute die Mutter an. Auf dem Gesicht war ein Schatten, ein schöner Schatten, der Schatten der anderen, die von innen nach außen wuchs und die Züge um Augen und Mund mit Staub aufschüttete. Undeutlich waren die Züge plötzlich. Wie hinter einem Schleier. Verwischt und alterslos.
»Laßt uns schlafen gehen«, sagte die Mutter da. »Wir sind nicht mehr schön«. Sie ging vor. Der Oberkörper blieb hinter jedem Schritt ein wenig zurück. Vor dieser Eigenheit hatte Bertha als Kind sich schon geekelt. Das sah herausfordernd und passiv zugleich aus.

*

Nieselregen setzt ein, und die Nonne klatscht in die Hände. Die anderen Kinder laufen die Treppe zum Haus hinauf.

Immer mit dem gleichen Fuß nehmen sie die nächste Stufe. Hinkende Zwerge sieht Bertha und ist selbst noch einer. Die Nonne klatscht ein letztes Mal, doch Bertha ist mit dem Träumen im Regen noch nicht fertig. Die Nonne schiebt ihre Hände unter den Überwurf ihres Kleides und huscht ins Haus. Der Regen wird stärker, und Bertha auf dem morschen Holzrahmen des Sandkastens zieht die Knie an den Leib. Im Sand liegt ein schlapper roter Ball. Bertha nimmt den Ball auf den Schoß. So sind sie beide nicht mehr allein.

Jacob hatte sich behutsam auf dem Gästebett umgedreht. Stunden vorher war das Bett unter dem Gewicht ihrer Liebe in die Knie gegangen. Ihre Flecken am Hals würden nach den Feiertagen noch zu sehen sein.

Sie schliefen im Wohnzimmer.

Jacob zog ihr das Nachthemd über den Kopf. »Ein scheußliches Teil«, sagte er und schleuderte es unter das Bett. »Du heißt doch nicht Heidi.«

Im Dunkeln kann Bertha das Weiß in seinen Augen, und wenn er spricht, das Schimmern in seinem Mund sehen. Was er spricht, hört sie nicht. Das Mädchen mit dem roten Ball ist wichtiger.

Es sitzt auf einem Treppenabsatz jetzt, nicht mehr am Rand des Sandkastens. Über den Absatz stolpert Ma immer, sie stolpert immer, wenn sie ein Tablett ins Krankenzimmer hinaufträgt. Oben, im Zimmer hinter den Topfpflanzen, die nie blühen, liegt er schweißbedeckt, die Zähne wie ein Toter aufeinandergebissen. Im nächsten Jahr, das das Jahrhundert teilt, wird er nicht mehr im Telephonbuch stehen.

Tags darauf sitzt das Mädchen noch immer da, der Ball ist schlapp und die Luft wärmer, weil alle Zimmertüren offenstehen. Irene, sagt Ma leise. Sie haben gemeinsam ein letztes Mal sein Haar gekämmt, das unter den Zähnen zu Staub zerfiel. Man trägt den Sarg die Treppe hinunter, und sie hört die Füße des Toten bei jedem Schritt der Träger gegen das Holz treten. Er ist gar nicht tot, schreit sie, er trampelt ja noch, hört ihr nicht.

»Wir haben vergessen, die Erdbeeren zu essen«, sagt Jacob. Bertha dreht das Gesicht ihm zu. In der Heizung schlägt es, als sei die Wärme soeben aufgewacht. Es ist fünf Uhr früh.
»Woher ich das alles weiß?« Bertha schiebt den rechten Arm unter den Kopf. Es fehlt ein Kopfkissen.
»Ich weiß es eben«, sagt sie. »Ich nehme mit, was ich vergessen habe. Oder was sie vergessen hat.« Bertha zeigt mit einer Kopfbewegung in Richtung Schlafzimmer. »Manchmal greife ich in den leeren Raum in meinem Kopf und habe eine Erinnerung in der Hand. Es ist nicht einmal unbedingt meine. Und die Sätze laufen mir zu, weil keiner sie haben will.«
Bertha richtet sich auf. Ihre Haare fallen über Jacobs Gesicht.
»Ich meine, wir lügen doch alle. Wir sprechen von der Sehnsucht nach einem Kind und sind im gleichen Moment nur scharf auf, auf«, sie stockt.
»Auf den Zeugungshelfer.« Jacobs Hand spannt sich zwischen ihren Brustwarzen. »Eine Oktave Abstand, wie beim Klavier.«
»Ich bin wie alle, nur noch schlimmer. Denn ich habe alles geerbt, das Aussehen, die Träume, die Dummheit, die Gier.« Bertha wirft sich auf den Rücken, und das Bett hält sich tapfer auf den Beinen. Bei diesem Licht sind die roten Karos in der Bettdecke deutlich zu sehen.
»Und was ist mit mir?«

Bertha lacht leise und greift mit beiden Händen in seine Achseln. Sie schiebt ihr heißes Bein über sein linkes, dann über sein rechtes Knie. Sie bewegt sich, bis er in ihr ist. Da hebt er die Hand. Sie zuckt mit dem Kopf zurück und beißt zu. Sie kommen gemeinsam, er in ihr Haar, sie in seine Hand verbissen. »Warum tust du das?« fragt sie.
Er löst die Hand aus ihren Zähnen.
»Damit du nicht aus Versehen Heinrich zu mir sagst, Heidi.«
Sie lacht und rollt sich auf die Seite, Jacob drückt sich hinter sie. Sie liegen wie die Löffel.
»Ihr habt hinter meinem Rücken darüber gesprochen?«
»Sie hat mir ein Photo gezeigt.«
»Und?«
»Ich weiß nicht.«
»Wie?«
»Ich glaube, ich habe etwas verstanden«, sagt Jacob.
Bertha unterdrückt ein böses Nein. Sie liegt ganz ruhig und horcht.
»Du hast recht«, sagt Jacob. »Dieser Lebensbaum oder Lebensborn ist nur die Kehrseite der Konzentrationslager. Nach K kommt L, das ist nur folgerichtig. Es ist eben schwierig einzusehen, daß man ein wenig kleiner ist als Gott. Ist man der Herr über den Tod geworden, will man auch der Herr über das Leben sein. Sonst ist es nur eine halbe Sache, ist man nur ein halber Gott. Der muß trotz aller Menschenopfer auch einmal sterben. Das ist einfach der perfekte Frevel gewesen«, sagt Jacob, und seine Stimme klingt zufrieden und schon schläfrig. Mit jedem seiner Worte wird Bertha wacher.
»Und was diese Frau auf dem Photo betrifft.« Er murmelt, er wisse nicht so recht.

»Los«, sagt Bertha. »Rede«, und hat plötzlich den Tonfall eines Verhörs.
»Das ist nicht so ein Bauernmädchen gewesen, wie sie es wollten, mit weichem dummem Kinn, rundem Becken und einer Bahnfahrkarte 3. Klasse vom Selbstersparten, um dem Führer ein Kind zu schenken, irgendwo in Bayern. Die haben bestimmt im Liegen noch den rechten Arm hochgerissen und den Gruß gerufen, während über ihnen einer kam. Die auf dem Photo ist anders.«
Bertha lauscht. Es könnte sein, daß Jacob etwas davon versteht, weil er etwas von Frauen versteht.
»Die auf dem Photo«, sagt Bertha beschwörend.
»Ja«, sagt Jacob und seufzt. »Die ist unanständig arisch. Die will wissen, wie es ist, mit der Macht. Die ist wie du. Die spielt die Hingabe. Alle glauben ihr, weil das Äußere stimmt. Die will sehen. Die will das Weiße in den Augen sehen.«
Die letzten Sätze hat Jacob tonlos gesprochen und ist in Berthas Rücken eingeschlafen jetzt. Als er regelmäßig in ihrem Nacken atmet, sagt Bertha laut, er könnte recht haben. Einen Augenblick ist sie stolz auf sich. Und auf Jacob. Sie sind eine Verschwörung, wenigstens heute nacht. Sie schreckt hoch vor Freude. Sie hat etwas Wichtiges, das Wichtigste überhaupt vergessen.
»Nicht die Männer« sagt sie.
»Die Angst«, sagt sie.

*

Karfreitag hatten sie ein Familienticket gelöst und waren zu dem einzigen öffentlichen Ort gefahren, der an diesem Tag nicht geschlossen war. Im japanischen Pavillon beim Tee wollte Bertha wieder im Brei rühren, bis er heiß ist. So nannte es die Mutter. Bertha redete böse, trotz der Flamingos, Eisbären und anhänglichen Elefanten, die mit wehenden Ohren sie bis zum äußersten Punkt des Geheges begleiteten. Was man ihr nicht erzähle, das denke sie sich aus, sagte sie. Wenn es geklappt hätte, die Menschenzucht, dann würde eines Tages der Mensch nicht mehr vom Affen, sondern vom SS-Mann abstammen. Darüber konnte Jacob lachen.

Ein flotter Offizier reiche aus für zwanzig Mädchen. Das mache in dreißig Jahren sechshundert Regimenter. Aber auch das sei nicht der wahre Grund gewesen. Sie schob ihren Arm unter Jacobs Arm, weil auf der rechten Seite schon die Mutter hing. Damit du nicht aus dem Gleichgewicht kommst, sagte sie. Dem Führer ein Kind schenken, sagte sie laut. Die Mutter zischte, und mit dem Fuß auf eine Bank gestützt, zündete sich ein Mann in blauer Uniform eine Zigarette an, um unauffällig zuhören zu können. Dem Führer ein Kind schenken, sagte Bertha, ohne die Stimme zu dämpfen.

»Und, was haben die Frauen beim Orgasmus geschrien?«

»Das ist jetzt aber peinlich«, sagte die Mutter. Jacob schaute in den Himmel. Ein Gewitter würde es geben, wie immer karfreitags gegen drei Uhr am Nachmittag.

»Was damals richtig war, ist heute falsch.« Mit ihrem spitzen Absatz blieb Irene in der Fuge zwischen zwei Steinplatten stecken. Jacob umfaßte fest ihre Taille, bis sie zu den Alligatoren gekommen waren. Reglos lagen die die ganze Ewigkeit eines Feiertags im Schlamm und gähnten am späteren Nachmittag, ein- oder zweimal.

Die Mutter schaute Jacob tief in die Augen. Er erwiderte ihren Blick. Die Hitze ihrer Handfläche drang durch seine Jacke. Später sprachen sie zu dritt lange über Seerosen und die Tatsache, daß sie sich nicht pflücken lassen.

Das Fernsehprogramm am Abend war ernst, und sie schauten schweigend hin. Als die Mutter kurz das Zimmer verließ, beugte sich Jacob über Berthas Schoß und küßte sie zwischen die Beine.

Eine Stunde nach Mitternacht gehen sie in die Wesendonckstraße. Die Frauen in den Hauseingängen der verlassenen Fabriken stehen mit Schirm am Arm. Der Karfreitag ist vorbei. Sie rauchen und zertreten die Zigaretten, wenn ein Kunde sich nähert. Die Frauen haben das Gesicht der Straße angenommen. Der Türsteher des Clubs grüßt Bertha und mustert Jacob. Beim Tanzen zieht Jacob die Lederjacke nicht aus. Keiner tut das hier. Nur Männer stoßen auf der Tanzfläche gegeneinander, mit schnellen, scharfen Bewegungen, mit dem Tritt im Kopf, dem Schlag im Nacken, der dreifachen Drehung auf einem langen Ton, die sich gen Ende lässig verlangsamt. Die einzige Frau zwischen ihnen sieht angestrengt und ältlich aus. Andere Frauen stehen herum und saugen an Strohhalmen. Jacob lächelt und sieht Bertha nicht. Schweiß läuft den Nacken herunter in den Kragen seiner Jacke. Später legt er seine schwitzende Hand in ihr Genick, leert ihr Glas mit einem Zug.

»Woher der nur die Musik hat?« Er zeigt auf das Backfischgesicht des Jungen, der mit Mädchenhänden Platten auflegt.

»Seitdem wir hier sind, ißt er die dritte Banane«, sagt Bertha. Es wird hell, als sie auf die Straße treten. Die Eingänge der Fabriken sind verwaist. Unter einem Briefkasten, aus dem Werbung quillt, steht ein schwarzer Herrenschirm.

Vor dem Einschlafen brummt Jacob, als stiege er nach einem langen Tag in ein heißes Bad. Als stiege Bertha dazu. Sie legt die Hände über dem Bauch ineinander. In der Bewegung fällt es ihr wieder ein.

Es war im Heim.
Warum wir beten, Bertha? Es war der Tag der Kniestrümpfe gewesen, der erste im Jahr, ein Ostersamstag wie heute. Sie war der jungen Nonne nicht von der Seite gewichen, als schulde die ihr noch das Ende einer Geschichte. Sie hatte schöne große Augen, weil sie dicke Brillengläser trug.
Wir beten, damit Gott nicht so einsam ist, hatte sie hastig gesagt und war durch eine niedrige Tür in die Klausur geschlüpft.

*

Am Dienstag zogen Bertha und Jacob um, vom Gästebett ins Hotel garni Amanda, hinter dem Bahnhof. Vor der Haustür hatten sie der Mutter die Hand gegeben. Der Mann an Irenes Seite war trotz seines fortgeschrittenen Alters so groß wie Jacob. Er trug einen hellen Kamelhaarmantel, dunkelbraune Lederhandschuhe und halbhohe Lederstiefel unter der Anzughose.
»Unter dem Anzug trägt er die Uniform«, flüsterte Bertha Jacob zu und wies auf die Schuhe. Der Mann sah Bertha mit strahlenden Augen an. An die Farbe konnte sie sich später nicht erinnern. Für sie waren Menschen wie er immer blauäugig. Er hatte trockene aristokratische Züge und dichtes graues Haar.
Sie erwischte sich bei einem Gedanken.
»Er hat etwas«, sagte Jacob laut.
»Na ja, Vergangenheit eben«, sagte Bertha. Der Mann küßte ihr die Hand. Sie versprach, die Post nachzuschikken, solange sie noch in der Stadt blieben.
»Vinaros, Calle Soundso Nummer 27«, sagte Bertha und küßte die Mutter zum Abschied nicht. Sie knüllte den Zet-

tel mit der Anschrift in der Jackentasche. Als sie abfuhren, sah sie, der Mann war so groß, daß er sich den schönen Kopf fast am Wagendach stieß. Aus der Tasche, in der sie gerade noch die Anschrift geknüllt hatte, zog sie die Minox. Sie machte ein Photo von dem abfahrenden Auto, stellte scharf auf das Nummernschild.
»Was tust du?«
»Ich mache mir ein Bild«, sagte Bertha.
Jacob legte ihr die Hand in den Nacken. Sie machte die Beine steif und bockte.
»Noch was.« Er hatte ein Gesicht, als gingen die Erleuchtungen von vorletzter Nacht weiter. »Uns kann das nicht passieren. Wir sind eine Gesellschaft, kein Volk. Führer der deutschen Gesellschaft, das klingt so absurd wie es ist.« Er küßte ihren Mundwinkel, bis sie die Lippen nicht mehr aufeinander preßte.
»Kein Grund also, so aufzurüsten«, sagte er noch.

Das Hotel Amanda hat einen Stern. Im Flur steht ein roter Cocktailsessel. Als Jacob seine Tasche darauf wirft, bricht eines der vorderen Holzbeine weg. In der Toilette zerdrückt Jacob die Zigarette im Waschbecken. Fremdenzimmer sei ehrlicher als Gästebett, sagt er. Bertha läßt sich auf die blaue Tagesdecke fallen. Sie wollen eine Nacht bleiben und werden nach der dritten noch da sein, obwohl beide Leselampen nicht brennen. Der Himmel ist jeden Morgen sauber und blau, eine Einladung, sich in den Tag fallen zu lassen wie in ein frisch bezogenes Bett.
»Plötzlich liegt Wuppertal an der Seine.« Bertha drückt eine Strumpfhose im Handtuch aus. Auf dem Dach gegenüber qualmt der Schornstein. Die Tauben jagen sich gegenseitig vom First und haben einen dicken Hals.

Lieben sie sich, riecht ihre Haut nach Chlor. Sie duschen in der *Schwimmoper*, weil das Zimmer kein Bad hat. In der Cafeteria des Schwimmbads, an einem der fünf Tische zwischen den Gummibäumen und Palmen, sammelt Jacob Zuckerstückchen, zur Erinnerung. Das Motiv der Kornblume kommt auf ihnen besonders häufig vor. Die Leute sitzen mit nassen Haaren und roten Gesichtern da. Neben der Kasse steht eine Obstkiste mit Badekappen, die im Laufe des Jahres liegenbleiben. Jeder kann sich davon nehmen. Bertha legt Jacob die Hand auf das Knie und sagt, sie müßten sich unauffällig verhalten. Sie seien hier im Exil, und das Glück könne ihnen jederzeit genommen werden.
Danach sind sie noch glücklicher.
Da spricht Jacob plötzlich vom Wetter, vom Regen, der eine Stadt so vertraut, ein Zuhause so gemütlich machen könnte. Dann spricht er von Heirat. Zum Glück sind sie in diesem Augenblick im Restaurant gegenüber der Badeanstalt. Als Bertha schweigt, stellt er den Senf beiseite, dann das Salz, den Weinessig. Hätte er ein Lineal zur Hand jetzt, er würde es an die Welt legen, um zu sehen, daß es so nicht stimmt. Danach würde er mit dem gleichen Lineal zuschlagen. Auf Berthas Fingerspitzen. Statt dessen schauen sie aus dem Fenster. Ein Reisebus mit Japanern hält vor der *Schwimmoper.* Eine Japanerin, die sich zu weit von ihrer Gruppe entfernt, wird fast von einer Planierraupe überfahren.
Zimmer 24, vierter Stock. Zwei Paar schmutziger Schuhe stehen außen auf ihrer Fensterbank.
»Laß uns morgen fahren. Wir sind nicht allein hier.«
»Aber das waren doch nur Japaner. Die zählen doch nicht«, sagt Bertha.
Sie konnte noch nicht fort, wegen der Frau von gegenüber,

der Frau am Fenster im blauen Kleid. Das Kleid paßt im Blauton zur Leuchtschrift des Hotels Amanda. Bertha setzte sich auf die Fensterbank. Sie hatte das Gesicht stark geschminkt. Allmählich wurde es dunkel. Zwischen ihr und der Frau in Blau war ein Abgrund von vier Zimmerhöhen. Unten lag die Straße. In der Nähe läuteten Glocken, Autos hupten und schoben sich an den Stoßstangen an. Die Stadt um diese Stunde wurde zur Großstadt, und die Menschen waren eiliger jetzt.
»Auf ihren Knien hat sie ein Buch, in dem sie in der letzten halben Stunde keine Seite umgeschlagen hat.« Die Scheibe vor Berthas Mund beschlug beim Sprechen. Jacob drückte Papier der Zeitung von gestern zu Bällen zusammen.
»Für die Schuhe«, sagte er. »Für alle Fälle.«
»Sie hat nie Besuch.«
»Das kannst du nach drei Tagen gar nicht sagen.«
»Deshalb ja. Laß uns noch bleiben«, sagte Bertha.
Am folgenden Tag lag auf den Knien der Frau ein Heft.
»Sie schreibt«, rief Bertha. »Ihr Gesicht kann ich nicht sehen, aber den Saum des blauen Kleides. Das Knie unter dem Heft ist nackt. Sie schreibt und schreibt, als hole sie gegen Abend etwas ein. Vielleicht hat sie drüben kein Licht.«
»Wir sollten fahren.« Jacob nahm das Papier aus den Schuhen.
Der Bahnhof lag so nah, daß sie auch in Pantoffeln hätten herüberlaufen können. Der Bahnhofsvorsteher schob seine Mütze in den Nacken und gähnte. Auf seiner Stirn war ein rotes Mal vom Schirm gestempelt. Das ist so intim wie der Striemen eines Büstenhalters, der ins Schulterfleisch schneidet. Bertha dachte an ihre Mutter. Während sie die Fahrkarten bezahlten, schaukelte das Schild *Geschlossen* vor

ihren Augen. Dann standen sie auf der Brücke am Gleisbündel in Richtung Süden und schauten den Zügen nach.
»Hoffentlich ißt morgen im Abteil keiner ein Ei«, sagte Jacob.
»Was doch alles Erinnerung auslösen kann. Sogar die Verkehrsmeldung; am Frankfurter Kreuz fünfzehn Kilometer Stau«, und Bertha lehnte ihren Kopf gegen Jacobs Schulter. Das war noch nie geschehen.
Im Bett lasen sie. Zum ersten Mal lagen sie nebeneinander und lasen. Das Deckenlicht leuchtete den Raum bis in den schäbigsten Winkel aus. Mit jedem Zug, der in die Nacht hinausfuhr, wurde das Zimmer häßlicher, ihr Atem kälter. Als Jacob eingeschlafen war, das Gesicht im aufgeschlagenen Buch abgelegt, schob Bertha die Hand unter seine Decke. Er richtete sich auf, ohne wach zu werden.
»Na, Kornblumen zum Beispiel«, sagte sie nicht sehr laut. »Kornblumen und Erinnerungen. Im Winter gefror eine vor meinem Fenster zwischen den alten Gartenstühlen. Als der erste warme Tag kam, taute sie, gab ihr Blau auf und wurde braun. Sie taute sich zu Tode.«
Wäre Jacob wach geworden, er hätte gehört, wie Bertha von ihm abgewandt versuchte, den Atem zu zügeln, dann doch keuchte und mit einem Seufzer den Kopf ins Kissen grub. Danach waren wenigstens ihre Beine leichter.

*

Irgendwann werden sie mich finden. Der Adressenanhänger meines Koffers wird um meinen großen Zeh geknotet werden. Sie werden mich finden, meine Daten noch einmal durchlesen. Ein Mädchen wie eine Flaschenpost, höre ich sie sagen, obwohl ich tot bin.
»Was ist?« Jacob hatte den Arm um ihre Schulter gelegt.

Vor der Haustür hatten sie warten müssen, bis jemand kam, um ihnen aufzuschließen. Den Briefkasten öffneten sie mit einem Taschenmesser.
»So eine Gemeinheit«, hatte Bertha gesagt. Im Kasten hatte ein einzelner Brief gelegen. Ohne Marke. Die Schrift der Mutter hatte Bertha sogleich auf dem Umschlag, dem blaßblauen, erkannt. Sie gab ihn Jacob und lehnte sich gegen die klebrige Flurwand. Das Kind namens Ratte stolperte vorbei, und Jacob nahm ihm mit einem raffinierten Dribbling den Ball.
»Bist du langweilig«, hatte Jacob gesagt, als es zu heulen anfing. Jacob kickte den Ball lustlos auf die Straße. Jenseits des Flurs war ein schöner warmer Tag. Sie gingen ihren Schatten hinterher und nahmen den Mittagszug. Bis Köln mußten sie im Gang sitzen, Knie an Knie auf den Klappsitzen unter den Fenstern.
»Lies du.«
Jacob schiebt, um zu lesen, die Sonnenbrille ins Haar. Auf dem Nasenbein wieder diese roten Druckstellen. Bertha erinnert sich an eine Erinnerung.

> Liebe Bertha. Dies ist der letzte Brief, den Du in dieser Angelegenheit von mir bekommst. Eine Zeitlang blieb die Zeit für mich stehen. Dadurch geriet ich aus dem Takt. Ich nannte die Bilder, die ich nicht zuordnen konnte, schön, die Zeit eine schöne Zeit. Die Zeit war Deutschland. Also war Deutschland schön, so wie für andere Menschen Amerika. Als ich herkam, habe ich im Deutschland von 1961 vielleicht das Land von damals gesucht. Jeder spricht gern von einer glücklichen Kindheit, meine war ein Tabu. Je größer das Ver-

bot, um so mächtiger die Bilder, die wir uns von dem Raum dahinter machen.
Ich hieß Marlies, bevor ich in England eine Irene wurde.
In Deutschland habe ich meinen alten Nachnamen angenommen und nur den neuen Vornamen behalten. Weißt du jetzt mehr über Dich?
Ich habe mich gern wiedererkannt auf den Bildern im Rollschrank. Einmal stehen wir vor einem meterhohen Heuberg, die Mädchen dicht beisammen auf der rechten, die Jungen zerstreut auf der linken Bildhälfte. Ich stehe gleich neben der Mistgabel, mit dieser meiner typischen Kopfhaltung und den langen Armen. Das dunklere Mädchen neben mir heißt Nanne und ist meine Freundin. Wir waren die Schaukelköniginnen. Wir schaukelten bis kurz vorm Überschlag. Dann sprangen wir ab, um die Schwestern kreischen zu hören. Die braunen Schwestern schlugen uns, die blauen putzten uns die Nasen, um streng zu sein. Die Teuflin aber trug schwarz, Fräulein Kalt, dünn, das schüttere Haar in einem Knoten, der nicht größer war als eine Walnuß. Die anderen sagten »die Österreichische«, wenn sie von ihr sprachen. Damals dachte ich, das sei eine Charaktereigenschaft.
Was soll ich noch sagen. Manchmal war im Kopf der Film nicht empfindlich genug, den ich eingelegt hatte. Es gibt die Bilder, aber nichts ist darauf.
Eine Freundin von Ma strich mir eines Tages über den Kopf und konnte sich die Frage nicht verkneifen. Wo kommst denn du her? Es war die Frage an einen dürren Hund, der vor dem Gartentor auf-

recht sitzt und hofft, er kann bleiben. ›One does not get there. Everybody is borne there‹, habe ich gesagt. Oft noch haben die Erwachsenen den Satz wiederholt, als sei es ein drolliger Patzer. Nichts weiter.

Was erinnern aus der Zeit vor meiner Geburt, der Geburt der Irene? Als Irene noch Marlies war? Männer in hohen Lederstiefeln kamen. Sie knallten mit der Peitsche gegen die Schäfte und sahen sehr gut dabei aus. Einmal nahm so ein Mann meinen Kopf zwischen seine großen Hände, hob ihn an, drehte, als wolle er ihn ausklinken und mitnehmen.

Die Schwestern waren für uns da und für die Herrenbesuche. Die kamen meistens samstags, sprangen aus den Wagentüren, bevor die Autos noch hielten. Später kamen mir solche Männer immer vertraut vor, auch als ich älter wurde, vertraut wie jene Orte, die ich glaubte, wiederzuerkennen, ohne dort gewesen zu sein.

Ein Speisesaal, vielleicht mit schwarzweißen Fliesen, ein Klavier am Ende von langen Tischen aus dunklem Holz, ein Spinnweben von Baum zu Baum, das beim Spielen zerreißt.

Als sie fortgingen, die braunen und die blauen Schwestern, lag Laub vom vergangenen Jahr auf den Wegen. Es war noch Nacht in der *Sonnenwiese*.

Wir blieben drei Nächte allein. Wir schoben unsere Betten zusammen und konnten doch nicht schlafen.

Dann kamen Männer in anderen Uniformen. Sie klatschten in die Hände. Das kannten wir. Wir stellten uns in eine Reihe und hoben den rechten Arm. Die Männer in den anderen Uniformen lachten. Einige waren dunkel wie Schokolade im Gesicht. Die Nonnen, die am Abend auf einem Pferdewagen eintrafen, sprachen wieder unsere Sprache. Doch wir antworteten nicht.

Sie sind wie kleine Tiere, haben sie zueinander gesagt.

Dann sind wir Zug gefahren, fort von unserem Heim Sonnenwiese, einen Tag und eine Nacht. Ich kann nicht mehr gut Zug fahren, Bertha. Denn die anderen Kinder haben geschlafen. Deshalb war der Zug für mich ganz leer und ich allein auf der Welt. Am Tag sah ich die Dörfer an der Strecke. In den Fenstern waren keine Scheiben mehr. Häuser ohne Fensterscheiben sind tot.

Viermal haben wir gehalten. Ich habe auf die Uhr geschaut, ohne sie lesen zu können. Auf dem letzten Bahnsteig sind mitten in der Nacht noch einmal viele Kinder zugestiegen. In dem Licht sahen die anderen aus, als hätten sie keine Haare.

Jacob läßt das Blatt sinken. Der Zug überquert im Schritttempo den Rhein. Fußgänger schlendern über die Brücke, durch einen Maschendraht von den Gleisen getrennt.

»Da, der Dom.«

»Hör auf«, hatte Bertha gesagt.

Der Zug war in die Bahnhofshalle eingefahren. Das grelle Licht des Mittags, durchbrochen im Netz aus trübem Glas und Eisen über den Gleisen, hinterließ einen Schleier auf den Gesichtern, machte sie unscharf, milder. Sie hatten den Zug gewechselt, ein Abteil für sich gefunden und waren ohne ein Wort ein langes Stück Deutschland rheinabwärts gefahren. Auf den Schleppkähnen hing die Wäsche zum Trocknen über Kohlenhügeln an Deck. Am Steuer eines jener Kähne sah Bertha nur den Hund. Auf dem Bug eines anderen Kahns stand eine Frau in weißem Kleid. Im Fahrtwind zeichnete sich der Körper ab, als sei der Stoff feucht.

»Siehst du?« Bertha photographierte durch das schmierige Fenster.

»Was?« Was sollte Jacob auch sehen, denn was sollte eine Frau in Weiß auf einem Kohlenschlepper? Besorgt sah er Bertha an. Rechts vom Zug drängten sich Winzerhäuser und Gasthöfe eng aneinander. Linker Hand und jenseits des silbernen Flusses hatten die Deutschen ihre Burgen und später ihre Burghotels gebaut. Denn nirgendwo war Deutschland deutscher. Bei Kilometerstein 448 riß Bertha sich vom Blick aus dem Fenster los.

»Was für eine trostlose Gemütlichkeit.« Sie legte sich der Länge nach auf die Sitzbank.

»Lies weiter«, sagte sie. »Aber nicht laut. Wenn du alles gelesen hast, erzähl mir das Wichtigere.«

Ein Schwarzer schob die Abteiltür auf und setzte sich neben Jacob auf den freien Platz am Gang. Er zog ein schmales Messer aus der Tasche und manikürte sich die Nägel. Er schaute Bertha nicht an. Sie verschränkte die Arme hinter dem Kopf. Ein anderer Geruch war an ihr. Der kam aus den Achselhöhlen, aus dem Halsausschnitt. Streng, würde die Mutter sagen.

»Bist du soweit?«

»Das sollte ich besser dich fragen.« Jacob schlug sich auf die Brusttaschen der Jacke, als taste er nach Zigaretten. Dann fuhr er mit der Zunge durch den Mund.

»Danach erinnere sie sich nur noch an München, schreibt

deine Mutter, an den Kindermarkt im Herbst 1945. Münchener Marienplatz.« Jacob hob die Schultern und las nach, las ab.

> Die Menschen waren gut angezogen, besser als die meisten Erwachsenen, die ich bislang gekannt hatte. Obgleich es noch nicht kalt war, trugen die Frauen Pelzbesatz an Kragen und Ärmeln. Über die Haare hatten sie durchsichtige Schleier gelegt, anders gebunden als die Kopftücher der Frauen im Heim, die mit den Knotenenden auf dem Scheitel wie gehetzte Osterhasen aussahen. Die Kopien meiner Papiere waren in einer blauen Mappe. Die Mappe war in einem roten Bastkoffer für Kinder. Und ein Stoffbär, der im Krieg einen halben Arm verloren hatte, war auch dabei.

Jacob schaute auf.

»Offiziell war sie Waise«, sagte er. »So hatte sie diese Ma kennengelernt. Ma war nicht so schön wie die anderen Frauen, die an ihr vorbeigekommen waren. Sie hatte schwarzes Haar und rote Hände. Sie sagt, am Tag ihrer zweiten Geburt war sie schon zu schwer, um die Holzplanke der Fähre nach England hinaufgetragen zu werden. Die fünf Jahre zuvor versteckten sich von nun an vor ihr. Sie lagen jenseits des Kanals. Die Zeit dort war die schöne, aber undurchsichtige Zeit. Wie wenig sie vergessen konnte, merkte sie, als sie sprach mit ihm.«

»Weintritt, das war das«, sagt Bertha.

Der Rhein ist hinter endlosen Wiesen verschwunden. In Baden-Baden steigen sie aus. Der Schwarze schaut erstaunt auf. Da ist es Bertha peinlich, hier auszusteigen. Als sie vor seinem Abteil die Hand an der Reisetasche wechselt, hebt er die Linke zum Gruß. Er hat den Sitzplatz gewechselt.

Nicht zum ersten Mal ist Bertha überrascht vom Weiß der Innenfläche.
Vor dem Zeitungskiosk in der Bahnhofshalle bleibt sie abrupt stehen. Jacob tritt ihr in die Hacken.
»Tagelang habe ich nicht gemerkt, was in der Welt vor sich geht. Nicht einmal, daß Madonna todkrank sein soll.« Sie zeigt auf eine Überschrift. Jacob kramt in seinen Hosentaschen nach Kleingeld. Ein Pfefferminz rollt dabei auf den Boden. Dann sieht er noch, wie Bertha sich breitbeinig über dem Gepäck aufbaut. Als er mit drei Tageszeitungen und einer Illustrierten zurückkommt, stehen die Taschen allein da.
»Ich glaube, ich falle ins Essen«, murmelt er. Auch das Pfefferminz ist verschwunden. Eine Frau mit rosa Strickmütze zündet sich im Abwenden eine Zigarette an, so als wolle sie Jacobs Blick meiden. Sie muß etwas gesehen haben.
Der Mann am Schalter zieht eine letzte Luftschlange vom Schild »Gepäckaufbewahrung«. Jacob setzt die Taschen neben der Frau mit Mütze ab, drückt eine Hand unter den Nasenrücken, sagt, etwa so groß, blond, blaue Augen.
»Hübsch?«
Jacob kommt die Frage wie eine Drohung vor. Er zieht den Reißverschluß seiner Jacke bis unter das Kinn hoch. Denn die Frau schaut ihn jetzt an, wie Männer Frauen anschauen. Sie zwinkert. Das ist ziemlich unpassend, findet Jacob. Er dreht ihr den Rücken zu, auf die Gefahr hin, daß sie ihre Hand auf seiner Schulter für den Rest ihres Lebens abzulegen versucht.
»Alles klar«, sagt sie leise.
Jetzt weiß Jacob, wie es sein muß, eines Tages, wie nackt und rauh seine Hände sein werden, wie trocken sein Haar, wie abgrundtief leer bis hinunter in den Tod die Seite seines

Körpers, an der Bertha einmal gelehnt hatte. Todkrank fühlt er sich plötzlich und muß damit rechnen, noch vierzig Jahre zu leben.

»Haben Sie das gesehen«, sagt die Frau in seinem Rücken.

»Wie hier die Kühe einfach über die Schienen laufen?«

Er sieht nur Soldaten in französischen Uniformen und nickt, hebt die Hände an den Kopf und fährt sich mit allen zehn Fingern durch das Haar. Raufen, denkt er, man müßte sie sich raufen, jetzt. Er dreht sich um, abrupt. Die Frau hat ihre rosa Mütze vom Kopf gezogen. Ihr Haar ist fein und dünn wie neue Federn von Vögeln, die aus der Mauser kommen.

Neben der Frau steht Bertha. Mitten in der Frühlingsluft eine Figur aus Kälte.

»Na, du bist mir ein Früchtchen«, sagt Jacob, ohne die Zähne voneinander zu nehmen. Er hebt die Hand, um zu schlagen vor Erleichterung, um auf ihr Gesicht zu treffen, um den Abdruck seiner Hand auf ihrer Wange zu sehen.

Er hebt die Hand, greift in ihr Haar. Sie zuckt zurück.

Angst kannst du machen, hatte er gesagt.

III.

Sie sitzen zu dritt im Fond des Wagens, die Älteste in ihrer Mitte. Am Fenster links sie, sie dreht sich um und merkt im Umdrehen, daß sie es ist. Bertha. Sie schaut aus dem Rückfenster. Das Haus liegt auf der anderen Seite des Wassers jetzt, sagt sie und sieht, daß die anderen nicht hören. Denn, über die Rückenlehne des Fahrersitzes wölben sich breite Männerschultern, nackt. Unterhalb der Schultern ist er auch nackt? Da unten, sagt die Älteste, ihre Lippen sind feucht, und da fährt das Auto auch schon auf zwei Rädern, schrabbt schräg über die Straße, hält sich wie ein Boot auf dem Kamm einer Welle. Da, sagt die Älteste, und das Auto fällt auf die Seite. Gleich nach dem Anfahren, sagt Berthas Mutter und stößt heftig gegen ihre Mutter. Sind das gefährliche Momente. Die Schreckenssekunde vergeht. Die Frauen schließen die Münder, und ein Kind weint, doch das ist nicht nötig. Männer laufen in weißen Hemden herbei, krempeln im Lauf die Ärmel hoch und stellen das Auto zurück auf seine vier Räder.
Zuerst fällt der Hund heraus. Die vordere Tür klemmt noch. Dann fallen die drei Frauen heraus und sehen endlich aus wie eine Familie. Die Älteste hält im Sturz den Hut fester und ruft, macht nichts, macht nichts, ich tauge eh nur noch zur Vogelscheuche. Zu dritt stehen sie am Straßenrand in ihren zerdrückten Kleidern. Die Jüngste schaut an sich herab und zählt viermal die drei dicken, weißen Knöpfe ihres Kleids nach. Laß das, Bertha. Die Mittlere zeigt auf die Schulter des nackten Chauffeurs, sagt, da

hängt ja noch das blonde Haar, nehmen Sie das mal weg. Der Chauffeur kreuzt die Hände vor dem Geschlecht und will eine Rede halten. Da stellt die Älteste sich auf den Bordstein, um so groß zu sein wie Tochter und Enkelin. Falls einer von der Presse kommt und ein Photo machen will, sagt sie. Noch immer rollen Äpfel aus den offenen Wagentüren. Das nimmt ja kein Ende mit der Ernte heute, sagt Bertha. Sie weint.

Der Schock.

Ach. Nirgendwo steht etwas darüber, nirgendwer erzählt mir etwas darüber, sagt sie. Da zeigt der Chauffeur auf sie, sagt, mit der müssen wir immer singen, damit sie beim Autofahren den Mund hält. Er rückt seine Stimme zurecht.

*

»Wäre doch sein Gesicht einmal nur wie deins, so traurig und so aufmerksam.« Bertha sprach mit Katz über Jacob und legte ihr dabei die Hand auf den Kopf.

Die Schafe hatten sich gegen den Zaun gedrückt und ihre stumpfen Mäuler auf den Draht gelegt. Sie hatten Abfälliges gekaut mit geschlossenen, bleichen Lippen. Bertha hatte die Reisetasche fallen lassen und zurückgeglotzt.

Da traf sie Katz. Katz drückte sich gegen ihre Beine und war schwanger.

»Hör zu, meine Schöne«, sagte Bertha und lockte Katz auf Nachbars Vortreppe. Sie saßen in der letzten Sonne des Tages. Hinter dem Haus floß ein Bach, das hatte Bertha auf der Reise vergessen. Einen Augenblick lauschte sie, dann legte sie Katz die Hand auf den Schädel, drückte die Ohren herunter, und Katz sah plötzlich aus wie ein Schaf.

Hör zu.

Es war in einem Dorf an der Küste Amerikas gewesen. In

der dunkelsten Stunde der Nacht waren die Männer ausgefallen wie der Strom. Sie lagen in einem Schlaf nahe dem Tod neben ihren Frauen, und auch die Frauen gaben an, fest geschlafen zu haben. Manche wurden rot dabei. Die Vögel schwiegen im Morgengrauen noch, daran erinnerte sich eine alte Jungfer. Sie schwiegen, als hätte die Erde gebebt, sagte sie aus. Neun Monate später gebaren in rascher Folge alle fruchtbaren Frauen im Dorf ein Kind und die Frau des Fleischers gleich zwei. Zwillinge mit blonden, fast weißen Haaren und stahlblauen Augen. Die anderen Kinder, fünfundzwanzig oder dreißig, die in dieser Woche geboren wurden, sahen den Zwillingen ähnlich wie Zwillinge. Kaum daß sie laufen konnten, rotteten sie sich zum Rudel zusammen, zogen die staubige Dorfstraße hinauf und hinunter, bis der Nachmittag vorbei und es Zeit zum Abendbrot war. An einem frühen Nachmittag im September lag auf der Straße eines der älteren Kinder. Tot. Der Wind hatte sein dunkles Haar im Staub grau geweht, als die Erwachsenen nach dem Mittagsschlaf es fanden.
Die Kinder kamen zur Schule und wußten bereits alles. Sie blieben in einer Klasse unter sich, unterrichtet von einem pensionierten Universitätsprofessor. Am Tag der Zeugnisvergabe lag er rücklings mit geöffneten Augen über dem Pult. Sein rechter Arm baumelte leise hin und her, und er blieb nicht stehen.
»Natürlich begann man sich zu fragen«, sagte Bertha. Katz kniff die Augen zusammen und gähnte. Die Schafe schauten Bertha noch seltsamer an als sonst. Sie schrie, was ist, noch nie einen Menschen gesehen?
Katz stolzierte auf hohen, steifen Beinen in ihr Haus. Bertha nahm die Reisetasche und schlug der Schöpfenden am Gartentor auf die steinernen Schenkel.

In der Nacht, als sie den Berg hinunterlief zu Jacobs Haus, fraß Katz auf öffentlicher Straße einen Vogel.
»Hund«, sagte Bertha enttäuscht.

*

»Willst du nicht herziehen zu mir?«
Sie öffnet die Augen und schweigt. Hinter den aufeinandergepreßten Kiefern fühlt sie sich zu Hause. Ihr Gesicht wird kleiner. Jacob hält ihr die Nase zu und küßt sie auf den Mund, bis er sich öffnet.
Sie sagt, warum.
Er sagt, damit du nicht verschwindest, einfach so.
Verschwinden könne man auch so, ohne daß es einfach sei, sagt Bertha. Verschwinden mit dem Verlöschen der Lampe auf dem Nachttisch, zerbröckeln in der Nacht, ganz wachsam vor lauter Schlaflosigkeit.
Laute Schlaflosigkeit, sagt sie. Sich verflüchtigen zwischen den Möbeln, die bei Tag so freundlich tun, sich ablagern auf ihnen als Staub, den am Morgen ein unwissender Wischlappen ereilt.
»Außerdem ist vor dem Haus eine Fahnenstange.«
»Ich lege die Stange um«, sagt Jacob.
Bertha geht in Jacobs langem Unterhemd in die Küche hinunter. Sie hätte es nicht erzählen sollen. Daß ein pickliger Baron namens Dajan auf der Dachterrasse von Kata Gradhand herumgetapst war, diese und wohl auch gestern Nacht. Daß auf der finsteren Strecke zwischen drei und fünf Uhr er Kata, Kata, laß mich ein gejammert hatte. Daß Kata eine Bierflasche aus dem Fenster geworfen hatte, nicht direkt auf, aber doch gegen ihn. Wenn du denkst, du kannst mich haben für ein Huhn und eine Handvoll Reis. Ich bin doch kein Hotel, hatte Kata in den schwarzen Wald hinein-

gerufen. Eine Autotür hatte wütend geantwortet und sich mehrfach wiederholt.
Das ist kein Umgang für dich, hatte Jacob gesagt. Der Tonfall war geliehen gewesen.
Bertha sucht den Lichtschalter im Flur. Das lange Hemd kommt ihr plötzlich sehr kurz vor. Die Frau mit den schwarzen Stiefeln schlägt Eier am Rand einer Silberschüssel auf, läßt sie auslaufen und leckt die Schalen sauber. Die Glut im Ofen färbt die Platte rot. Die Frau dreht sich um. Ist das Gesicht noch schärfer in Falten als sonst? Eine Männerpranke mußte es in ihrer Jugend in der Spanne zwischen Daumen und Zeigefinger gleich einer Zitrone zusammengequetscht haben. Auch Zähne hatte sie dabei verloren.
»Ich habe immer so ausgesehen«, sagt die Frau.
»Warum benutzen Sie nicht die elektrischen Herdplatten?«
Die Frau weist auf ein Bündel Reisig neben dem Ofen.
»Damit komme ich aus«, sagt sie hart. Im Reisig hängt ein blaues Band Geschenkpapier. Sie schiebt die Ärmel ihrer verfilzten Strickjacke hoch, geht auf Bertha zu und schaut auf die nackten Fußspitzen. So stehen sie sich gegenüber, schwarze Gummistiefel gegen bloße Zehenkuppen. Dann sagt die Frau, das Haus sei zu eng für drei. Man würde aufeinandertreffen.
Sie schlägt mit einer großen Silbergabel Eischnee gegen den Schüsselrand. Bertha nickt. Sie habe recht, sagt sie plötzlich. Jacob sei nichts für sie. Er sähe ganz anders aus, als er sei, er sähe aus wie ein Abenteurer, dabei sitze er ganze Abende nur auf dem Teppich, die Beine zu einer Brezel vor dem Geschlecht verschränkt. Er sei ein Einkaufszettel, den sie, Bertha, versuche als Gedicht zu lesen. Sie rede sich zu, er sähe aus wie Majakowski, seine Wimpern seien

so dunkel und lang, als habe er sie dem schwarzen Vogel aus dem Flügel gestohlen.
»Welchem Vogel?« Die Frau holt ein Taschentuch aus dem Schaft ihres Stiefels. Sie schneuzt sich und vergißt die Frage dabei.
»Er sagt«, sagt Bertha, »ist es nicht gemütlich und meint die Langeweile.« Bertha nimmt ihren Mantel vom Flurhaken und wirft ihn über Jacobs Hemd. Als sie den Berg hinaufläuft, öffnet sich das Fenster hinter ihr.
»Du gehst noch weg?« Seine Stimme klingt weinerlich. »Du hast dir doch schon die Zähne geputzt.«

*

Von Sophokles, hatte Bertha gesagt, lauter als sie wollte. Ja, Ödipus, das fleckige Reclamheft hatte auf dem Kantinentisch gelegen. Die anderen hatten sie angeschaut, als erwarteten sie einen doppelten Salto von ihr. Ödipus, anders konnte sie es nicht ausdrücken. Er hatte ein Schicksal. Ein Schicksal hatte man, wenn man wenigstens einmal in seinem Leben das Leben riskiert hatte. Das konnte sie denen hier nicht sagen. Sie sagte Ödipus. Schließlich gab es kein Reclamheft mit dem Titel »Bertha«. Bertha. Ein Trauerspiel. Und Schicksal war ein großes Wort für eine wie sie. Sie hatte einfach wenig Glück gehabt.
Das war noch kein Schicksal.
»Ödipus«, sagte der Italiener hinter dem Tresen. »Ist das etwa der, von dem wir alle den Komplex haben?« Er stempelte mehrmals mit der rechten Faust seine linke Handfläche. »Der, der mit der Mutter.« Als keiner lachte, schnitt er weiter seine Paprikastreifen.
Der Neustrelitzer holte sich ein Bier, dann sagte er, als habe er es sich auf dem Weg zum Tresen reiflich überlegt:

»Das kriegst du nie durch. Wer soll denn das anschauen?«
»Alle«, sagte Bertha.
»Und wer soll inszenieren?«
»Ich«, sagte Bertha.
»Du bekommst doch höchstens das Weihnachtsmärchen in diesem Jahr«, sagte einer der Schauspielerinnen, die Tag für Tag darauf wartete, daß auch die jungen Frauen endlich älter werden.
»Die Rolle des Sehers soll eh ein Kind spielen«, sagte Bertha, und Tamara lachte.
»Das kriegst du nie durch.« Der Neustrelitzer hatte noch Bierschaum vor dem Mund und merkte es nicht.
»Tamara wird den Seher Teiresias spielen.« Tamara lachte nicht mehr. Bertha packte ihr Heft vom Tisch und ließ die Seiten wie Spielkarten durch die Finger gleiten.
Allein sitzt sie plötzlich da zwischen den Gesprächen, die ohne sie laufen. Tamara legt ihr ein Feuerzeug auf den Handrücken. Bertha rührt sich nicht. Noch nicht.

*

»Sie führen ja muntere Kantinengespräche«, hatte der Intendant gesagt zu Berthas hellen Wildlederschuhen vor seinem Schreibtisch.
»Wie sind Sie denn darauf gekommen? Ödipus.«
»Er hat seinen Vater umgebracht.«
»Haben Sie Probleme? Mit Ihrem Vater?« Er nahm die Brille ab und sah nackt aus. Sein Blick wanderte von den Schuhen zu der Schnalle an Berthas Hose.
»Nein«, sagte Bertha. »Er hat mich nicht interessiert, weder als Vater noch als Mensch noch als Mann. Ich habe ihn gar nicht gekannt.«
»Ach.« Jetzt steht er mit dem Rücken zum Fenster. Das Ge-

sicht ist grau, doch von hellerem Grau als die Wiese in seinem Rücken. Der Fensterrahmen schneidet ihn sauber aus der Welt da draußen aus. Die Zwischenstreben im Glas kreuzen sich genau hinter seinem Kopf. Das liegt an ihrem Blickwinkel, daß es genau schon einmal war?
Ziehen Sie sich aus. Sagt er.
»Wie bitte?«
»Ich habe nichts gesagt«, sagt der Intendant.
»Wissen Sie, was mir als erstes an Ihnen aufgefallen ist?«
Bertha schweigt.
»Ihre Blondheit«, sagt der Intendant.
»Wie bitte.«
Dann sagt er, sie habe nicht zugehört. Er habe es an ihrem Gesicht gesehen. Er greift nach ihrem Ellenbogen und läßt ihn gleich wieder fallen wie eine heiße Kartoffel.
»Warum?« fragt Bertha.
»Warum gerade Ödipus und warum gerade Sie.«
»Warum?« fragt Bertha.
»Ihr Leben interessiert mich.«
»Mich nicht«, sagt Bertha. »Ihres mich auch nicht.«
»Habe ich von meinem gesprochen?«
Sie ist aufgestanden, steht vor ihm am Fenster. Sie schaut über seine Schulter nach draußen. Manchmal genügt die Nähe eines Mannes, nur fade darf er nicht sein.
Unten, auf dem schmalen Stück Wiese vor dem Kurhaus, tanzen zwei Menschen Walzer. Mein Leben, sagt sie sich.
»Sie kommen doch aus dem Heim«, sagt er jetzt.
»Sie sind unhöflich.«
»Ungewöhnlich, daß Sie beim Theater gelandet sind. Vielleicht liegt es Ihnen im Blut, liegt es in der Familie. Was sagt eigentlich Ihre Mutter dazu?«
»Meine Mutter?«

»Ich stelle mir vor, Ihre Mutter ist etwas Besonderes«, sagt er.
»Das kann man wohl sagen.«
Auf dem Rasen tanzen sie noch immer. Der Mensch mit Strickjacke ist eine Frau. Das Eingangslicht beim Kurhaus schaltet sich ab, und das Stück Wiese sackt in der Dunkelheit weiter zurück in die Erde. Die Menschen sind leere Kleider jetzt, zu Tanzenden arrangiert, nur, um die warme Luft in Bewegung zu versetzen.
»Meine Mutter war auch im Heim.«
»Nein«, sagt er.
»Ja, Heim, Lebensborn. Schon mal gehört?«
Was Sie da reden, hatte er gesagt und einen Schlüssel aus der Tasche geholt, um irgend etwas gegen Bertha in der Hand zu haben. Das hat es doch gar nicht gegeben, hatte er gesagt, das sei Legende gewesen, eine Hetze gewesen. Sie solle sich doch nicht so aufspielen, nicht solchen Scherz mit dem Grauen treiben. Aber das sähe ihr ähnlich.
»Was sieht mir ähnlich?«
»Sie sind eine Schande«, sagt er.
»Dabei«, sagt er jetzt, »dabei sehen Sie so sanft aus.«
»Ach, wirklich?« Sie greift nach der halben Brille in seinem Gesicht. Sie bricht sie noch mal durch.
»Das sieht mir doch ähnlich«, sagt sie, und er sagt, sie sei entlassen.
Als sie vor die Tür tritt, ist im Gang kein Mensch. Nur die Sätze, die sie eben sagte, laufen an den Fußleisten entlang. Die Sätze sind länger als der Gang.

*

Keiner war Bertha auf der Allee begegnet. So war die Nacht auf den ersten Mai gekommen, eine wehmütige Nacht, als

erinnere sie sich an einen Sommer, der gefolgt war. Auf der anderen Seite des Flusses schimmerte warm das Licht aus den Fenstern des Hotels Brenners. Es lag in einem anderen Land, und der Fluß war die Grenze. Nur Berthas Schatten lief langbeinig am jenseitigen Ufer entlang. Seine spitzen Füße hackten ins Wasser.
Hinter gerafften Gardinen tanzten Silhouetten in den ersten Mai. Sie überquerte die Straße, das Brenners lag in ihrem Rücken jetzt. Der kleine Wasserfall noch und der Pavillon am Tennisplatz, da war sie schon über die Schwelle hinweg, die die Stadt unsichtbar von der Vorstadt trennte. Neun-Acht-Drei-Fünf-Null. Das war seine Telephonnummer. Sie marschierte mit kleinen Schritten an Jacobs Haus vorbei, ohne sich aus dem Takt bringen zu lassen.
Zu Hause setzte sie sich zur Weinflasche. Die Tanne vor ihrem Fenster schwärzte die Nacht.
Du rüstest auf, hörte sie Jacob sagen. Gern wiederholte sie sich diesen Satz. Er ließ Jacob intelligenter erscheinen, als er tatsächlich war. Sie schüttete Wein nach, damit er nicht gleich wieder aus ihrem Kopf verschwände. Da, im Kopf, schien Jacob ihr gut aufgehoben zu sein für heute nacht. Die Tanne bewegte die Spitzen ihrer Äste gegen das Fenster, klopfte, als hätte sie dazu etwas zu sagen.

Bertha stellt das Feuerzeug senkrecht. Es hat auf dem weißen Mantel eine Krone. Sie stellt den Klebestift daneben. König und Königin. Die Königin ist einen Kopf größer als der König. Man hätte das Unglück sich denken können. Ein unbeschriebenes Blatt soll der Seher sein. Es zittert, als sie es neben das Königspaar legt. Das Weinglas ist Kreon, der Schwager, mit dem Ödipus streiten muß. Sie schüttet ihm einen Schluck nach. Die Büroklammern machen den Chor,

die rostigste ist der Führer. Antigone und Ismene, die Töchter, sind zwei Parfümproben vom letzten Friseurbesuch. Warum eigentlich Ödipus. Darf ich? Bertha nimmt einen Schluck aus Kreons Glas. Dabei stößt sie gegen Ödipus, der sofort über seine Frau herfällt, von der er nicht weiß, daß es die Frau seines Vaters, also seine Mutter ist.
»Schicksal«, sagt Bertha.
Mit dem Radiergummi zieht sie ein Quadrat auf der Tischplatte.
»Ich bin der Regisseur.«
Das Gummi quietscht. Die Wahrheit ist schrecklich. Mit dem Radiergummi schubst sie die beiden Parfümflaschen aus dem Quadrat. Ihr seid noch zu klein. Ihr solltet nicht wissen, daß Euer Vater auch Euer Bruder ist. Die Verstrikkung macht ihn schuldig, nicht die Tat. Der Seher Teiresias sagt ihm, wie es um ihn steht.
»Nimmt das Blatt vom Mund.«
Wie Ihr seht. Denn die Welt ist kein gemütlicher Ort. Darf ich um die erste Stellprobe bitten. Feuerzeug und Klebestift setzten sich auf der Schreibtischkante, also auf der Vorderbühne, in Bewegung. Die Lichtgasse ist schmal. Sonst ist es vollkommen dunkel, sagt Bertha. Ihr kommt von den Portalecken aufeinander zu. Du, sagt sie zum Klebestift, erkennst ihn. Den Moment wählst du selbst. Er erkennt sich in den Zügen, die dein Gesicht zerfahren.
»Versucht es«, sagt Bertha laut. »Wir haben Zeit.«
Auf der Straße schreien und gackern Frauen wie Hühner, denen einer im Vorübergehen unter die Flügel greift.
Ob die Mutter in Spanien auch diesen Lärm macht, wenn sie vom Tanzen kommt? Ob der Mann neben ihr schnarcht und im Traum mit seiner Frau in Flensburg spricht? Ob sie aufsteht, während er noch schläft? Ob sie sich das Gesicht

richtet, Make-up und ein unauffälliger Lippenstift, zurückkommt bis an die Kante des Bettes, um über den ahnungslosen Ringfinger an seiner Rechten zu streichen, über den helleren Streifen vom Ehering?
Bertha kriecht unter die Tagesdecke des Bettes. Draußen beginnen die Vögel mit ihrem Gesang. Ruhe, sagt sie mürrisch und richtet sich ein. Auf dem Bauch kommt sie dem Schlaf rasch näher. Und dem Traum. Ein unzähliges Mal zögert sie an seiner Ecke, sicher, daß alles, was sie sieht, sie schon einmal gesehen hat, ohne dort gewesen zu sein, außer in diesem Traum. Alles stimmt mit immer überein. Die Häuser haben nur wenige Schaufenster zum Gehsteig. Sie läuft vorbei an den dürftigen Auslagen, am dunklen Brot, am Scheuerpulver. Die Straße stürzt sich unter ihr ins Mittagslicht. Mit ihr stürzt der kurze Schatten eines Hundes, der mit gesenkter Nase von Baum zu Baum trabt. Die Achse seines und ihres Körpers im Verhältnis zu den Dingen ist ihr vertraut.
Sie sind entlassen, sagt jemand.
Sie versteht nicht recht. So ganz ohne Brille.
Sie haben mich und meine Brille berührt, haben mein Büro am heiligen Sonntag betreten, in meiner Abwesenheit, laut dort von Tod und Teufel gesprochen. Ich wähle noch zwischen den Strafen Verbannung, Krankheit, Tod. Sie sind eine Blutschande. Sie sind entlassen. Und geben Sie mir meine Brille zurück, bevor Sie zur Hölle gehen.
Bertha hatte gekämpft, um aus dem Traum auftauchen zu können.
Alles redet von Rückkehr.

*

War es wirklich hier? Vielleicht war sie schon zu spät. Sie hatte zu lange im Büro gesessen, ein Programmheft für die sommerliche Komödie zurechtgeschnipselt und keine klugen Sätze mehr gesucht, um die Dummheit des Stücks zu entschuldigen. Der Intendant hatte den Kopf zur Tür hereingesteckt, ein verletztes Gesicht gemacht und gesagt, er habe es sich noch einmal anders überlegt. Sie möge doch, bitte, morgen die Rede für die Patronatsgesellschaft schreiben, möge nicht vergessen, Frau Lazerus und Frau Liebenstein zu erwähnen und den möglichen Spielplan für die nächste Saison, von Pippi Langstrumpf bis Galilei. Bertha hatte an die Köpfe der Zuschauer gedacht, die sie vom dritten Rang aus beobachtete, während ihres Abenddiensts. All diese Scheitel, die dringend nachgefärbt werden mußten. Sie hatte genickt.

War es denn wirklich hier. Sie saß auf der Bank vor dem Eiscafé Capri, beobachtete, wie die Zeit verging und es kühler wurde auf der Digitalanzeige gegenüber.

Jacob hatte sie aufgehalten. Du liebst mich ja doch nicht. Sie hatte ihm auf der Wendeltreppe zur Kantine die Hand auf die Schulter gelegt. Wie müßte ich deiner Meinung nach aussehen, wenn ich eine Liebende wäre?

Jacob zuckte die Achseln, doch wurde er ihre Hand nicht los.

»Mir geht es schlecht«, sagte er.

»Ich will nicht, daß du stirbst.«

»Wer sagt denn, daß ich sterben muß?« Er nahm ihre Hand von seiner Schulter und legte sie auf Berthas Stirn. »Du glaubst auch, wenn du nicht verrückt tust, bist du langweilig.« Seine Stimme hallte wider im Kreuzgewölbe. Die Stufen zur Kantine lief er hinunter, als wolle er nicht mit ihr gesehen werden.

War es denn wirklich hier? Die Digitaluhr der Deutschen Bank zeigte 18 Uhr 47 an und 19 Grad. Sie zog den alten, grünen Kalender heraus und notierte eine Idee für ihre Ödipus-Inszenierung. Der Schmied, schrieb sie als Stichwort, und solange noch Platz auf der Seite blieb, notierte sie weiter. Das Leben in seinen entscheidenden Momenten ist schweigend. Warum versuche ich immer zu reden. Mit dem Leben. Mit dem Jacob.
Wieviel Platz noch in diesem Kalender geblieben war. Selbst das Adressenregister hatte jenes Jahr nicht gefüllt.

Da setzt er sich neben sie. Er fragt, ob sie lange habe warten müssen? Ob er zu spät sei? Es ist 18 Uhr und 57, sagt Bertha. Als er sich neben sie hat fallen lassen, hat es ein peinliches Geräusch gegeben. Nein, das sei kein Furz, nur seine Prothese. Er klopft an sein linkes Bein.
»Ich bin seit sieben Jahren der Chauffeur von Frau Aschbach, Antonio.« Der schwarze Rover hat eine Spezialschaltung wegen der Prothese. Vor dem Unfall ist er verlobt gewesen, und Bertha sieht wie seine Verlobte aus.
»Wie Senta Berger«, sagt er.
»Was waren Sie früher?«
»Ich bin seit sieben Jahren der Chauffeur von Frau Aschbach, Antonio.« Eine ganze Zeit führt die Straße parallel zu den Zuggleisen. Am Ende einer langen Kurve müssen sie vor einer Ampel warten. Kaum sind die Straßenlampen angezündet, wird es auch rascher dunkel, denkt Bertha.
»Haben Sie keine Angst. Ich bringe Sie wieder zurück.« Dann stellt Antonio das Autoradio lauter. An einer Ampel hält eine Radfahrerin neben ihnen. Ihre weißen Beine malen ungeduldig Kreise in den Sand, bis die Schranke sich wieder öffnet. Das Zentrum liegt weit hinter ihnen.

Huscht ein Haus vorbei, scheint in jeder Wohnung die gleiche häßliche Lampe von der Decke zu hängen. Die Landstraße wird nach einer Biege um ein angefahrenes Verkehrsschild zum Weg.
»Da ist der Weg«, sagt Antonio und zieht nach wenigen Metern die Handbremse. Vorsichtig tastet Bertha mit den Füßen die Dunkelheit ab. Der Boden ist feucht unter der dünnen Schicht Kies. Auf dem Plateau vor dem Hauseingang steht ein Korbstuhl. Auf seiner Lehne sitzt ein grüner Papagei mit mächtigem Schnabel. Er hat keine Fußkette. Als Bertha zögert, flattert er auf die Schulter. Vor Schreck schließt sie die Augen. Er ist federleicht. Behutsam zieht er ihre Wimpern durch den Schnabel.
Sie solle in die Diele gehen, sagt Antonio und wischt mit einem Tuch die Chromleisten an der Karosserie trocken. Neben dem Klingelbrett ist ein goldenes Schild in die weiße Wand geschraubt. A. Aschbach. In der Diele hängt der Kronleuchter dicht unter der Decke. Nur eine elektrische Kerze brennt.

*

»Gibt es in Ihrem Ort keine Wahrsagerin?« Die dunkle Gestalt zwischen Tisch und Regal läßt sich rücklings in den Ledersessel fallen. Im Regal steht ein Bonbonglas. Sonst nichts.
»Ich will nicht gesehen werden«, sagt Bertha.
»Ja, bin ich denn ein Puff«, sagt die Gestalt. Berthas Augen gewöhnen sich an das Licht, das sparsam inszeniert ist durch zwei perlenbesäumte Tischlampen. Frau Aschbach ist ein Mann. Ein Mann namens Arthur, der bei den ersten Fragen nach Berthas Geburtsdatum und den Eltern Bonbons lutscht. Die langen künstlichen Wimpern zittern,

während er schreibt. Bertha schätzt sein Alter auf das einer Frau in den besten Jahren. Anmutig und gerade sitzt er auf der Kante seines Sessels, als erwarte er noch jemanden. Spricht er, schiebt er den Unterkiefer vor und knetet seine fetten gepflegten Hände. Manchmal schlägt ein Ring beim Gestikulieren hart auf die Schreibtischplatte. Statt einer Leselampe schaltet Arthur Aschbach einen türkischen Lichterbrunnen an. Der versprüht die Farben des Regenbogens.
Bertha sitzt auf einem Hocker vor dem Tisch. Sie fühlt sich nicht wohl. Ein Hocker sagt, daß man hockt.
»Wollen Sie nicht die Karten auslegen?«
Frau Arthur Aschbach läßt den Stapel in Berthas geöffnete Hand gleiten.
»Tun Sie das doch selbst. Sechs zu sechs im Quadrat.«
Bertha gehorcht. Frau Aschbach würdigt die Karten keines Blicks.
»Sie haben einen künstlerischen Beruf?«
»Ja«, sagt Bertha. »Was tut man nicht alles, um ein Leben zwischen sich und seine Herkunft zu schieben.«
»Sie haben eine Narbe an der Schläfe?«
»Das haben wir alle. Vom Heim. Irgendwann ist jede von uns mit dem Kopf am Heizungskörper gelandet. Ein Initiationsritus.« »Aber Ihnen ist es besser gegangen als den anderen? Sie sind nicht geworden wie Ihre Freundinnen?«
Arthur Aschbach spricht leise. Bertha hat Mühe zu folgen.
Er hat recht. Marie, die schielte, hatte als einzige eine Empfehlung für das Gymnasium. Sie lief immer mit einem Buch herum. Später ging sie auf den Strich. Als Kind hatte sie schlecht aus dem Mund gerochen. Was wohl die Freier dazu sagen?
Und Greta? Erst war sie Schwester, dann Patientin in der

Irrenanstalt. Dorit hatte acht Kinder von sechs Männern. Und Bärbel hatte ihren Vater, nachdem sie erfahren hatte, daß ihr Vater sie gehabt hatte.
»Ja, es sollte mir besser gehen. Einmal habe ich vor dem Altar statt niederzuknien, einen Spagat gemacht. Alle sollten es sehen, ich hatte das Zeug zur Tänzerin. Am Nachmittag bin ich dann gegen die Heizung geflogen.«
Arthur Aschbachs Armreifen klingeln, als er die Sprechtaste auf dem Schreibtisch drückt und Pfefferminztee mit Sahne bestellt. Antonio klopft sogleich an, als habe er mit dem Tablett hinter der Tür gewartet.
An den Tassen vorbei greift Aschbach nach Berthas Händen, dreht die Innenflächen nach oben, daß sie aussehen wie bettelnde Katzenbäuche. Die Linien der Hand vergleicht er mit den Zügen in Berthas Gesicht. Schicksalslinie, Berthas Gesicht zuckt. Wie geträumt. Ihr Kopf wird kleiner, und sie stürzt. Ihre Hände fliegen, das Denken fällt aus, und sie wird vernünftig dabei. Aschbach fängt ihre Hände wieder ein. Arisch, sagt Bertha. Nicht laut und schluckt. Arisch, arisch, arisch. Beim geschlossenen Mund, sie wird sprechen. Nummer 2222, in der zweiten Generation, will wissen, woher gekommen! Wenn schon nicht wissen, wohin gehören!
Die Linie in ihrer Hand beginnt weit vor ihrer Hand, an einem Ort, der unerlaubt, finster ist. Endet bei ihr, ausgesucht, im Gewitter, an einem Feiertag.
»Haben Sie Kummer?«
»Seit einigen Tagen«, sagt Bertha, »ist die Haut um die Augenlider und an der Unterlippe wund. Wund, als sei ich in Brennesseln gefallen. Dazu kommt dieses plötzliche Weinen, das ich mir nicht gestatte. Immer wenn ich das Wort höre oder daran denke.«

»Welches Wort?«
»Das Wort, und das Wort, das man häufiger hört als das Wort.«
»Welches?«
»Juden«, sagt Bertha, sagt jüdisch und sagt nur das Wort.
»Eine schöne Frau, Ihre Großmutter?« sagt Arthur Aschbach.
»Das darf doch nicht wahr sein.«
»Wie wollen Sie das verbieten, daß das wahr ist?« Sacht zieht er ihre Finger einzeln auseinander.
Er weicht aus? Ein Wahrsager, der der Wahrheit ausweicht, weil sie nichts mehr mit Sagen zu tun hat? Das Wort ist nicht zu verstehen, weil es sich durch kein anderes erklären läßt? Aber dennoch, trotzdem, mit ihm würde sie darüber reden, würde Lebensborn sagen und dann ins Hören stürzen. Aber er will keine Wahrheit außerhalb seiner Kompetenz.
»Und der Tag nach meinem Tod?« fragt Bertha.
»Was Ihre berufliche Laufbahn angeht«, sagt Aschbach, »sollten Sie Ihren ersten großen Erfolg haben. Sie sollten das Unternehmen wagen.«
»Welches?«
»Sie sollten es durchsetzen, auch wenn es in der Tragödie endet.«
»Sie meinen also doch? Ödipus?« Bertha zögert, zieht die Hände zurück, weil die Innenflächen schwitzen. »Sie sagen mir nicht, was ich tun werde, sondern, was ich tun soll.«
»Was sonst ist die Zukunft?« Arthur Aschbach schlägt die Augen nieder. Die Wimpern werfen einen Schattenkranz unter dem Lidrand. Bertha hat die Hände zurückgezogen wie jemand, der sich scheut, einen Schlafenden zu wecken.

Einen Augenblick irren die fetten gepflegten Hände von Arthur Aschbach über die Schreibtischplatte. Vor dem Fenster hört Bertha ein Pferdegetrappel.
»Sie müssen das Rätsel lösen«, sagt Aschbach, ohne Bertha anzuschauen. »Es gibt einen Rat einzuholen, ein Opfer zu tun, Botschaften, einige Verhöre, Recherchen und ein Vermächtnis anzuhören. Keine Geschenke. Dann werden Sie frei sein.«
»Sagen Sie eins?« Bertha spricht lauter als sie will und hält ihre schwitzenden Hände gegen die Hosenbeine gedrückt. »Sagen Sie eins.«
»Sie sind nicht schuld«, sagt Aschbach.

*

Ungeschickt hat Bertha den Tee zum Mund geführt, und so, als tränke sie das erste Mal im Leben aus einer Tasse, hat sie ihn die Mundwinkel hinunterlaufen lassen.
»Unschuld, was heißt das?« Sie wird barsch. Die Welt hinter Bertha gibt nach. So ein Schwindel, denkt sie, und tatsächlich, alles dreht sich. Die Sätze im Kopf überschlagen sich. Unschuld ist ein Zustand, bevor man auf den Geschmack kommt. Unschuldig ist man nur aus Mangel an Gelegenheit, wenn man so ist wie sie. Bertha. In der Liebe verschränkt sie die Arme hinter dem Kopf und schaut den Männern zu bei der Arbeit, sagt, komm, komm und lockt den Nächsten in die Wehrlosigkeit, daß er sich abmüht über ihr, das Gesicht in der Lust verzogen wie im Schmerz. Und wie sie nicht aufhören kann. Wie sie ihn antreibt, daß er sich aufgibt, daß er schreit, daß er stirbt. Sein Schweiß läuft über ihr Gesicht. An der Beuge zum Hals, der Seufzer hat eine kalte Spur hinterlassen. Und wie sie die Angst vor dem Tod vergißt, wenn er in ihr stirbt, wie sie die Klinge hin-

hält, sagt, spring, spring, die Augen schließt und fester den Mund, damit kein Gedanke laut wird in der Hitze des Gefechts. Wer sieht ihr an, was sie tun könnte, was sie ist und was sie nur nicht lebt. Wer sieht ihr das Schamhaar auf dem Kopf an? Wer sieht ihr an, sie will die Frau des Metzgers sein, um täglich ihn mit dem Fleisch zu betrügen.

»Entschuldigung, war ich abwesend?«

Aschbach umkreist mit den Mittelfingern seine Augenränder.

Er sieht aus, als müsse er weinen. Das Pferdegetrappel passiert die verdunkelten Fenster in entgegengesetzter Richtung.

»Sie sollten sich aussöhnen«, sagt Aschbach. »Sie sollten eine Reise machen.«

»Aber ich bin doch gerade erst zurückgekommen.«

Aschbach schüttelt den Kopf. Die Locken auf seinem Kopf geben der Bewegung nicht nach. Sie sind hart wie der Zukker auf einem Lebkuchenherz.

»Sie waren nicht weit genug. Sie sind, ja, lachen Sie nur, Sie sind eine Flaschenpost. Das heißt nicht unbedingt, daß Sie stranden müssen. Gehen Sie nachschauen, wer sie ins Meer geworfen hat. Danach können Sie die Botschaft, die in Ihnen steckt, verbrennen.«

»Da ist ein böser Geist in der Flasche«, sagt Bertha.

»Sie meinen?«

»Ja. Ich meine das Wort? Ich komme nicht darum herum, arisch zu sein, wie andere nicht darum herumkommen, jüdisch zu sein. Ein Fluch für alle Beteiligten. Das ist nicht Ich. Das bin Es.« Sie legt den Zweihundertmarkschein auf die Tischplatte.

»Sie haben das gesagt. Sie.« Arthur Aschbach ist aufgestanden und bietet Bertha zum Abschied einen Eisbonbon aus dem Glas in seinem Rücken an. Im Türrahmen knarrt Antonio ungeduldig mit seiner Prothese.

*

»Was gibt es?« Tamara hatte noch die Bühnenschminke im Gesicht. Sie fuhr mit den Unterarmen über den Tisch, als müsse sie Platz schaffen für Bertha. Bertha setzte sich, ohne die Kapuze vom Kopf zu ziehen.

»Seltener Besuch«, sagte Tamara und zeigte in Richtung Tür. Der Intendant stemmte den linken Arm gegen den Rahmen. Eine Schauspielerin schlüpfte darunter her und lachte kokett. Der Intendant ging von Tisch zu Tisch, drehte die halbe Brille in der Luft und schwärmte von den einhundertfünfzig Zuschauern, die wie fünfhundertzehn geklatscht hätten.

»Haben sie wirklich?« Heute fiel Bertha zum ersten Mal auf, daß er bei jeder neuen Situation seinen Hosenschlitz überprüft. »Er könnte auch Manager sein, in einem Hotel mit Anspruch auf den vierten Stern.«

Tamara nickte. Am Nachbartisch klatschten die Unkündbaren die Karten auf das blanke Holz.

Bertha und Tamara sitzen nebeneinander, als warteten sie auf einen Dritten. Sie schweigen. Ihr Tisch wird zu einer Insel im Kantinenlärm. Dann zieht Tamara Bertha die Kapuze vom Kopf.

»Was bist du nur für eine.« Ihre Frage will nicht eigentlich eine Antwort.

»Man ist, was man tut. Was man träumt. Man ist so stark wie das, was man träumt. Man ist, was man läßt. Und man ist trotzdem. Man ißt trotzdem weiter.«

»Willst du mich ärgern?« Tamara faßt ihren Arm. Der Italiener verteilt Pizzabrot, bevor er die Kantine schließt. Ber-

tha streut Salz auf das Brot und auf den Tisch.
»Findest du nicht, ich bin schön?«
Tamaras linkes Auge gerät vor Müdigkeit aus der Kontrolle.
»Na ja«, sagt sie. Mit den Fingerspitzen löst sie die künstlichen Wimpern vom Lidrand und atmet auf. Die Wimpernbögen liegen neben ihrem Bierglas jetzt.
»Geschmacklos, nicht wahr?« Tamara betrachtet das Arrangement.
»Ich bin schön, meine Mutter war es mal und meine Großmutter und so weiter. Alles ganz schön«, sagt Bertha.
»Stört dich das?«
»Ja«, sagt Bertha und redet so hastig jetzt, daß Tamara kaum folgen kann. Schön, das müsse sie wissen, schön sei gleich Deutschland. Pflaumenkuchen sei dann Deutschland, und Weihnachten, Gefühle überhaupt, Geld und Kindheit, ein schöner Land, und die Liebe sei Deutschland, wobei Liebe und Libido austauschbar seien, aber das mache ja nichts, es bliebe ja in der deutschen Familie. Sieg, sagt Bertha dann noch, und sagt dann Mensch und Mann und Traum.
»Was?«
Am Nachbartisch klatschen noch immer die Karten aufeinander wie nasse Lappen.
»Was?« Tamara kann sich nur die Hauptwörter merken.
»Lebensborn«, sagt Bertha, mit dem Mund dicht an Tamaras Gesicht.
Eine Hand legt sich auf ihre Schulter. Sie läßt den Kopf in den Nacken fallen, als betrachte sie schaukelnd einen strahlenden Himmel. Sie sieht, die Haut um Jacobs Augen knistert? Seine Augen lächeln über ihrem Mund, sein Mund öffnet sich über ihren Augen. Darf ich? Schon hat er einen Stuhl herangezogen.

»Wir sprechen gerade von Ödipus.«
»Dachte ich mir.« Jacob macht einen knappen Schlenker aus den Ellenbogen heraus, so daß die Ränder seines Hemdes unter der Jacke hervorschauen.
»Sie soll den Teiresias spielen.« Bertha läßt den Satz auf Jacobs Gesicht stehen. So präpariert, dreht er sein Gesicht Tamara zu.
»Sie lächelt, glaube ich«, hat er zu Bertha gesagt.

*

Bertha schließt die Tür hinter sich. Das ist nicht üblich. Verblüfft schaut Nora sie an und läßt ihre seidenweißen Beine auf dem Schreibtisch.
»Ist er nicht da?« Bertha zeigt mit dem Kopf auf die gepolsterte Tür hinter Noras Rücken. Die schüttelt den Kopf.
»Kleine Augen hast du heute.«
Nora fährt mit einem lackierten Nagel, der spitz ist wie ein Brieföffner, den unteren Lidrand entlang.
»Hat er auch so kleine Augen?« Bertha zeigt wieder mit dem Kopf auf die gepolsterte Tür, und Nora macht ihren langen Hals und Katzenaugen.
»Alles nur vorläufig«, sagt sie und massiert ihr linkes Handgelenk, als habe sie gerade zugeschlagen. »Deinen Bankräuber habe ich neulich auch mit einer anderen gesehen. Von hinten hätte es diese Kata bei dir aus dem Haus sein können.«
Da läuft Schweiß aus Berthas Augenwinkeln. Für einen Moment sieht sie nicht richtig, und blind greift sie nach Noras langem Hals. Nur um den Umfang zu messen, denkt sie und drückt zu.
»Mörder, Mörder«, kreischt Nora und wehrt sich kaum. Sie will ihre gepflegten Nägel schonen.

Bertha läßt los.
»Das hab ich doch immer schon gewußt. Immer so sanft aussehen und dann auf die anderen losgehen«, sagt Nora. Sie nehmen Papiertücher. Sie wischen sich die Gesichter ab. Walther tritt ein, ohne anzuklopfen. Er macht ebenfalls eine Bewegung in Richtung der gepolsterten Tür, sagt mühsam, die Stimme sei ihm heute ganz in die Speiseröhre gerutscht. Dann hält er Bertha am Ellenbogen und krächzt so leise er kann.
»Schlag dir den Ödipus aus dem Kopf. Wenn wir den Ödipus machen, wird Olga an der Kasse viel Zeit zum Stricken bleiben. Das können wir ihrer Tochter nicht antun.« Walther schaut über seine Brille hinweg auf die grünen geblähten Rauten im Bezug der Tür.
»Mädchen, sei doch vernünftig.«
Auf dem geschlossenen Klodeckel hatte Bertha gesessen, hatte den Kalender auf die nackten Knie gelegt. Die Unterhose war bis zu den Fesseln hinabgerutscht. Vernünftig, hatte sie für den Ödipus aufgeschrieben. Vernünftig, den Tod in sich bändigen, ihn an kurzer Leine halten, ihn nicht auf andere hetzen.

*

Hallo. Mit einem verlegenen Griff zum Kopftuch grüßt die Bäuerin Bertha und stellt Erdbeeren auf den Brunnenrand zum Verkauf. Die dicke Gehilfin der Bäckersfrau klettert auf eine Klappleiter und ledert das Schaufenster ab, fängt fast am Himmel damit an. Sie läßt ihre Schenkel bis zu den dunkleren Rändern der Nylonstrümpfe sehen. Sie hat Kost und Logis, ein Dach über dem Kopf und wenigstens das Haar unter der Haube. Das Mädchen läuft nicht mehr. Über Lohn wurde nicht gesprochen. Das war eine gute Tat

der Bäckersfrau. Sie hatte dabei an ihren verstorbenen Mann gedacht.
»Hallo.«
Jetzt kommt auch noch der, murmelt die Bäuerin, murmelt: Achtung, der Italiener, und stellt ihre Blumensträuße beiseite, als würden Blumen von Italienern immer geschändet.
»Nein, nicht bei der Bank, beim Theater«, antwortet Bertha dem Italiener. Sie zieht ihre Jacke aus und betrachtet ihre nackten weißen Arme in der Mittagssonne. Das macht sie immer gern.
»Nein, keine Kinder, ja, ganz allein«, sagt sie.
Der Italiener schüttelt den Kopf. Im ersten Stock über der Bäckerei hat sich ein Fenster geöffnet, und die Bäckerstochter legte ihre dicke Brust auf die Fensterbank.
»Sehen Sie«, sagt die Bäuerin, »jetzt geht das wieder los.«
Der Italiener schaut längst nicht mehr Bertha, sondern eine andere Bertha an, eine aus Luft und Wunsch, direkt in seinem Auge. Sie ist ihm ins Auge gefallen, und an sie hält er seine Rede.
»Du machst dich schmutzig«, sagt er. Seine Hände schrauben in der Luft sich an den Wörtern hoch. Dann fallen sie zurück auf die Schenkel. Er schlägt sich und lacht.
»Er zaubert«, sagt Bertha.
»Quatsch, der trinkt«, sagt die Bäuerin und zieht ihr Kopftuch entschlossen in die Stirn zurück. Bertha streckt die winterweißen Beine waagerecht der Sonne entgegen.
Es ist zwanzig nach eins. Sie ist allein auf der Welt. Die Stimme des Italieners wird italienisch immer lauter. Jetzt hält er eine Rede an ein ganzes Volk von Berthas. Sein Ton ist gnadenlos wie der eines unverschämten Radios.
»Ich habe Angst«, sagt Bertha plötzlich. Aber weder Bäuerin noch Italiener drehen sich nach ihr um.

»Ich habe Angst, ich bin einer von diesen Jungens auf den Marktplätzen dieser oder einer anderen Kleinstadt. Alle Städte sind klein am Samstag nachmittag. Der Supermarkt schließt um zwei und die Kneipe öffnet um sechs. Was tun inzwischen. Was tun? Die Langeweile ist ein schlechter Ratgeber. Weißt du, was das ist, die Langeweile?« Bertha schaut auch jene Berthas aus Luft an, die sich neugierig um den Italiener und sie scharen. »Langeweile, das sind die Zeiten, in denen wir nicht aushalten, daß der Tod uns zunickt. Manche gehen sofort los. Manche, die unten wohnen, und sie sehen zu, daß andere sterben. Als seien sie dann später dran. Ich bin genauso. Ich bin nur älter. Jaja, die ist doch schon alt, habt Ihr doch gesagt, oder? Aber ich bin auch schon eingefärbt, bis auf die Wolle. Ich schaue auf den grünen Faden an meinem Wintermantel, weiß nicht, woher der kommt, denke, einen gelben Stern kann man doch nicht mit einem grünen Faden annähen. Das geht doch nicht. Nein, so geht das nicht. Bin ich denn die einzige, die lieber ein Kind aus Theresienstadt wäre, mit schattenhaften, aber jüdischen Familienverhältnissen? Denn Opfer sind bessere Menschen als Täter? Andere sind gut und sanft, ich bin sanft und schlecht. Gibt es das? Gibt es mich überhaupt? Und wenn es mich gibt, wohin mit meinen Erinnerungen an rosa Ferkelfleisch? Woher auch immer die Erinnerung sein mag. Sie ist zu unappetitlich, um sie länger zu befragen. Ich sehe nur die Babys, an den Hinterbeinen hochgezogen. Sie quieken, plärren, als würden sie geschlachtet. Aber sie werden nur gepudert, unsanft. Denn es sind viele. Denn sie sind viele im Heim. Rosa Ferkelfleisch in der Massenabfertigung, gepudert.«
Bertha schaut um sich. Der Italiener ist still. Daran hat sie bemerkt, wie laut sie geworden sein muß. Sie springt auf

beide Füße. Nur noch zwei Minuten. Scharf fährt der Brunnenrand an der Rückseite ihrer Schenkel entlang. Die Haut schrinnt. Weil es weh tut, lächelt Bertha, und die Bäuerin lächelt zurück. Unsicher geht sie auf bloßen weißen Beinen in Richtung Theater. Sie müßte schon dort sein. Die Mittagssonne wärmt ihre Waden. Die Straßen sind leer. Zwei andere Italiener stehen im Schatten einer Markise mit übereinandergeschlagenen Armen und wippen mit den Schuhspitzen. Es ist 13 Uhr 47. Es kann jetzt, es kann später, es kann in fünfzig Jahren sein.
Die deutschen Minen von damals in der Libyschen Wüste, sie gehen noch heute in die Luft, wenn man sie stört unter ihrer dünnen Schicht Sand.

*

Stell dir vor, Bertha konnte das Zittern in der Stimme schlecht unterdrücken. Sie war eine Viertelstunde zu spät gekommen zur ersten Probe. Tamaras Stimmübungen hatte Bertha aus dem geöffneten Fenster der Probebühne bis hinunter in die ausgestorbene Straße gehört.
»Ich stelle mir also vor«, wiederholt Tamara. »Ein altes Haus, angedeutet durch wenige Details. Davor das Schild, Vorsicht Einsturzgefahr, Eltern haften für ihre Kinder. Vor dem Haus führt also ein Schienenstrang vorbei. Ich nehme ein Kopfkissen, rot und ohne Bezug, lege den Kopf auf das Kissen und das Kissen auf die Gleise. Von fern ein Zugsignal. Ich drücke den Hinterkopf gegen den Nacken, daß die Zuschauer mein Gesicht mit dem Mund über der Nase und zuoberst mein Kinn sehen. Ich sage: Der Mensch will sich nicht erinnern. Das macht ihn böse und dumm. Weil ich ein Seher bin, setzte ich eine Sonnenbrille auf.«
Tamara zögert.

»Meinst du, die verstehen, daß wir Ödipus spielen?« Sie zieht den Pullover über den Kopf und schlägt mit mageren, nackten Armen Windmühle, um sich warm zu machen.
»Du meinst, die Arbeiter und Bauern und all die anderen, die es in dieser Stadt nicht gibt«, sagt Bertha.
Tamara wird rot, legt sich auf den Rücken, das Textbuch neben sich, in das sie nicht einmal schaut.
»Wehe, wehe, klar zu sehen, wie furchtbar, wo es nicht/ nützt dem Klarsehenden. Das war mir wohl bewußt/doch habe ich es vergessen, sonst wär ich nicht hierhergekommen./Kommen wird es von allein, deck ich es auch mit Schweigen zu./Denn dieses Landes heilloser Besudler bist du.«
Bertha schaut in den Kindermund wie in ein schwarzes Loch.
Tamara wirft die Hände am gestreckten Arm über den Kopf, daß sie mit dem Rücken hart auf den Holzboden schlagen. An der Innenseite sind ihre Arme schneeweiß. Plötzlich krümmt sie sich, rechts, links rechts, zieht sich zusammen auf der Seite, als fliehe ein böser Traum ihren Körper. Dann kommen die Worte wie Gesang.
»Weißt du, von wem du stammst? Ahnungslos bist du ein Feind/den Deinen./Der heutige Tag wird zeugen dich – und auch vernichten.« Sie richtet sich auf und zupft eine Staubmaus aus den offenen Haaren, schlägt die Hände gegeneinander.
»Dreckig hier. Außerdem, es ist schwierig ohne Partner. Ohne Ödipus. Ohne Fleisch.«
»Ohne Motivation. Punkt. Es wird keinen Schauspieler für die Rolle des Ödipus geben. Punkt«, sagt Bertha.
»Und der Text?«
»Den bekommt ein Tänzer.«

»Und das Sprechen?«

»Sind Tänzer stumm?«

»Na ja, vielleicht ist das ja ganz interessant«, sagt Tamara mißtrauisch, doch wohlgelaunt. Sie will Bertha nicht verletzen.

»Und die anderen Rollen?«

»Der Neustrelitzer spielt den armen Kreon. Als Säufer. Iokaste, die Mutter, eine Freundin von mir aus Bochum, die gerade mit der Schauspielprüfung fertig ist. Die stummen Rollen werde ich mit Kindern besetzen, mit Laien. Auch den Chor. Die Chorführerin wird eine Opernsängerin sein.«

»Ziemlich modern.« Tamara zählt die Maschen am Saum ihres hellblauen Strickrocks. Die Sonne scheint durch das geschlossene Glas und verursacht eine Hitze im Probenraum wie im Juli.

»Du meinst, wir haben eine Chance damit, als Weihnachtsmärchen?«

»Sei nicht gemein«, sagt Bertha und freut sich über das Wir. Sie geht zum Fenster und drückt die feuchten Handflächen gegen das Glas. Eine Tasse mit ausgedrückten Zigaretten im Kaffeesatz steht außen auf dem Blech. Die Müllabfuhr quält langsam ihr leuchtendes Auto durch die leere Straße. Einer der Männer auf dem Trittbrett schaut hinauf, als habe er vergangene Nacht von gerade dieser ratlosen Frau am Fenster geträumt. Die kleinste Regung ihrer Hände am Glas wäre schon ein Winken. Der Mann schiebt seine Baseballkappe nach hinten. Ist es nur die Kappe, die ihn wie Jacob aussehen läßt?

»Mach das ganze noch mal, aber stumm fast, wie aus einem Grab, du, mit den Blumen auf dem Deckel allein, und der letzte Trauergast ist gerade gegangen.«

Tamara faltet die Hände über dem Bauch.
»Keine illustrativen Gesten, bitte«, sagt Bertha, ohne sich umgedreht zu haben. Noch ist es Mittag. Die Sonne läßt die Wolkendecke wie dünnes Eis schmelzen. Wolkenschollen treiben gegeneinander.
Tamara reibt die Handflächen, bis sie Funken sprühen. Dann legt sie die geladenen Hände über die schutzlosen Augäpfel, läßt die Worte kommen, ohne ihnen entgegenzugehen. Es ist die hellste Stunde des Tages, und ein Luftzug bewegt den grünen Filzschoner über dem Klavier. Beide haben nicht gehört, daß die Schwingtür sich geöffnet hat und kältere Luft vom Flur hereinläßt.
»Das ist die Probebühne zwei.« Die Stimme des Intendanten wird laut und kumpelhaft, als sei er auf dem Fußballplatz.
Tamara am Boden wiederholt ihren Text noch einmal. Über dem linken Schulterpolster des karierten Intendantenjacketts wächst dichtes, blondes Haar in die Höhe, als herrsche im Flur ein steiler Rückenwind.
»Schön, daß Sie auch außerhalb der Arbeitszeit an sich arbeiten«, sagt der Intendant. Tamara rollt wie zufällig auf das Textbuch und verdeckt es mit ihrem blauen Hintern.
»Man tut, was einem bleibt«, sagt sie und schaut so lange in das runde Gesicht der Fremden, bis es hinter dem Rücken des Intendanten lächeln muß.

*

Bertha ging schneller jetzt. Hunde jagten sich, und Menschen, die zu den Hunden gehörten, grüßten einander. Es war früher Abend.
Sommer, sagte eine junge Frau, zog einen Schuh aus und berührte mit dem Fuß das Gras als stünde sie am Meer. Zwi-

schen den Menschen, die sich freuten, ging Bertha hindurch, schräg vor Mißtrauen. Hunde laufen manchmal so, wenn sie nicht sicher sind, ob man sie wieder mit nach Hause nimmt, dachte sie. Aber was gab es da zu klagen. Sie hatte es selbst so gewollt. Keiner hatte sie gezwungen. Im Gegenteil. Sie hatte es ihnen aufgezwungen, wenn sie sich nicht überreden ließen. Jetzt stand sie da mit ihrer Inszenierung, allein, auf der einen Seite.
Auf der anderen alle anderen, zusammengerottet in der Nische nah der Kaffeemaschine, um über sie zu sprechen. Und Tamara? Wollte Bertha sich auch Kaffee holen, verstummten sie und lächelten mit langen Zähnen. Dann goß sie manchmal den Kaffee daneben.
Der fällt nichts mehr ein. Nur Tamara redet nicht? Sicher? Und wenn Jacob mitkäme zur Probe? Würde sie sich besser fühlen? Jacob, der große Bruder, der in höchster Not Schläge austeilt?

Das Billardcafé liegt am Rand der Stadt, hinter den großen Reitställen, hinter der Klosterwiese. Ein Rentner beschaute im beleuchteten Schaufenster fleischfarbene Frauenwäsche. Die Hände hatte er auf dem Rücken zusammengelegt. Bertha ging rasch an den drei, vier anderen kleinen Geschäften vorbei. Neben der Wäscherei schaukelte an morscher Fahnenstange ein silberner Teller und blitzte auf in der Abendsonne. Der Laden des Friseurs fiel von der Türschwelle an ab ins Dunkel. An den Fenstern waren ockergelbe Vorhänge einen Spaltbreit auseinandergerafft. Ein Mann ohne Haare säuberte Bürsten mit Kämmen über einer weißen Porzellanschüssel. Dann streifte er mit dem Zeigefinger über den gerahmten Meisterbrief, über die Kasse, über sein Ohr, als störe dort ein letztes Haar. Seit

wann fielen dem Mann bei der Arbeit keine Haare mehr auf die Schuhe? Oder kamen noch die Bauern aus diesem vergessenen Teil der Stadt und ließen sich in zehn Minuten Schädel und Nacken rasieren, regelmäßig im Frühling zweimal und einmal, gegen Ende des Sommers, ganz gründlich, denn es sollte den Winter über halten?
Zehn Schritte noch, die fehlen, bis zum Billardcafé.
Dem Friseur mit der Glatze fiel ein Handtuch zu Boden, und müde stützte er sich auf die Lehne eines Ledersessels neben der Kasse, bevor er sich bückte. In der Bäckerei nebenan wird eine freundliche Aushilfe für halbe Tage gesucht. Wieder einmal dachte Bertha daran, im normalen Leben zu verschwinden.
Auf dem Parkplatz zum Billardcafé zögerte sie. Clara-Schumann-Platz, ein großer Name für ein Stück Asphalt, auf dem Glascontainer und ein paar Autos stehen. Durch die geschlossenen Fenster des Cafés drang laute Musik. Vom Theater ging niemand hierher. Außer Jacob.
Er stand mit dem Rücken zu ihr. Mit Kreide rieb er das Queue ein, beugte sich vor und holte zum Stoß aus. Bertha faßte leicht an seinen Hintern.
»Da ist die Mausi«, sagte einer der Männer und blies Bertha den Rauch seiner Zigarette ins Gesicht.
Besser, sie behielte die Hand auf Jacobs Hose. Langsam schob sie die Finger in seine Gesäßtasche.
»Carambolage«, sagte sie leise.
Jacob brummte.
»Kommst du?«
»Du hast wohl Kreide gefressen?« Er schaute sie trotzig an.
»Komm!«
»Wohin?« Der Stock fuhr ihr über Nase, Mund, Kinn, abwärts, abwärts, über den Reißverschluß der Hose.

»Zu mir. Nur fünf Minuten.«
Jacobs Lider senkten sich. Über das halbe Auge zog sich ein Schleier, der Männer nur noch wie Männer aussehen ließ. Kloblick hatte die Mutter diesen Zustand genannt und Bertha ins andere Zimmer geschoben. Die Männer hatten sich kurz darauf in der Tür geirrt und waren, statt zum Klo, mit der Schliere vor dem Blick zu den Vorhängen im Schlafzimmer getappt.
»Schau mich bitte nicht so an«, sang Jacob. Sein heißer Atem stieg ihm zu Kopf. Er schob sie an der Hüfte zum Tresen, hob sie, kleines Mädchen, auf den Hocker.
»Du kannst mir doch nicht widerstehen, ein Glas Champagner für die Dame.« Mit der Linken griff er über den Kopf des Wirtes hinweg ins Regal, holte eine Flasche Wodka heran, zog ihr den silbernen Meßtrichter aus dem Hals und nahm vier Züge, ohne abzusetzen.
»Mike, ich zahl die ganze Flasche, den süßen Sekt und das Trinkgeld.« Jacob hielt sich an zwei durchgestreckten Armen vom Tresen fern. Bertha dachte über die Farbe ihres Lippenstifts am Rand des Glases nach. Die Pfütze in der Wodkaflasche war keine Fingerkuppe tief.
»Wir gehen.«
Er hebt den Fuß viel zu hoch, um vom Bordstein auf die Straße zu kommen. Er hat Bertha unter die Achselhöhle geklemmt. Sie schwitzt unter seiner Schulter.
»Siehst du, wir sind wie füreinander geschaffen. In den entscheidenden Situationen des Lebens kann man sich auf dich verlassen.« Jacob ist heiter und leichtfüßig, und die Stimme klingt höher als sonst. Es ist noch nicht ganz dunkel. Der Friseur schließt seine Ladentür zweimal um. Bertha studiert seinen bleichen Nacken und die zwei Warzen, die bei jeder Kopfbewegung gegen den steifen Hemdkragen

scheuern. Sie schauen ihm zu, während er sich bückt, um die Fußmatte gerade zu rücken. Ein Streifen wächserner Haut mit einzelnen dunklen Haaren zwischen Hosensaum und brauner Socke verraten ein Leben, das schimmelt.

»Hast du die Haare an seinen Beinen gesehen?«

Jacob kneift die Augen zusammen und schüttelt den Kopf. Der Friseur schaut auf und grüßt schüchtern das Paar.

»Der wohnt bestimmt bei seiner Mutter, und die hält am Ofen den Trainingsanzug für den Fernsehabend warm.«

Bertha greift streng Jacobs Unterarm, den er schlaff gegen ihre Brust baumeln läßt. Mit der Hüfte schiebt sie ihn an. Er schwankt wenig nur, und doch ist ein so großer Mann plötzlich klein wie ein flügellahmer Vogel in der Hand. Als ihre Schuhe im Gras der Klosterwiese feucht werden, sagt Bertha es.

»Man hat dich von hinten zu zweit gesehen.«

Jacob macht einen kleinen Hüpfer, um mit ihr Gleichschritt zu halten.

»Wer soll der zweite Hintern gewesen sein?«

»Kata.«

»Quatsch.«

»Ich weiß«, sagt Bertha. »Kata hat den Grafen erhört, den mit dem Zopf und der Burg bei Heidelberg. Sie macht eine Umschulung dort zum Burgfräulein.«

Beide nicken.

»Das kommt selten vor«, sagt Jacob zärtlich. »Daß wir beide nicken, in der gleichen Sekunde noch.«

Einige Meter von ihnen entfernt reibt ein später Reiter seinem Pferd den Hals trocken. Dabei blickt er hin zu einem Kind, das mit seinem Fahrrad jeden Maulwurfshügel nimmt. Die Krähen in den Bäumen schauen um sich, ge-

duldig, wann sie ihren Platz auf einer menschenleeren Wiese einnehmen können.
Als sie sich der Liebeslaube am Weg nähern, steht ein alter Mann rasch auf, greift sein Netz mit Brot und geht. Die Zigarette qualmt noch auf dem blanken, an drei Füßen in den Boden geschraubten Eisentisch.
»Liebst du mich?«
Bertha schaut zwischen den Pfeilern der Liebeslaube hinaus auf die Klosterwiese, aus der Dunst steigt, schaut an Jacob vorbei in die leere Zeit, die zwischen ihrem Ja und jenem Tag liegen würde, an dem diese Frage für immer ausbleibt. Wäre sie die dicke Ziehtochter der Bäckersfrau, sie könnte sich nackt und feucht unter dem Nylon ihres Kittels gegen die Theke drücken. Die Männer würden sich von der anderen Seite dagegendrücken, würden Jacob, Joseph oder sonstwie heißen, liebst du mich fragen und sie, sie würde ja sagen. Aber sicher, mein Süßer, aber sicher, solange du es mir besorgst. Sie würde die Hand auf die Kühltheke legen, die zwischen ihnen summt, im Sommer lauter als im Winter und sagen, drei Jahre Garantie. Den Männern würde hinter den geschlossenen Lippen der Hals schwellen.
»Wer bist du eigentlich?« Unter Alkohol holt selbst Jacob zu existentiellen Fragen aus.
»Schau doch in meinem Paß nach.«
»Und, was steht da?«
»Bertha Baumgart.«
»Und, wer ist das?«
»Weiß ich doch nicht«, sagt Bertha.
Wie schwarz der Wald auf den Bergen jetzt ist. Ob der Italiener kein Zimmer hat? Ob er im Kloster zum Armentisch geht, mittags, und im Wald schläft, in dem die Nacht tiefer ist als in der Stadt?

»Wir haben heute geprobt, Tamara und ich.«
Warum fragt er sie jetzt nicht, warum ist er nicht neugierig? Was soll es? Soll er sagen, daß sie eine Figur namens Ödipus zwischen Bertha und sich, Bertha, stellt? Warum nimmt sie Schleichwege, um bei sich einzufallen. Warum beginnt sie den Jahren, den letzten, die klein waren, eine Ernte abzufordern? Warum jetzt und hier dieses Theater, Theater um die eigene, so fremd dreinschauende Person.
»Solltest du nicht einen Psychologen aufsuchen?« Jacob greift nach ihrem Knie wie ein Schornsteinfeger im Abrutschen nach der Dachrinne. Er weiß, etwas hat er falsch gemacht, jetzt. Mit dem Daumen fährt er nervös den helleren Streifen Stoff über dem Reißverschluß seiner Jeans entlang.
»Psy-cho-lo-ge.« Bertha setzt jeder Silbe einzeln mit einem Fragezeichen zu. Jacob geht in Deckung. Ein ganzer Baum fliegt knapp an seinem Kopf vorbei.
»So ist sie eben«, sagt er leise und hat rote Ohren.
»Ich bin so«, sagt sie. »Was böse ist, ist mit dabei. Da gibt es keine weiteren Erklärungen. Mit deinem Psychologen kannst du Tennis spielen gehen.«
In Berthas Schädel schwillt ein Ton, füllt ihn aus bis hinein in die Gehörgänge. Als könne das, was sie denkt, wie Brei aus den Ohren treten. Und Fernseher stapeln sich im Kopf übereinander. Das Trommelfell wölbt sich gegen ihr blaugraues Rauschen. Hörst du?
Einmal wird sie deswegen heulen, die Hände vor dem Gesicht.
Sie sperrt die Kiefer auf und zu, sagt lautlos ach, ach, wie ein Karpfen, der das traurige Maul gegen das Aquarium aufstülpt.
»Es geht vorbei.« Sie schaut auf Jacobs Mund, sucht, was ihr Satz dort zurückläßt. Nichts.

»Es geht schon wieder.« Will sie aufstehen, ergreift ein leichter Schwindel sie und treibt sie zurück gegen Jacobs Schulter. Da drängt er sie rücklings gegen den eisernen Pfosten am Laubeneingang. Sie rutscht auf die Bank zurück. Über ihren Köpfen das ins Eisen geschmiedete Weinlaub, es regt sich nicht. Jetzt sind Berthas Ohren zwei Gehänge, die sie abklipsen könnte. Sie wäre nackt dann, und darunter, unter der Nacktheit, trüge sie nur einen hellblauen Nylonkittel. Bleib, bleib, will sie sagen. Wenn du gehst, wächst die Nacht unter meinem Bett.
Dazu kommt es nicht. Denn Jacob lacht so rauh, wie sein Gesicht jetzt ist. Sie legt ihm die Hand auf. Er klopft unter ihren Fingern an. Als sie am Reißverschluß zieht, erinnert sie sich an andere Reißverschlüsse. Einer davon war auf einer alten Schallplatte. Jacob preßt sein Kinn auf ihr Haar, bis sie die eigene Schädeldecke spürt. Das Haar hat sie zum ersten Mal in diesem Jahr in der Sonne getrocknet.
Sie stolpern wie zwei Menschen, die auf der Straße nicht wissen, wohin mit ihrer Lust. Sie hebt die Füße, umarmt ihn zwischen Wade und Schenkel, preßt ihn näher an ihren Schoß. Das macht es um so schlimmer. Mit dem Rücken schlägt sie hart auf der Bank auf. In ihrem Kopf geht eine alte Frau auf dünnen Beinen über einen leeren Platz, sagt, soviel Platz im Kopf möchte ich auch einmal haben. Bertha wendet das Gesicht nach links. Die Zigarette, bis auf den Filter heruntergebrannt, rollt von der Tischkante. Keine Spur von Lippenstift auf dem braunen Papier.
Jacob liegt über ihr. Sie hat den linken Unterschenkel abgewinkelt, Richtung Boden, und fächert mit dem Fuß im Kies.
Jacob über ihr muß schreien und fängt den Schrei im vorge-

schobenen Unterkiefer auf. Sie zieht seinen Mund bei den Ohren zu sich herab, stößt die Zunge in den Schrei. Seine Faust reibt sich zwischen ihren Hosenbeinen.
»Los komm«, sagt sie. Sie wendet wieder das Gesicht nach links. Auf der gegenüberliegenden Hälfte des Tisches sitzt der Alte, oder sitzt dort auch nicht, und beißt in warmes Brot. Es dampft vor seinem Mund. Bertha schiebt mit beiden Händen Jacobs Gesicht fort von ihrem Hals. Sein Kopf ist schwer wie die Welt. Seine dunklen Pupillen verschwinden mit dem Zittern von Fischschwänzen, die ihre Richtung suchen, am oberen Lidrand. Seine Augen sind weiß. Jetzt ist Jacob ganz fortgeschwommen.
Bertha schaut unter den Tisch. Der Alte hat keine Strümpfe an. Genauso war es schon einmal. Der Name fällt ihr nur nicht ein. Der Name der Erinnerung.
Jacob ist zurückgekommen. Bekümmert zeigt er auf die Schneckenspur zwischen Berthas Beinen.
»Egal«, sagt sie, und ihrer Stimme hört er das Lächeln an. Als sie sich aufrichtet, teilt das linke Ohr den Haarvorhang. Jacob küßt seinen roten Rand. Die alte Frau hat auf ihren dünnen Beinen den Platz in Berthas Kopf überquert. Färb mir die Haare nach und wasch mir den Rücken, fester, fester, ruft sie jetzt aus der Ferne.
»Was denkst du?« Jacob sucht nach einem Taschentuch. Bertha mag die Frage gar nicht, fühlt sich zur raschen Lüge gezwungen. Saug mir die Altersflecken von der Hand, leg mich auf den Rücken, damit mein Gesicht bei den Schläfen und Ohren herabfällt und der Tod mich nicht gleich erkennt. Dann laß mich einen Apfel essen, schreit die Alte in Berthas Kopf und schreitet den Platz auf dünnen Beinen an der Breitseite ab. Dort ist es offensichtlich wärmer, denn sie trägt jetzt ihren Mantel über dem Arm.

»Ich würde gern einen Apfel essen.«
»Mehr nicht?« Jacob legt seine Hand auf Berthas Nacken. So gehen sie über die verlassene Wiese, als seien sie auf einer gefährlichen Straße, an der Jacob Bertha schützen muß.
Die Alte sagt jetzt Unser Heinrich und Unser Führer, und keiner widerspricht, denn noch immer ist der Platz in Berthas Kopf leer. Bertha schließt die Augen. Keiner soll sehen, was sie denkt. Die Alte hat recht. Sie bleiben unser, Heinrich und Führer.
»Da tut sich was.« Jacob zeigt mit dem Mittelfinger auf das erste Haus am Ende der Klosterwiese, mit dem das Viertel der guten Adressen beginnt. Lange hat es leer gestanden, und jetzt sind drei Fenster erleuchtet. Berthas Hände greifen um die gedrehten Eisenpfeiler des Zauns. Matratzen liegen vor der Tür im Bauschutt, und daneben steht ein glänzendes neues Auto. Eine Frau mit weißer Schürze holt einen letzten Stuhl ins Haus.

*

Am Morgen warteten zwei Teller mit Rührei vor Jacobs Tür. Die konnten nicht geklopft haben.
Bertha läuft auf nackten Füßen im Zimmer auf und ab. Die Kaffeemaschine am Kopfende der breiten Matratze schnarrt.
»Heute wieder?« fragt Jacob. Bertha nickt, zieht die Schuhe an und alles, was sonst noch am Boden herumliegt.
»Kreon wird wieder gegen die Tür springen, weil er seinen Text nicht kann«, sagt sie.
»Bist du eilig?«
»Ja, ich muß noch nach Hause.«
»Warum?«

»Ich weiß auch nicht«, sagt Bertha.
»Hast du wieder geträumt?« Jacob leckt auch ihren Teller ab.
»Sag ich dir nicht.«
»Wieso. Für seine Träume muß man sich nicht schämen. Dafür kann man nichts.«
»Ich schon«, sagt Bertha.
Im Garten kratzt die Frau mit den schwarzen Stiefeln beim Jasminbusch die Steinplatten vom Moos frei. Bertha sieht die Nachbarin mit dem französischen Namen auf halbem Berg entgegenkommen. Sie trägt auf den Unterarmen einen Karton vor sich her. Warum sie so feierlich ihre Schuhe trägt? Sie bleiben voreinander stehen.
»Katz«, sagt Bertha.
»Pfoten und Kopf haben sie ihr abgeschnitten.« Die Nachbarin schließt den Deckel des Schuhkartons, als wolle sie Katz nicht wecken.
Sie. Hatte sie gesagt.

*

»Im Programmheft sind auf jeder Seite mindestens zwei Druckfehler«, hatte der Gastregisseur aus Gießen geflüstert, bevor er schrie. »Was sind Sie eigentlich für eine Dramaturgin? Wofür werden sie bezahlt?«
»Dafür, daß ich Ihnen bei den Abendproben Rotwein nachschenke«, sagte Bertha und ließ ihn neben Nora stehen. Er machte eine Vierteldrehung auf dem Absatz. Dann schrie er Nora an, die nur die Hände hob und wunderschön hilflos dabei aussah.
»Sie vernachlässigen Ihre Arbeit«, sagte der Intendant beim Essen Bertha ins Ohr. »Ab morgen leiten Sie die Umbesetzungsproben für den Faust.«

Als Bertha aufstand, war ihr schwindlig. Der Glasteller mit dem Rest Kirschkompott fiel auf ihren Schuh und hatte das sandfarbige Wildleder rot gefärbt.

»Setz dich doch zwischendurch nicht immer hin. Die Energie geht verloren.« Der Neustrelitzer zu ihren Füßen schaute mürrisch auf den roten Fleck an Berthas Schuh.
»Das waren die Kirschen von heute Mittag«, sagte Bertha.
Dieses heimliche Proben wurde ihm lästig. Ihr auch, doch das interessierte ihn nicht. Im Musikzimmer neben dem Malersaal machte ein Stimmbildner aus Berlin, in Birkenstocksandalen angereist, seine Übungen vor. Fünf Schauspieler hielten sich die Nasen zu, ließen die Zunge heraushängen, daß man den weißen Schimmel sah und plärrten, als übten sie die Sprache der Känguruhs für die nächste Saison. Danach umstanden sie den Berliner mit glänzenden Augen. Durch ihn kam die Welt und die Kunst in dieses Haus. Bertha konnte nur mit Mühe ihre Stimme gegen die Tonleiter da draußen durchsetzen.
Kreon hatte seine Beine wie ein Schneider unter sich gekreuzt.
»Noch mal. Du, Kreon, bist neidisch auf deinen Schwager Ödipus, auf diesem Fremdling, Findling. Das macht die Menschen immer neidisch. Sie glauben, es tritt ein Berufener in ihren tauben Kreis. Er könnte von den Göttern abstammen, denn wer weiß, wer mit seiner Mutter im Heu gelegen hat. Ein Stier, vielleicht? Ein Held? Du nimmst an, er ist ein Halbgott, von besonderer Rasse. Er könnte sich mit dem Teufel am Boden wälzen, ohne sich etwas anzutun.«
Bertha zeigte auf den leeren Stuhl am Klavier.
»Dort ist Ödipus gerade aufgestanden. Los.«
Wie im Halbschlaf erhob sich der Neustrelitzer, ging auf

spitzen Füßen dem Stuhl entgegen, ließ sich nieder auf die Knie und beschnüffelte auf allen vieren den abwesenden Ödipus. Er kläffte leise, aus dem Kläffen kamen die ersten Worte.
»Die Zeit allein erweist einen Mann uns als gerecht/den schlechten aber magst du an einem Tag erkennen.« Schon ging ihm die Luft aus. Er schrumpfte vor dem Stuhl zusammen. »Ach.« In der Stille surrten die Neonröhren an der Decke. »Ich kann das nicht so trocken. So ohne Fleisch. Setz dich her und sag mir den Ödipustext ein. Du warst doch angeblich Schauspielerin.«
Bertha hält sich die Ohren zu, lange noch, nachdem der Neustrelitzer mit hochgezogenen Brauen und wippenden Knien den Raum verlassen hat. Ihr Benehmen gibt guten Grund zu gehen. Bertha nickt. Dabei löst sich die rechte Hand vom Ohr. Die schaltet das Neonlicht ab. Das Surren im Kopf bleibt.
Bertha verläßt das Theater durch den Bühneneingang, unbemerkt vom Pförtner, der wie immer auf seiner Trommel die Schicht totschlägt. Seine Noten liegen auf dem Fernseher, und laut zählt er die Schläge mit, ohne aufzuschauen. Noch immer hat Bertha die Ohren in den Händen. Im Hof bleibt sie zwischen alten Kulissen stehen. Der Nachthimmel hängt voller Neonröhren. Sie muß den Blick nicht heben. Das Summen ist im Kopf. Ein weißes Rauschen.

*

Gut sieht sie nicht aus. Wie soll sie auch bei dem Lärm, den ihr Kopf macht. Mensch Baumgart, sagt Bertha, legt sich die Hand auf die Schulter. Denk doch nicht immer an den Findling in seinem Pechkorb. In seinem Korb voller Pech, ausgesetzt im Wasser, davon fast gefressen und dann doch

angeschwemmt, getrieben, erinnerungslos, ohne Herkunft. Trotzdem ein Markenprodukt, ein Königskind und auserwählt. Sie lächelt wie verabredet. Ich bin soweit glücklich. Ich bin soweit. Ich brauche nichts. Ich möchte mein Leben so beenden. Den Kopf senken.
Da macht Jacob sich ein Bild von ihrem blonden Scheitel. Gut sieht sie nicht aus, wenn sie sich jeden Abend mit diesem armen Schwein Ödipus abgibt. Jacob hat ihre Linke genommen und zart an Berthas Fingernägeln genagt. Wirklich, der Ärmste, im wahrsten Sinn des Wortes. Was hat er denn noch? Alles, was er glaubte zu sein, ist er nicht mehr. Er ist ein anderer, und der kann ihn nicht trösten. Er schläft mit seiner Mutter, obwohl sie ihn schlachten wollte. Da hat er doch seinen Schaden weg fürs Leben, auch wenn er von der Kränkung nichts weiß. Er war ja noch zu klein, um sagen zu können, wer er ist und woher er kommt.
Nur wenige Sätze sind bis zu Bertha durchgedrungen. Sie geht zum Fenster und bindet die Vorhänge beiseite, die sie vor einer Stunde über den Nachmittag gezogen hat. Nach dem Regen kommt eine bleiche Sonne durch. Wie er doch über Dinge redet, die tragisch sind.
»Ach tragisch. Weg damit. Der ist doch geprägt für sein Leben, bevor er Einspruch erheben konnte. Kein Wunder, daß er Krimineller wird.«
»Krimineller?«
»Ja, meine Süße. Was regt dich da so auf?«
»Es ist sein Schicksal«, sagt Bertha.
»Es ist seine Veranlagung. Es ist sein Wunsch.« Jacob steigt in die Jeans und klopft die Taschen nach einem Feuerzeug ab. »Was bist du so zimperlich. So kann man doch nicht Theater machen. Was ist denn das für eine Aussage, wenn du ihn freisprichst? So kann er doch nicht leben.«

Bertha geht auf ihn zu. Ohne Füße. Sie geht auf den blutenden Knöcheln. Sieht er denn nicht, wie es um sie steht? Wenn jetzt laut würde, was sie denkt, Jacob würde sie nie wieder anschauen. Sie hustet, ohne einen Husten zu haben. Ihre rechte Hand hebt sich.
»Laß mich doch in Ruhe, da, wo ich bin. Da richte ich nichts an, wenn nicht zufällig so ein Vogel wie du gegen mich tritt.«
Ihr Ring hinterläßt einen Kratzer auf Jacobs Kinn.
»Was für eine Überraschung.« Er wischt mit dem Finger über die Verletzung und leckt sein Blut ab.
»So bist du also. Könntest du dich nur sehen. So richtig gefährlich, meine Schöne.« Er zieht den Pulloverärmel über die Rechte, deckt sich mit dem Unterarm, als sei es ein Katzenspiel. Leicht boxt er sie gegen die Schulter, täuscht, zielt auf den Bauch und trifft die Scham. Er greift um. Da schlägt sie ihm ein zweites Mal ins Gesicht. Der Hall ist in ihrem Kopf, und der Schmerz in der Hand ist so groß, daß sie weiter schlagen muß, um ihn zu betäuben. An der Decke in Jacobs Zimmer gehen alle Neonröhren der Welt an. Die Decke in seinem Zimmer ist Berthas Schädeldecke.
»Das ist nicht Ich. Das bin *Es*.« Bertha stößt die Zeigefinger in beide Ohren und zieht sie zurück. Daran klebt kein Schmerz. Sie hält Jacob die Finger hin.
»Mach das Licht in meinem Kopf aus.« Sie schreit. »Siehst du nicht, ich höre nicht mehr.«

*

Olga hinter der Glasscheibe ihrer Kasse ließ das Strickzeug in den Schoß fallen und öffnete das Sprechfenster.
»Wann kommt sie wieder?« Jacob spielte mit einem Schlüsselbund, ohne zu antworten.

»Hörsturz, aber schlimmer«, sagte er schließlich. »Sie hat ein Einzelzimmer wegen ihrer schlechten Ausstrahlung.«
Jacob stützte die Ellenbogen auf und schob seine Nase durch das Sprechfenster. Tamara kam im barocken Kostüm mit tiefem Ausschnitt vorbei und schlug ihm kurz auf den Hintern.
»Weitergeben, mit einem schönen Gruß von mir.«
Sie roch nach Puder und Schweiß. Jacob schaute in die Rinne zwischen ihren Brüsten.
»Hörsturz ist ein Herzinfarkt im Kopf«, sagte Olga.
»Sie sitzt den ganzen Tag aufrecht im Bett, die Ohren schauen aus den fettigen Haaren heraus und scheinen zu wachsen. Sie will nach Spanien, sobald sie entlassen ist. Aus dem Krankenhaus, meine ich«, sagte Jacob.
»Warum nach Spanien?« fragt Olga.
»Wegen der Mutter, vielleicht«, sagt Jacob.
Olga kreiste mit dem Mittelfinger über den Rand der Kindertasse für ihren Tee.
»Gestern lag ihr alter Kalender aufgeschlagen auf dem Nachttisch. Ich habe es einfach gelesen. Sie hat geschrieben: Hörsturz, wohin fällt man da? Von dem Photo, das aus dem Kalender fiel, hatte Jacob nichts gesagt.

*

»Macht es dir Spaß?«
Bertha zählt Papierunterhosen in die Reisetasche, ohne aufzuschauen.
»Ich habe dich etwas gefragt. Macht es dir Spaß mit mir.«
Jacob hat den Mund geöffnet, als sei ihm der Unterkiefer zu schwer geworden.
Ihr Knie knackt, als sie sich aufrichtet.
»Daß du die gleichen Fragen stellen mußt wie alle anderen

auch«, sagt sie in seinen geöffneten Mund hinein, so daß ihre Stimme hallt wie in einem leeren Saal. Jacob nimmt sie bei den Ohren und zieht. Die Gesichtshaut spannt sich.
»Jetzt siehst du aus wie ein Katze, die gegen den Wind läuft«, er zieht ihr die Ohren länger.
Bertha steht im kurzen Hemd da. Mochte sie doch noch eine Weile laufen durch das Leben, um die Unruhe aus den Gliedern zu vertreiben, diese Unruhe, dieses leichte Zukken an einer Oberfläche, unter der sich Tag für Tag die Trägheit ausbreitete.
Mochte sie doch laufen, um, wenige Meter vor der Ziellosigkeit angekommen, klein, kleiner als ihrem Alter angemessen, bei Jacob anzulegen, auszuruhen. Jacob, der letzte Mann, an den ich treibe, an dem ich strande, ohne zu bleiben ohne fort zu wollen?
Da hebt sie die Arme und legt ihm die Hände auf die Schultern. Das Hemd rutscht die bloßen Hüften hinauf.
»Erst nickt er«, sagt sie, »den Kopf ruckartig und immer wieder ins Gefieder zwischen den Flügeln gezogen, als sei sein Hals eine Spirale. Dann umschwimmt er sie, bis sie seine Serpentinen mit ihm schwimmt. Stehen sie sich Brust an Brust gegenüber, beginnt auch sie zu nicken, ein letztes Mal verneigen sie sich, dann greift er nach ihrem Nacken und bespringt sie, drückt sie mit dem ganzen Gewicht seines Körpers unter Wasser. Auch ihr unbeteiligtes Gesicht. Nicht die anderen Enten, die Menschen schauen vom Ufer aus zu.«
Jacob läßt Berthas Ohren los. Rasch fängt sie das Gesicht mit einem Lächeln auf.
»Und, macht es mir Spaß?«
Die Gitter vor den Fenstern und die Fenster selbst stehen offen. Den Pfingstrosen sind die Köpfe zu schwer geworden,

um sie so hoch zu tragen wie gestern noch. Das Ticken von Berthas Wecker ist lauter als das Murren des alten Holzbettes.
»Wir müssen uns beeilen«, sagt sie und ist schon etwas außer Atem. Der Zug geht um fünf.

*

Dreimal hatte Jacob schon den gleichen Satz gesagt. Bertha saß ihm gegenüber.
»Der Zug hält ja bei jeder Gänseblume.« Dann lehnte er sich ins Polster zurück, schob seine Füße zwischen Berthas Füße. Einen Moment dachte sie, daß sie jetzt lieber zu Hause wäre, Wäsche aufhängen würde oder ein Fenster öffnen. Denn die Abendluft war kühl gewesen und durchschnitten manchmal von einer wärmeren Schicht Luft, die der Nachmittag zurückgelassen hatte. Wieder hielt der Zug. Auf moosgrünen Säulen, die zwei Frauenhände umfassen konnten, balancierte ein Holzdach, geschwungen wie die Haube von Zisterzienserinnen. Bertha zeigte auf den Bahnhofsvorsteher. Seine Jackenärmel waren noch vor der Pensionierung zu kurz geworden. Jacob starrte gegen die Scheibe. Bertha hob die Schultern und bedauerte sich. Mit Jacob ließ sich die Lust, nicht aber jene Gestimmtheit teilen, in der zwei Menschen sich ein Buch weiterreichen, sich verschwören beim Anblick eines leerstehenden Hauses, eines Lichtes, das beide in einem Fenster ohne Glas aufflackern sehen. Im selben Augenblick.
Nach Rastatt fuhr der Zug so langsam, daß ein Hund eine Zeitlang nebenherlaufen konnte. Erst bei einem Holzlager ließ er ab und hockte sich mit hängender Zunge neben einen Mann in offenem Hemd, der in der Abendsonne gegen einen Stapel Bretter gelehnt saß. Zwei andere Männer

wuschen sich am Feldrand hinter dem Lager die Hände in einer braunen Lache.
»Polen«, sagte Jacob und zeigte auf das Nummernschild am Lada, der mit einem Reifen in der Pfütze stand. Bertha legte ihre nackten Füße auf Jacobs Schenkel. Die Zehennägel waren grün lackiert.
In Karlsruhe stiegen sie in den Intercity Richtung Frankfurt-Flughafen. Die angegebene Abfahrtszeit verstrich ohne klärende Durchsage. Nachdem Jacob seine Frage, na was nun, vergeblich auf den Klapptisch unter dem Fenster getrommelt hatte, stieg er aus. An der hinteren Tür des Speisewagens wuchs der Menschenauflauf an, schweigend und dicht aneinandergedrängt. Jemand sagte leise Hansi Hansi, und ein Kind weinte. Die Menschen, die wie Jacob in der letzten Reihe standen, legten Sorge auf ihr Gesicht, ohne zu wissen wofür.
»Es ist ein Blauweißer«, sagte der Zugführer und bahnte sich seinen Weg aus der Menge. Da verschluckte sich das Kind am Weinen, und die Köpfe flogen in den Nacken. Der dünne Wellensittich flatterte auf. Kurz ließ er sich auf der Rückenlehne einer Sitzbank nieder, richtete seinen linken Flügel und entkam knapp nur der ersten Hand, die nach ihm griff.
»Den werden sich die Spatzen holen«, sagte Jacob und ließ sich neben Bertha fallen. »Die halten ihn für eine Mißgeburt, wegen der Farbe.«

*

Wer außer ihr hatte es noch gehört?
Please come to the transit center.
Da hatte sie die Reisetasche fallen lassen. Wer schlief nicht in diesem Moment auf den fetten Kunstledersesseln des

Flughafens Barcelona? Bertha blickte um sich. Nie ist man so einsam wie in Gesellschaft von Schlafenden. Der harte, kurze Schritt einer Frau verlor sich jenseits der Zona de Espera. Dort starrte ein alter Mann hinaus aus der breiten Glasfront auf zwei kranke Palmen mit aufgebundenen Fächern. Seine Familie hatte die Gesichter mit Zeitungen bedeckt und war unter den schiefen Kleidern eines öffentlichen Schlafs verschwunden. Ihre Füße in den Sandalen waren schwarz wie das Gesicht des Mannes.
Mr. Weintritt, please, come to the transit center, Mr. Weintritt, please. Da hat sie die Tasche fallen lassen. Wer außer mir hat es noch gehört?
In den Vitrinen des Duty-free-Shop schaltet sich die Beleuchtung auf einen einzelnen Strahler für die Nacht zurück. Sie liest im Halbdunkeln, Tresor, Premiere, Armani, Vendetta.

Das Hotelzimmer hatte einen süßlichen Geruch, als hätte sich eben noch eine Frau gepudert. Gelber Staub lag auf der Neonröhre am Kopfende des Bettes, auf dem Brandfleck in der weißen Nachttischplatte. Eine gelbe Wolke stieg aus der räudigen Wolldecke, als Jacob sich rücklings auf das Bett warf. Bertha saß auf der Kante eines Hockers, dessen Sitzfläche für eine Topfpflanze gerade ausreichte, und redete sich gut zu, für diese Nacht zwischen die Laken zu kriechen. Gegen zwei Uhr nachts weckten sie Stimmen im Streit von der Rezeption her. Jacob nahm Bertha in seinen Schoß. Jetzt roch es im Zimmer, als habe sich jene gepuderte Frau auf der Bettkante niedergelassen und die Hände über dem Kopf zusammengeschlagen. Der saure Geruch aus ihren Achseln stieg in Berthas Nase. An der Kante zum Schlaf zuckte sie mit den Beinen immer wieder zurück.

Und wenn sie mit ihm die ganze Zeit im Flugzeug gesessen hatte? Welcher der Männer im Alter zwischen fünfzig und sechzig hatte eine deutsche Zeitung verlangt? Weintritt? Wer kam überhaupt in Betracht? An keines der Gesichter dieser Männer, die aussahen, als gehörten sie zum Inventar eines Flughafens, konnte sie sich erinnern.

Auf der Straße unter dem geöffneten Fenster kündigte sich der Morgen an. Die Abstände zwischen den vorbeifahrenden Autos wurden immer kürzer, bis sie sich zu einem nahtlosen Dauerton aneinanderreihten. Im Halbschlaf wanderte Bertha unentschlossen zwischen Glasvitrinen, in denen Frauen hinter ihren duftenden Gesichtern saßen. Sie hießen Armani, Tresor, Vendetta, und wieder ging das Licht aus, bevor sie etwas erkannt hatte.

*

Die Straße ist noch feucht von der Kehrmaschine. In der Bar sitzen sie zwischen Spaniern, die wie sie ins Halbdunkel flüchten vor dem Mittag.

»Ein Zimmer weiter, und wir könnten das Meer sehen«, sagt Bertha und lehnt sich an Jacobs Schulter. Sie waren umgezogen in eine Pension mit frischen Wolldecken, malvenfarbenen Vorhängen an den hohen Fenstern und zwei Liegestühlen auf dem Balkon, die im Wind ihre Stoffbäuche nach außen wölben.

Bertha schiebt den Teller beiseite. Das Ölgebäck hat ein schweres Herz aus Pudding, und nach dem dritten Kaffee bekommt sie kalte Finger.

»Laß uns zum Hafen gehen.«

Auf dem Trottoir fragt ein Hund mit grauer Schnauze jeden Passanten, ob er keinen alten Hund brauche. Jacob schiebt Bertha am Ellenbogen weiter.

Laß mich, ich kann schon allein.
Ein Mann, frisch rasiert, das Weiße in den Augen vor Müdigkeit gelb, der Anzug ein wenig zu eng, hält Schritt neben ihnen, bis er in ein Auto aus Sigmaringen steigt.
Ich hätte mir die Nummer merken können.
Jacob streicht mit Zeige- und Mittelfinger von der Nasenwurzel aufwärts die Falten auf Berthas Stirn ins Haar zurück.
Laß.
»Kummer?«
»Ein schönes Wort. Kummer«, sagt Bertha und behält für sich, daß sie nicht weiß, wohin sie sich wenden soll, nun, wo sie vor ihrer Tür zu stehen scheint, diese Familie. Daß sie nicht weiß, wer sie selbst ist, eingeklemmt zwischen dieser strohblonden, welken Mutter, dieser bösen Überraschung Großmutter und diesem fatalen Vater namens Weintritt. Daß sie über ihn in dieser Stadt stolpern könnte, so, wie sie über anderes auch stolpert. So, als wüchse ein Raster, älter als sie selbst, aus jedem Weg.
Daß sie keinen Weg mehr ahnungslos betritt.
Bertha fährt mit der Hand über ihr Gesicht, als sei sie in dichtes Spinnetz geraten.
Auf der Rambla sitzt ein Hund mit zurückgeschlagenen Ohren, unter ihm ein Kissen aus Samt. Zu seinen Pfoten das Schild sagt, er sei der einzige Hund, der Klavier spielen könne. Zum Beweis hat er ein Kinderklavier neben sich stehen. Eine Frau in grünen Leinenschuhen wirft ihm Geld zu, hebt die Arme, will tanzen. Die Wolle ihrer Jacke riecht, als habe sie darin geschlafen.
»Wie kannst du das wissen?« Jacob zieht Bertha weiter. Was weißt denn du? Auf dem letzten Stück Weg zum Hafen läßt Bertha ihr Schweigen wie eine Drohung auf Jacob lasten.

»Liebe«, sagt er da unbeeindruckt und sagt irgendeinen Satz dazu.
»Kummer.« Bertha wird bitter und genau. Was dann kommt, sagt sie nur zu sich. Sie freut sich, endlich so traurig zu sein, nicht mehr nur arisch, nein, auch traurig. Traurigkeit, sie wechseln auf die schattige Straßenseite.
Die gelbe Fassade ihrer Pension liegt im Sonnenlicht, als sie vorbeigehen. Arm in Arm halten sie inne, beschauen ihren Balkon, so als hänge er, wie er jetzt ist, in einem Museum für Liebende. Der linke Liegestuhl bläht sich noch immer im Wind. Der rechte, grüne ist mit einem Buch auf dem Schoß zurückgesunken. Der Mittag gleitet in diesen wenigen Minuten hinüber in den Nachmittag, das Leben auf der Straße wechselt die Tonart, während Bertha und Jacob dastehen und ihr Hotelzimmer, in Gedanken versunken, einrichten. So wie es ist.
Am Mittag hatten die Frauen auf ihren Balkonen den Schatten eingefangen unter leichten Jalousien aus grünen Holzlamellen. Jetzt, wo der Verkehr unten in der Straße lauter wird, schwillt auch der Gesang der kleinen Vögel in den Käfigen am Balkongitter an. Bertha läuft neben Jacob, und schon hat sie sich daran gewöhnt. Sie schaut, wie er, den Frauen nach. Seit einigen Straßenecken geht eine junge Frau in Jeans vor ihnen her. In der Arschfalte klafft ein Riß im Stoff. Unter dem Riß ist sie nackt. Sie nimmt den Weg zum alten Hafen. Dort stehen die Lagerhallen aus sprödem, kalkfarbigem Stein unter flachen Dächern, an die manchmal ein Bäumchen sich klammert.
»Lauter verlassene Landschlösser«, sagt Bertha und hebt die Hand über die Augen. Neben den offenen Schiffsbäuchen starren Kräne auf das Meer. Eine Sirene hat das Ende der Mittagsstunden angekündigt. Sie klingt wie der Motor

eines kleinen, entfernten Flugzeuges und weckt die Kräne aus ihrer echsenähnlichen Reglosigkeit unter der Sonne. Es ist, als schlüge die Welt zum ersten Mal nach hellem Schlaf wieder mit den Lidern.

Die junge Frau biegt von der Hafenpromenade ab, steigt linker Hand eine schmale staubige Straße hinauf. Zwei Männer mit Motorrollern gleiten ihr geräuschlos entgegen. Ihre Haare glänzen in diesem Moment ölig in der Sonne. Die Locken sind bis zu den Haarspitzen hinunter gekämmt und legen unter den Schulterblättern einen fettigen Kranz von krausem Haar aus. Die Männer beachten das Mädchen nicht. Noch schauen Jacob und Bertha mit gerunzelter Stirn sich an, da ist sie in ihren spitzen, harten Stiefeln schon auf eine Verkehrsinsel getreten und hat ihren Platz eingenommen. *Bar El Club* steht über dem Eingang der Baracke. An der Längsseite des einzigen Raums trocknen zwei dünne Kellner hinter dem Tresen Gläser. Bertha hält Jacob am Gürtel fest.

»So war es schon mal«, sagt sie. »Es ist, als sähe man ein Bild und sagt, das Bild habe ich gemalt, und im gleichen Moment, in dem man es ausspricht, ahnt man eine Begegnung, die einmal kommen wird.«

»Versteh ich nicht«, sagt Jacob und ist schon durch Berthas Bild getapst. Er hat auf dem Stuhl, der dem Rücken der jungen Frau am nächsten ist, Platz genommen. Dann greift er an seinen Adamsapfel und sagt etwas auf Englisch.

»Vino«, sagt Bertha zum Kellner, setzt sich neben Jacob und klebt mit dem Ellenbogen am Tisch fest.

»Vino fino?«

Bertha nickt.

»Oh Schockschwerenot. Schmeckt wie Haarwasser«, sagt Jacob beim ersten Schluck und holt sich ein Bier.

»Was willst du tun, wenn wir zurückkommen?«
Bertha sieht lange die roten Druckstellen auf seinem Nasenrücken an.
»Den Ödipus zu Ende inszenieren«, sagt sie.
»Was sie nur daran findet«, sagt er, als säße ein Dritter auf dem Rücksitz, der etwas dazu sagen könnte.
»Frag mich doch«, sagt Bertha. »Ich bin Ödipus.«
Je höher sie hinauffahren, desto rascher huschen die Wolken wie dunkler Rauch durch die Bäume. Sie kommen an Bauernhöfen vorbei, die nur noch von Schafen bewohnt zu sein scheinen. In Cadaqués nehmen sie ein Zimmer für drei Nächte. Nachdem sie im voraus bezahlt haben, stellt die Frau an der Rezeption das Schild *Complet* an die Glastür. Sie sind die einzigen Gäste. Unter ihrer Terrasse schlendern die Menschen mit Schal und bloßen Füßen in den bunten Leinenschuhen vorbei.
»Bis zum Abendessen ist noch ein wenig Zeit. Wir machen solange Musik«, sagt Jacob und trommelt mit den Fingern gegen das Metallgitter der Terrasse. Dann hält er inne.
»Was tust du da?«
»Ich schreibe. Mir ist das Ende eingefallen«, sagt Bertha.
»Welches Ende?«
»Er wird das Eisen schmieden, solange es heiß ist«, sagt sie und schaut beim Schreiben nicht auf. Der Platz unter ihrer Terrasse ist fast leer jetzt. In den Zimmern des Orts nehmen sich die Menschen das Wasser unter der Dusche weg, denn alle machen sich für den Abend zurecht. Im Café gegenüber dem Hotel sitzt ein einzelner Mann unter einem Sonnenschirm, den der Kellner jetzt zuklappt. Der Mann trägt einen Lodenmantel und ist auch im Sitzen sehr groß.
»Er wird die Wahrheit wie ein Schmied aus dem glühenden Eisen schlagen. Die Wahrheit ist die Form, die er will. Er

muß die Form erfüllen, die von Anfang an in ihm war.« Bertha schaut nicht auf. »Da tut er, was man nicht soll. Er schaut in die Glut. Sie spritzt ihm in die Augen. Die Augen werden so dick, so dick, als hätte er ein Leben lang geweint. Es wird ihm der Kopf platzen, wenn er sie nicht aussticht. Er nimmt die Haarnadel seiner Frau, die seine Mutter ist, und sticht. Ein Regenbogen schießt aus den Augenhöhlen. Es sind die beiden Augen, die auslaufen. Da legt er sich nieder, und die Augen laufen ihm in die Ohren jetzt, als wenn er weinte. Lange dauert das, und manche Zuschauer müssen in der Zeit schon gehen.«

»Genau das habe ich befürchtet«, sagt Jacob.

Bertha schaut über den Platz, über den zwei Hunde hintereinander herlaufen, bis hinunter zum Meer. Im Abendlicht, das die Luft gelb färbt, sieht alles, was Schatten werfen kann, aus, als habe ein Maler sich die Mühe gemacht, sein Bild mit feiner schwarzer Feder in jeder Kontur nachzutuschen. Der Mann im Lodenmantel steht auf. Er legt einige Münzen auf den Tisch. Als er über den Platz geht, stößt er mit dem Kopf an die unteren Zweige der Bäume.

»Ich glaube, den kenne ich«, sagt Jacob.

»Aus einer Vorabendserie wahrscheinlich.« Bertha schlägt ihren Kalender zu.

Der Abend nimmt zu, nimmt sich den leeren Platz vor den Augen von Bertha und Jacob. Das Rot stirbt, das Blau, das Blau in Berthas Augen, es wird schwarz. Jacob schaut sie an, wirft sich vor dem Essen noch eine Handvoll Erdnüsse in den Mund und wischt die Finger, Salz und Öl, an der Hose ab. Er läßt Bertha allein in dieser Welt, die sich in ihren Augen langsam verändert, läßt sie allein in diesem Film, für den er nur eine Enttäuschung übrig hätte.

Der ist ja alt und nur in schwarzweiß.

*

War es wirklich hier?
Sie sieht sich auf dem Stein liegen, und über ihre Beine hinweg, gleichschenkliges Dreieck, unterhalten Männer sich über den Mond, den man heute nicht sieht.
War es wirklich hier? Es ist so dunkel. Sie tastet, greift um ein Knie. Da könnte ja jeder kommen, sagt die Männerstimme, und im Mantel einer Glocke läutet ein Licht auf, schlägt eine Glühbirne, links rechts links, an das Metall. Ohne sich zu verletzen, denkt sie. Das ist ja toll. Sie schlägt wieder auf das fremde Knie, als sei es ihres, und erkennt ihn am Knie, das aussieht wie der Zwilling ihres eigenen Knies. Hab ich dich erkannt, ruft sie, freut sich zu früh, denn er wischt sich mit ihrer Unterhose den Mund ab. So war es schon einmal. Ich darf nicht bei dir wohnen, ich habe schon früher einmal bei dir gewohnt, in dem Haus auf der anderen Seite des Wassers. Dort wächst jetzt Moos an der Mauer. Gras drüber. Uns gibt es noch immer. Wir werden mehr, mehr, das macht mich …
Er streicht über ihren Kopf wie ein Vater, lächelt, ein Lamm zeigt seine Zähne. Warum hast du denn Haare und Wimpern so schwarz gefärbt? Damit ich dich nicht erkennen kann?
Um sie herum fliegen schwarze Vögel auf und schleppen die Saat der kommenden Jahre fort. Riesig steht der Stein in der Landschaft ohne Mond. Sie bleiben eine Zeit liegen. Ob noch jemand kommt? Sie richtet sich auf mit dem Oberkörper, und er auch, still neben ihr. Er schiebt eine Kinokarte, eine Visitenkarte und den elften Finger in ihren Mund. Vater unser. Vater unser, unser …
Dann streichen sie ein Zimmer. Im Zimmer steht nur ein Sofa. Sie lassen sich nieder. Sofa der Unwissenden, sagt Jacob, sagen alle, die vorübergehen. Einer bleibt im

Vorübergehen stehen, mit dem Rücken zu ihr. Wer sind Sie?
Ich bin unser.
Da rast das Sofa los, nach Viñaros, schreit sie wild, HüHü, nach Viñaros, Blut spritzt ihr aus dem Mund dabei und macht einen Fleck. Sie schluckt. Was wolltest du sagen. Sie schluckt. Da konnte ja jeder kommen. Sie schluckt. Und jeder konnte es, und jeder konnte von dort gewesen sein. Sie schluckt. Nimm den Fuß aus meinem Weinglas, das ist ja eklig. Sie beugt sich tiefer. Tiefer ist auch näher ... Sie wird schwer. Sie schreit, was sie schluckt. Bis sie schrie. Sie wurde wach.
»Ich sehe nicht mehr. Da ist zuviel Licht in meinem Kopf.«
Jacobs tastende Hand berührte im Dunkeln Berthas Ohr, streichelte es, und sie wurde ruhiger.

Wie spät ist es?
Jacob drehte sich grunzend von ihr ab. Es war früh, noch nicht sieben Uhr. Auf der anderen Seite der Wand knarrte doch rhythmisch ein Bett. Dann schluchzte jemand, eine Frau. So war es gestern abend schon. Bertha stützte sich auf den Ellenbogen auf.
»Wie spät ist es?«
Sie ließ Wasser in die Wanne laufen. Auf der anderen Seite der Wand zog jemand die Klospülung. Das Bad hatte eine Lüftungsklappe zum Flur.
»Kurz nach sieben«, sagte eine Männerstimme auf deutsch im Gang da draußen, räusperte sich. Schritte entfernten sich über die Treppe.
Bertha stemmte die Füße gegen die weißen Wandkacheln. Die Finger hinterließen eine feuchte Druckstelle auf jeder Buchseite. Später schwamm das Buch mit dem Einband

nach oben zwischen den Schaumhügeln. Bertha rutschte mit den Füßen von der Wand ab und war tiefer gefallen als in den Momenten, in denen der Schlaf das Netz beiseite zieht und sein Opfer losläßt, damit es hart aufschlägt auf der eigenen Matratze.

Die Gasse der dunklen Läden, das steht auf dem Einband des Buches. Und wenn der Mensch sich nicht erinnert, dachte Bertha, die Seele erinnert sich im Schlaf und hält inne bei den Krümmungen eines Weges im Traum, dort bei dem überwachsenen Grundstück am Rand einer traurigen Kleinstadt oder bei diesem roten Kissen gleich neben den Bahngleisen. Wer hat sich dort zum Schlafen legen wollen? Oder, was ist mit der Gasse, die ihre Läden am Mittag schließt und mich, Bertha, allein läßt auf den heißen Treppenstufen vor dem Schulhaus. So war es schon einmal, und erkennst du dich nicht, da rechts auf dem Bild neben dem Heuhaufen.

Da, die schöne Frau.

Hinter der angelehnten Tür gähnte Jacob und durchmaß hörbar ein letztes Mal das Bett zwischen ausgestreckten Füßen und Fingern. Bertha ließ Wasser nachlaufen.

Weiß ich denn, ob ich in meinem Zimmer bleibe, wenn ich schlafe? Vielleicht gehe ich mit meinen Träumen. Dann bin ich selbst schuld. Dann bin ich es selbst.

Bertha stand auf, das Wasser lief an ihr herunter, und Inseln von trockener Haut begannen sich abzuzeichnen. Auf der linken Schulter saß ein Rest vom Schaum und lästerte in ihr Ohr. Sie schaute an sich hinunter, über Brust, Bauch und spitze Knie. Eine Klippe, feucht und nackt und schroff, stand sie da, eine unermüdliche Katastrophe, in die sie sich stürzen mußte.

»Sieht man es mir an?«

»Was?« Ein Staubsauger schabte im Flur am Teppich und hatte Jacob aus dem Bett gebracht. Gebückt stand er vor dem Spiegel über dem Waschbecken. Der hing zu niedrig für ihn.
»Was?« Der Rasierer schnurrte um das Kinn, und die Barthaare rieselten auf das Porzellan. Als Bertha sich die Zähne putzte, lagen sie noch immer da.

Der Tag läßt sein rosiges Licht länger auf ihren Gesichtern zurück, als er selber bleiben kann. An diese Farbe wird sie sich später erinnern, denkt Bertha. Nicht an Jacobs Gesicht. Eine Fliege quält sich zwischen seinem Pastis und ihrem Martini, knickt ein, stützt sich unvorsichtig auf einen Flügel, als habe sie aus beiden Gläsern getrunken. Mit der Handkante fegt Bertha sie vom Tisch. *Kasino* heißt die Bar. Unter der Neonschrift über dem Eingang ist noch die alte, in den Stein des Firsts gehauene Bestimmung des Hauses sichtbar. *Sala de recreacion*. Erholungsheim?
Zwei Mädchen holen sich Billardstöcke vom Tresen. Sie sprechen Englisch. Sie stemmen die Schuhsohlen gegen die Wand, knapp über der Holzleiste, wo andere Füße seit Jahren ihre dunklen Abdrücke hinterlassen haben. Die Jungen vom Ort schauen unbeteiligt auf und beginnen ein neues Spiel. Es ist Samstag.
»Samstag«, sagt Bertha und hat in einem Wort all die toten Stunden zusammengerechnet, die das Gehäuse ihrer Kindheit waren.
»Schöne Tage noch«, sagt eine Frau auf deutsch zu dem Mann im Lodenmantel. Zwei zahnlose Fischer sitzen dabei wie Katzen, die Gesellschaft suchen.
»Schöne Tage noch. Sie haben es sich verdient.«
Der Mann nickt, weil er mit dem Kopf den Wischer ver-

»Zahl«, und sie geht in Richtung Toilette.
Ein magerer junger Mensch schaut ihr nach, zählt dabei versonnen die Bartstoppeln an seinem Kinn. Jacob stößt ihre beiden Taschen mit den Füßen vorwärts in Richtung Check-In.
»We ask the passengers Lock and Aust, please.«
Der Stewardeß genügt es, Jacobs Ausweis zu sehen. Sie tippt Bertha gleich mit ein. Die Frau vor Jacob trägt Jeans, die nach dem Waschen sich grob um die Hüften spannen. Das wird in Frankfurt schon anders aussehen. Jacob grinst.
»In Frankfurt soll es wärmer sein als hier«, sagt die Frau in den frischgewaschenen Jeans und stellt sich neben Jacob, als gehöre sie zu ihm und den zwei Taschen.
An den Vorderzähnen hat sie Lippenstift. So lächelt sie Jacob an.

Bertha war verschwunden.
Neun Uhr morgens. Der Tag war noch kühl.
So lange kann das doch nicht dauern, hatte Jacob gestern gesagt und war laut geworden. Vielleicht hatte die Strumpfhose ein Loch gehabt. Sie hatte rasch eine neue gekauft. Vielleicht hatte sie an der Bar gestanden und mit zwei Strohhalmen ein Glas Milch getrunken, damit es schneller ginge. Vielleicht hatte sie telephoniert, Zeitungen geholt. Zigaretten.
Das Flugzeug war gelandet. So war es gestern auch gewesen. In vierzig Minuten würde es nach Frankfurt zurückfliegen, wie gestern. Wie immer. Jacob war gekommen, um die gleiche Zeit wie gestern.
»Zigaretten holen gegangen.« Jacob hatte sich auf die Rücklehne eines der würfelförmigen Kunstledersessel fallen lassen. Die Lehne hatte nachgegeben, und Jacob war bis zu

den Hüften verschwunden. Berthas Tasche hatte gegen die seine sich gelehnt, ein Zufall, der ihm die Tränen in die Augen getrieben hatte.

»Wie spät ist es?« fragte Jacob, als ein Zeigefinger von der Flughafenpolizei ihm auf die Schulter tippte. Die Sonne draußen, jenseits der Halle aus Glas und Stahl, herrschte allein, ohne Wolken.
Es gab nichts rückgängig zu machen. Es gab nur einen Abschied nachzuholen. Eine Weile stand er vor dem Frauenklo wie vor der Lücke in einer Häuserzeile. Da hatte sein Zuhause gestanden. Als er beim letzten Mal fortging, hatte keiner von Abriß gesprochen.
Die zweite Bar in der Haupthalle öffnete gerade. Jacob bestellte einen Whisky, schluckte zweimal und stieß dem Kellner das leere Glas herüber.
»Kannst du da mal die Luft rauslassen?« Der Kellner verstand weder die Sprache noch den Spruch. Er stapelte das Frühstücksgebäck in einem Silberkorb. Jacob schob das Glas über die Kante des Tresens. Es sprang dem Kellner vor die Füße, drehte sich einen Augenblick auf einem der sieben Kristallzacken und blieb unversehrt auf der Seite liegen. Es war neun Uhr und siebzehn Minuten. Auf dem Tresen war eine Zeitung liegengeblieben. Jacob griff danach. Die Wetterkarte zeigte südlich von Barcelona, gleich über Viñaros eine schwarze Wolke an. Nein. Sie kann überall sein.
Eine Frau näherte sich entschlossen. Wie Schmuck lag ihr blondes Haar auf dem Schulterpolster der dunklen Jacke.
Jacob kniff die Augen zusammen und sah genau hin.
Es war nicht die Jacke von gestern, von damals. Die Frau winkte.

Sollte er ihr die Tasche bringen?
Du kommst zurück?
Du hast gewartet?
Die Frau hob die Hand höher und winkte anders und winkte einem anderen Mann und war somit eine andere Frau. Jacobs Blick fiel auf die Schaukästen für Parfüm. Die Auslagen hatten im Tageslicht ihre aufreizende Farbigkeit verloren. Jacob auf dem Barhocker seufzte und ließ jenseits seiner verschränkten Arme die Zeit mit Bertha vorbeiziehen, hastig, als läge einer von ihnen im Sterben. Schon hatte, was gestern noch galt, die Temperatur der Erinnerung angenommen. Nach vierundzwanzig Stunden schon.
Bertha war verschwunden, hatte sich verdrückt aus dem gemeinsamen Bild, das Jacob sich von ihnen für den Rest des Lebens gemacht hatte. Was blieb, war der Schatten auf dem Bild, ein Körper, der seine letzte Bewegung als Schliere zurückläßt.
Und die Tasche.
Wie oft gehen die Menschen auseinander am Tag, ohne zu ahnen, sie sehen sich zum letzten Mal.
Es war neun Uhr und siebenundvierzig Minuten. Die Fluggäste für die Iberia-Maschine nach Frankfurt wurden zum letzten Mal aufgerufen. Wie gestern.
Mit zwei Fingern fuhr Jacob in die Brusttasche seiner Lederjacke. Der Reißverschluß stand offen. Er fuhr in die Seiten eines schmalen Buchs. Dann hatte er Berthas Kalender in der Hand. Photos fielen heraus. Ein Mann stand vor einem Polizeikommissariat. Zwei bloße Beine streckten sich auf einer Bettdecke, die Strumpfhose wie eine Fessel um die Gelenke gerollt. Ein Auto, das Nummernschild unscharf, dafür scharf die Hinterköpfe eines Mannes und

einer Frau. Und eine Frau in Weiß, auf dem Bug eines Kohlenkahns bei Kilometerstein 485.
»Sie«, sagte Jacob laut. Vielleicht sollte er hierbleiben. Denn Bertha und dies Land waren jetzt eins, seitdem sie hier verschwunden war.
»Sie ist tot«, sagte er. Die Stewardeß strich mit der Hand über ihre Wange. Jacob, so unrasiert, müde, traurig, so zum Weinen zornig, gefiel ihr.
»Wollen Sie Gepäck aufgeben?«
Jacob hatte das Gefühl, daß hinter ihm die Welt nachgab. Zu seinen Füßen Berthas Tasche stand wieder gegen die seine gelehnt.
Mit zwei Fingern fuhr er wieder in die Seiten des Kalenders. Noch immer stand der Reißverschluß seiner Brusttasche offen.
Er beugte sich tiefer, während er las. Er beugte sich gefährlich über den Rand eines Daches, vor den Augen der Stewardeß. Er las das Blatt für einen dreizehnten Mai. Das war die Schrift, die Bertha gestern noch gehabt hatte.
»Ich bin es. Das ist heute.«

Die Autorin dankt dem Deutschen Literaturfonds e. V.
für die Förderung